KB009244

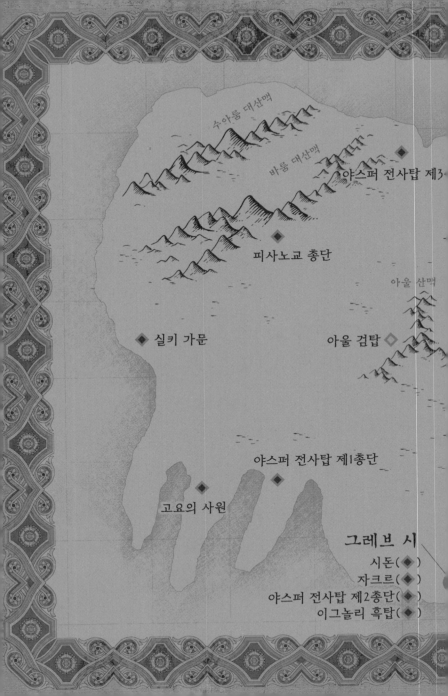

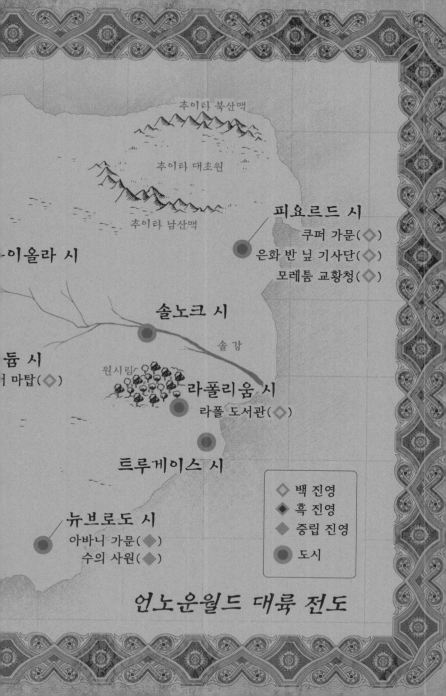

추이타 북산맥

추이타 대초원

추이타 남산맥

피요르드 시

쿠퍼 가문(◇)
은화 반 닢 기사단(◇)
모레툼 교황청(◇)

이올라 시

솔노크 시

솔 강

둠 시
마탑(◇)

원시림

라폴리움 시

라폴 도서관(◇)

트루게이스 시

◇ 백 진영
◆ 흑 진영
◆ 중립 진영
● 도시

뉴브로도 시

아바니 가문(◆)
수의 사원(◆)

언노운월드 대륙 전도

ETAN 에탄

ORIGINAL FANTASY STORY & ADVENTURE

쥬논 판타지 장편소설

dream
books
드림북스

이탄 12 거래의 재미

초판 1쇄 인쇄 2021년 9월 9일
초판 1쇄 발행 2021년 9월 30일

지은이 쥬논
발행인 오영배
편집 편집부
일러스트 필연
표지 · 본문 디자인 오정인
제작 조하늬

펴낸곳 (주)삼양출판사 · 드림북스
주소 서울시 강북구 도봉로 173
대표 전화 02-980-2112 **팩스** 02-983-0660
편집부 전화 02-987-9393 **팩스** 02-980-2115
블로그 blog.naver.com/dreambookss
출판등록 1999년 3월 11일 제9-00046호

ⓒ 쥬논, 2021

ISBN 979-11-283-7110-3 (04810) / 979-11-283-9990-9 (세트)

드림북스는 (주)삼양출판사의 판타지 · 무협 문학 브랜드입니다.

목차

사대신수

『성혈의 바하문트』
―신수: 날개 달린 사자
―상징: 공포
―속성: 흙(土), 피(血)

『불과 어둠의 지배자 샤피로』
―신수: 광기의 매
―상징: 탐욕
―속성: 불(火), 어둠(暗), 나무(木)

『포식자 하라간』
―신수: 투명 마수
―상징: 타락, 나태
―속성: 얼음(氷), 균(菌), 물(水)

『둠 블러드 이탄』
―신수: 냉혹의 뱀
―상징: 파멸
―속성: 금속(金), 빛(光)

발췌문

그릇된 차원에는 언노운 월드나 동차원, 그리고 간씨 세 가에서 보지 못하는 재미있는 풍습들이 많다.

나는 그 가운데 '거래'라는 시스템을 가장 흥미롭게 보았다.

거래란, 그릇된 차원의 종족들이 서로에게 필요한 물품들을 서로 물물교환하는 것을 의미한다.

거래를 할 때 그릇된 차원의 종족들은 거래에 방해를 받지 않도록 중간 지대의 행성을 고른다. 그 다음 그 행성에 테이블과 의자를 놓고 물물교환을 시작한다.

거래에 동원되는 인력은 양쪽이 동일하게 맞춘다. 예를 들어서 거래를 하는 양쪽 모두 귀족 10명에 전사 290명을 똑같이 동원하는 식이다. 왕의 재목이 거래에 끼어들 경우에는 양쪽 모두 동일한 숫자의 왕의 재목이 거래장에 나와야 한다.

당연한 말이지만, 그릇된 차원에서 거래가 제대로 성사되는 경우는 드물다.

왜냐고?

그릇된 차원의 종족들은 모두 규칙보다 힘이 우선이며, 거칠기 때문이다.

그래서 더욱 재미있지 아니한가.

거래의 규칙을 꼼꼼하게 만들고, 규범을 세우고, 시스템을 공평하게 만들어 놓은 다음, 이 모든 것들을 거추장스럽게 여기며 우격다짐으로 거래를 망쳐버리는 그릇된 차원의 종족들은 얼마나 흥미로운가. 이 얼마나 원초적이란 말인가.

나는 요새도 가끔씩 그릇된 차원으로 건너가 거래에 참여한다.

정체를 숨기고 거래 현장을 가만히 지켜보다가 거래가 파탄이 날 때 불쑥 끼어드는 재미가 무척 쏠쏠하다.

　　—훗날 이탄이 남긴 어록 가운데 발췌

제1화
만랑회진

Chapter 1

이탄은 기억의 바다 속에서 아주 오랜 시간을 보냈다.

물론 바깥세상 기준으로는 이탄에게 주어진 시간이 그리 길지는 않았다. 길기는커녕 오히려 한정적이었다.

하지만 이탄이 '무한'의 언령과 만자비문의 시간 권능을 조합하자 이 한정된 시간이 31,536,000배로 길게 늘어났다. 이 31,536,000배라는 것은 1초가 1년으로 늘어났다는 것을 의미했다.

이탄은 그렇게 시간을 늘린 상태에서 기억의 바다 속을 스캔하고 또 스캔했다.

그러던 어느 날이었다. 또 하나의 의미 있는 기억이 이탄의 손에 들어왔다.

다름 아닌 신왕의 기억이었다.

나라카에게 잡아먹히기 전, 신왕 프사이가 집착했던 화두는 바로 '타차원의 존재'였다. 당시 신왕은 북명에서 머물다가 다시 그릇된 차원으로 돌아온 참이었다. 신왕은 북명의 친구들을 통해서 언노운 월드(서차원)에 대해서 귀동냥을 했다. 또한 피사노교의 악마들과 싸우다가 부정 차원에 대해서도 알게 되었다.

'부정 차원은 과연 어떤 곳일까?'

신왕은 라이벌에 목이 말랐다.

늙은 왕들이 꽁꽁 숨어버린 지금, 그릇된 차원에는 더 이상 신왕이 두려워할 만한 적수가 없었다. 신왕은 북명에서도 적수를 만나지 못했다.

'더 강한 자를 만나서 싸워보고 싶다.'

신왕이 강자를 갈구했다.

더 뛰어난 강자와 싸우고, 또 교류하고. 그러면서 정체되어 있던 실력을 한 단계 더 높이는 것이 신왕의 주된 관심사였다.

그때부터 신왕은 부정 차원으로 넘어갈 방도를 찾기 시작했다.

차원을 뛰어넘는다는 것은 신왕으로서도 쉽지 않은 일이

었다. 신왕이 북명으로 넘어갈 수 있었던 것은, 수인족 선조들 가운데 극소수가 양 차원을 오간 전력이 있었기 때문이었다. 신왕은 선조들이 개통해놓은 길을 통해서 북명 지역에 다녀왔다.

하지만 그릇된 차원과 부정 차원은 아직까지 통로가 뚫리지 않았다.

신왕은 새로운 차원 통로를 뚫기 위해 수많은 자료를 수집했다. 차원이동에 대한 옛 지식들도 모두 모았다.

피나는 노력 끝에 마침내 결실이 맺혔다. 신왕은 마침내 부정 차원으로 들어갈 통로 연결 방법을 찾아내었다. 이것은 진법과 술법, 마법을 하나로 융합하고, 여기에 아주 특수한 재료들을 더해서 신왕이 독창적으로 만들어낸 비법이었다.

그 비법이 이탄의 손에 들어왔다. 이탄이 지금 기억의 바다 속에서 찾아낸 지식은, 바로 신왕이 만든 '차원의 통로 개통 방법'이었다.

'허어어, 이게 여기서 나온 거였어?'

이탄은 신왕의 기억을 읽고는 깜짝 놀랐다. 신왕이 설계한 차원의 통로는, 놀랍게도 이탄이 피사노교의 북서부 총단에서 부숴버린 피라미드 형태의 건축물과 똑같았다.

'설마 신왕의 지식이 피사노교에 전해진 것일까?'

이탄은 문득 이런 의문을 품었다.

안타깝게도 신왕은 차원의 통로를 설계만 했을 뿐 실제로 만들어 보지는 못했다. 신왕이 부정 차원으로 통하는 통로를 개통하기 위해 희귀한 재료들을 모으던 중, 나라카가 신왕을 찾아왔기 때문이었다.

신왕은 나라카에게 처참하게 잡아먹혔다.

신왕의 갑작스러운 죽음 탓에 차원의 통로를 여는 방법은 알블—롭 일족에게도 전해지지 않았다. 그저 신왕의 머릿속에만 남은 채 세상에서 자취를 감추었다.

'그런데 그렇게 사장된 지식이 어떻게 피사노교에 전달되었지?'

이탄이 이맛살을 찌푸렸다.

'그저 우연히 피사노교가 신왕의 것과 비슷한 통로를 만들었다?'

이탄이 아무리 생각해도 이건 아닌 듯했다. 우연이라고 보기에는 이탄이 피사노교에서 보았던 차원의 통로의 모양이 신왕의 설계도와 너무나 똑같았다.

'이건 분명히 우연이 아니야. 내가 알지 못하는 어떤 경로를 통해서 신왕의 지식이 피사노교로 넘어갔어. 과연 누가 그런 짓을 했을까? 이 이면에 숨겨진 진실은 뭘까?'

이탄은 머릿속이 복잡했다.

어쨌거나 지금은 고민만 하고 있을 때가 아니었다.

'누가 신왕의 지식을 피사노교에 전달했는지, 그것은 나중에 찾고 우선은 탐색이나 계속하자. 시간이 얼마 없어.'

이탄은 머리를 흔들어 고민을 털어버린 다음, 다시 탐색에 몰두했다.

달력이 한 장 또 넘어갔다.

3월 1일.

이탄이 기억의 바다에 들어온 지 벌써 66일이 되었다. 이탄은 18일 전 차원의 통로에 대한 지식을 획득한 이후로 별 소득이 없었다. 그러다 3월 1일에 다시 한번 의미 있는 성과를 거두었다.

이번에 이탄이 획득한 지식은 벨린다의 기억이었다. 신왕의 딸 벨린다가 북명을 떠나 그릇된 차원으로 넘어오던 여정이 이탄의 뇌리로 생생하게 밀려들었다.

'아하!'

이탄은 벨린다가 남긴 지식을 통해 북명과 그릇된 차원을 오갈 방도를 발견했다.

'나중에 북명에도 한번 다녀와야지.'

이탄이 차근차근 계획을 세웠다.

이후로 이탄은 나흘을 더 기억의 바다에 머물렀다. 안타깝게도 이탄은 이 나흘 동안 쓸모 있는 지식을 건져 올리지 못했다.

대신 이탄은 새로운 깨달음을 얻었다.

이탄은 머릿속에 거대한 고목나무를 한 그루 상상한 다음, 기억 한 조각을 찾아낼 때마다 고목나무의 퍼즐 조각을 맞추는 기분을 느꼈다.

그런데 이탄이 탐색한 영역이 기억의 바다 전체 총량의 절반을 넘어서기 시작하면서부터 희한한 현상이 발생했다.

퍼즐이 많이 맞춰지면 중간에 빈 곳이 발생해도 주변 퍼즐로 인하여 빈 곳에 어떤 내용이 들어가야 적당할지 유추할 수 있는 것처럼, 이탄이 기억의 바다를 절반 이상 탐색하자 이탄의 머릿속에 그려진 상상 속 고목나무가 스스로 빈 곳을 채우기 시작했다.

예를 들어서 알블—롭의 귀족 가운데 손톱 끝에 벼락의 기운을 담아서 공격하는 자가 있었다. 이탄은 이 귀족이 연마한 마법 지식을 습득했다. 이어서 알블—롭 전사들의 신체 변형술도 습득했다.

이 두 가지 지식이 이탄의 머릿속에서 하나로 합쳐지면서 일련의 공식을 만들어내었다.

전격계 마법 + 손톱을 길게 뽑아내는 신체 변형술 = 손톱 끝에 벼락의 기운 담기

이탄의 뇌는 위와 같은 방식으로 상상 속 고목나무의 빈 곳들을 채워갔다. 그렇게 퍼즐의 빈 칸이 채워지면서 두 가지 효과가 발휘되었다.

Chapter 2

첫 번째 효과.

3월 5일을 기준으로 이탄이 탐색한 바닷속 영역은 대략 7분의 4 정도였다.

그런데 이탄의 뇌가 빈 곳을 저절로 채우면서 전체 퍼즐 조각은 7분의 4를 뛰어넘어 거의 7분의 5까지 맞춰졌다.

다시 말해서 이탄은 알블—롭 일족이 처음 탄생했을 때부터 지금까지 모든 구성원들의 생각과 경험, 지식, 역사, 삶, 이 모든 것들을 7분의 5나 습득한 셈이었다.

말이 쉽지, 이건 실제로는 상상도 할 수 없는 일이었다. 이게 첫 번째 효과였다.

이어서 두 번째 효과.

이탄은 상상 속 고목나무의 퍼즐을 채워나가면서 자신도 모르게 새로운 능력을 깨우쳤다. 이른바 '유추'의 권능 말이다.

유추는 정상세계를 지탱하는 여러 언령 중 하나였다.

원래 언령은 원한다고 해서 습득할 수 있는 것이 아니었다. 그 어떤 유한한 존재에게도 자신을 허락하지 않는 것이 바로 언령의 특징이었다. 언령은 고고하기 이를 데 없기에, 언령의 벽에서 깨달음을 얻은 자가 신격을 갖추기 전까지 결코 다가오지 않았다. 이탄 이전에 신격을 얻은 존재들도 모두 언령의 벽을 통해서 깨우침을 얻고 나서야 비로소 언령의 주인이 되었다.

이탄은 예외였다.

이탄은 언령의 벽을 만나기도 전에 '동시구현'이라는 언령을 스스로 깨우쳤다.

당시 이탄은 백팔수라 술법에 깊숙이 몰입하여 머리를 쥐어짜고 또 쥐어짜던 중이었다. 그러다 불현듯 깨우친 언령이 바로 동시구현이었다.

그 후 이탄은 언령의 벽을 두 차례나 마주하면서 9개의 언령을 추가로 얻었다. 그리고 오늘 이탄은 전혀 예상치도 못하게 새로운 언령을 깨우쳤다.

품계를 굳이 따지자면 유추는 중격 언령이었다. 상격이

나 최상격 언령보다는 당연히 그 위력이 떨어질 수밖에 없었다.

대신 유추는 빈 곳을 채워서 흐름을 원활하게 잇는 효과가 있었다.

기억의 빈 곳을 채워주고.

한 폭의 그림 속 빈 곳도 채워주고,

전자가 시간의 공백을 채워준 것이라면, 후자는 빈 공간을 연결해 주는 것을 의미했다.

그리하여 유추는 시간과 공간의 흐름에 모두 연관될 수 있는 독특한 언령이었다. 비록 언령으로서의 유추의 품계는 중격에 불과하나, 대신 유추는 다른 수많은 언령들을 이어 붙일 수 있는 중요한 연결고리였다.

이탄은 이 중요한 언령을 얻었다.

3월 5일.

이날은 이탄이 기억의 바다에 들어온 지 딱 70일째 되던 날이자, 이탄이 기억의 바다에 머물 수 있는 마지막 날이었다. 운 좋게도 이탄은 그 마지막 순간 직전에 아주 중요한 권능인 유추의 언령을 손에 거머쥐었다.

그리고 이제 이탄에게 주어진 시간이 모두 종료되었다.

데엥!

이탄에게 허용된 시간이 끝나자마자 이탄의 머릿속에 맑

은 종소리가 울렸다. 이탄은 기억의 바다에서 저절로 멀어져 1번 나무 군락으로 돌아왔다.

현자가 이탄의 몸에 연결했던 자신의 머리카락을 스르륵 회수했다.

[어떤가요? 이번이 이탄 님이 기억의 바다에 들어간 두 번째죠? 지난번보다는 많은 것을 얻었나요?]

이탄을 바라보는 현자의 입가에는 부드러운 미소가 걸렸다.

사실 이탄에게 주어진 70일은 무언가 그럴듯한 것을 얻어내기에는 다소 촉박한 기간이었다.

알블—롭의 망망대해는 드넓기 그지없으며, 그 안에는 쓸모가 없는 기억들이 무수히 많았다. 하여 기억의 바다 속에서 진실로 쓸 만한 정보를 만나기란 결코 쉽지 않았다.

'기억의 바다는 스스로의 운을 시험하는 무대와도 같지요. 이탄 님. 당신의 운은 얼마나 됩니까?'

현자의 질문은 결국 이것이나 마찬가지였다.

이탄이 희미한 미소로 답했다.

[염려해주신 덕분에 성과가 조금 있었소.]

[그래요? 어느 방면의 성과였나요? 신체변형? 마법? 아니면 영력?]

현자는 호기심을 느꼈다.

이탄은 뇌파로 대답하는 대신 오른손 검지를 곧추세웠다.

스르륵.

이탄의 손가락 끝에서 음차원의 마나가 흘러나와 얇은 원반을 만들었다. 원반은 밀가루 반죽처럼 둥글게 퍼져나가면서 휙휙휙 회전했다. 회전속도가 점차 빨라지자 원반으로부터 섬뜩한 기운이 발산되었다. 원반 가장자리에서는 늑대의 이빨이 톱니처럼 으스스하게 돋아났다.

음차원의 마나로 빚어낸 이 원반은, 이탄이 기억의 바다에 막 입수했을 때 처음으로 습득한 스킬이었다.

현자가 이탄의 마법을 알아보았다.

[오오오! 그것은 우리 알블―롭 일족 가운데 한 뿌리인 오스트 귀족 가문의 스킬이로군요.]

[오스트라고요?]

이탄이 되물었다.

[이탄 님은 몰랐나요? 저런. 기억의 바다에서 오스트 가문에 대한 배경 지식은 만나지 못했나 보군요. 오직 그 스킬만 얻으셨어요.]

[그렇소.]

이탄의 말은 거짓이 아니었다. 실제로 이탄은 마나의 원반에 대한 지식은 습득하였으나 이 스킬이 어느 가문의 것인지는 알지 못했다.

현자가 이탄을 위하여 간단하게 설명을 해주었다.

[오스트 가문은 우리 알블—롭 내에서도 꽤나 명망이 높은 가문이에요. 현재 그들은 이곳 행성이 아니라 다른 행성에 머물고 있답니다.]

현자는 오스트 가문에 대해서 한참을 이야기하다가 다른 것을 물었다.

[마나 원반 말고, 혹시 다른 스킬도 얻었나요?]

이탄은 알블—롭의 전사들이 익힐 만한 스킬 서너 개를 더 보여주었다.

'이 정도면 70일 동안 얻을 법한 정보로 보이겠지?'

[그게 전부인가요? 혹시 다른 것은 더 없나요?]

현자는 집요했다.

[없소. 광활한 바다에 비해 머문 기간이 너무 짧아서.]

이탄이 딱 잘라 말했다.

현자도 더는 질문할 염치가 없었다.

[아 참. 내 정신 좀 봐. 기억의 바다에서 막 복귀했으니 피곤하실 테죠? 이탄 님, 이만 가서 쉬세요. 그리고 우리 나중에 또 이야기를 나눠요.]

현자는 나긋나긋한 말투로 이탄에게 사과의 뜻을 전했다.

[그럼 이만.]

이탄이 기다렸다는 듯이 자리에서 일어났다. 그리곤 높은 나무에서 휙 뛰어내렸다.

Chapter 3

이탄에게 배정된 숙소는 나무 군락의 외진 곳에 위치한 구멍 속이었다.

이 숙소는 입구는 비록 좁았으나 안쪽은 꽤 넓고 쾌적했다. 심지어 나무 구멍 집 내부에 원목으로 만든 탁자와 의자, 침대까지 잘 갖춰져 있기에 생활하기에 편리했다. 나무 수액을 섞은 샤워실은 기본이었다.

이탄은 숙소를 한 바퀴 둘러본 다음, 안에서 문을 걸어 잠갔다. 그 다음 안쪽에 붉은 금속으로 장막을 한 겹 더 둘러놓았다.

적양갑주를 둘렀으니 이제 이 공간은 이탄의 허락 없이는 그 누구도 들어오지 못하는 밀실이 되었다. 이 공간 안에서 벌어지는 그 어떤 충격이나 폭음도 적양갑주 밖으로 새어나가지 않을 것이다.

만반의 준비를 끝마친 다음, 이탄은 침대 위에 바른 자세로 앉았다.

'기억의 바다에서 습득한 지식들을 내 것으로 만들려면 시간이 좀 걸릴 거야.'

기억의 바다 속에서는 단 1초라도 아껴야 했다. 그래서 당시에 이탄은 쓸 만한 정보들을 그냥 뇌에 꾹꾹 눌러 담아 만 두었다. 그곳에서 뭔가를 자세히 살펴볼 시간은 없었다.

"이제 그렇게 담아두기만 했던 정보들을 다시 꺼내어 차근차근 소화할 차례야."

이탄은 우선 목록부터 작성했다.

1. 영력을 발산하여 타인의 신체를 컨트롤하는 스킬

2. 마나 원반 스킬

3. 녹색 스피네를 홍색 스피네로 진화시키는 방법

4. 언령의 벽에 대한 위치 정보

5. 북명으로 연결되는 차원이동 통로

6. 광목수음—광목토음—광목금음으로 이어지는 악보 시리즈

7. 신왕의 천랑회진과 벨린다의 만랑회진

8. 부정 차원으로 연결되는 통로 개통 비법

9. 유추의 언령

이상의 아홉 가지가 이탄이 기억의 바다에서 얻은 지식들 가운데 특기할 만한 것들의 명단이었다.

이탄은 이 가운데 우선순위를 매겼다.

"일단 1번과 2번은 이미 완성했고."

이탄이 1번과 2번에 줄을 쫙쫙 그었다.

이 두 가지는 알블―롭의 선대 귀족으로부터 얻은 것들인데 그리 어렵지 않아 이탄이 쓱 훑어보는 것만으로도 습득을 끝마쳤다. 이제 이것들은 완전히 이탄이 소화해내었다.

이탄은 다음으로 넘어갔다.

"홍색 스피네는 제법 흥미로운 정보지. 하지만 당장 급한 것은 아니야. 하루 이틀 만에 홍색 스피네를 배양해 낼 수도 없고."

이탄은 3번 항목에도 줄을 쫙 그었다. 그 다음 목록들을 건너뛰어 아래쪽부터 거꾸로 훑어 올라왔다.

"유추의 권능도 이미 깨달았으니 끝이지. 이것도 완료."

이탄은 9번도 목록에서 지웠다.

"북명이나 부정 차원도 언젠가는 가봐야 할 테지. 하지만 당장은 아니야."

이탄은 5번과 8번 항목도 뒤로 미루기로 했다.

"이 악보들은 꽤 중요할 것 같아. 음……. 그런데 내 느낌상 5개의 악보를 모두 모아야 비로소 진가가 드러날 것 같거든. 마지막 악보를 구할 때까지 이것도 미루자."

이탄은 6번까지 뒤로 미뤄두었다.

그러고 나니 이제 4번 항목과 7번 항목만 남았다. 이탄은 당장 알블—롭을 떠날 생각은 없었기에 7번을 선택했다.

"천랑회진과 만랑회진이라. 이 가운데 만랑회진만 집중적으로 살펴보면 되겠지? 만랑회진이야말로 천랑회진의 업그레이드 버전이니까."

이탄은 머릿속에 욱여넣어 둔 만랑회진을 다시 꺼내들었다.

만랑회진은 참으로 묘했다.

이것은 진법도 아니고 술법도 아니었다. 그렇다고 해서 그릇된 차원의 권능들과도 거리가 멀었다. 만랑회진은 영력도 아니고, 마법도 아니며, 신왕 특유의 토템술로 볼 수도 없었다. 또한 이상 5개의 조합도 아니었다.

여기서 만랑회진과 천랑회진의 차이가 드러났다.

신왕이 만든 천랑회진은 헤아릴 수 없이 많은 영력늑대를 토템 속에 불어넣고, 그것을 다시 마법으로 강화한 다음, 1천 개의 토템으로 펼쳐내는 진법이었다.

신왕은 상황에 따라서 토템에게 방어용 법보를 입혀주기

도 하였으나, 이게 꼭 필요한 요소는 아니었다.

따라서 천랑회진은 기본적으로 영력, 토템술, 마법, 그리고 진법의 조합인 셈이었다. 천랑회진을 뜯어보면 이상의 네 가지 특성이 뚜렷하게 드러났다.

이해하기 쉽게 비유를 하자면, 천랑회진은 돌바닥 위에 나무기둥을 세우고, 그 위에 기와지붕을 얹은 뒤, 흙벽을 두른 집과 같았다. 이렇게 만들어진 집은 분명히 하나의 건물이지만 그 속에 포함된 네 가지 구성품들, 즉 돌바닥과 나무기둥과 기와지붕과 흙벽은 서로 뚜렷하게 구별되었다. 서로 섞이지 않았다.

만랑회진의 경우는 이와 달랐다.

오래 전, 벨린다의 외조부와 모친은 신왕의 천랑회진을 기초부터 다시 뜯어고쳤다. 그들이 투입한 술법의 힘이 천랑회진에 스며들면서 놀라운 일이 벌어졌다. 기존의 4개 힘, 즉 영력, 토템술, 마법, 그리고 진법에 북명 특유의 끈적끈적한 술법이 더해지면서 이 5개 힘 간의 경계가 완전히 허물어졌다.

서로 다른 종류의 다섯 힘은 만랑회진 속에서 하나로 녹아 붙었다. 만랑회진이 하나의 거대한 용광로가 되어 이 다섯 가지 힘을 하나로 융해했다.

이것은 마치 천랑회진이라는 집에 강렬한 불길이 더해지

면서 돌과 나무, 기와와 흙이 녹아 붙어서 하나의 통유리집으로 전환된 셈이었다.

사실 벨린다의 외조부와 모친도 만랑회진에 이토록 엄청난 변화가 발생할 것이라고는 전혀 예상치 못했다.

우연의 산물이기는 하지만, 변화의 효과는 대단했다. 만랑회진은 북명 사상 유래가 없는 아주 독특한 권능으로 발전하였으며, 그 위력은 상상을 초월했다.

당시 벨린다의 외조부는 만랑회진을 완성시킨 뒤 [남명의 음양종에 양극합벽이라는 술법이 있어서 동차원 최고로 손꼽힌다지? 허허허. 그런데 이 만랑회진도 양극합벽에 못지않을 것 같구나. 내 손으로 만들고도 믿어지지가 않아. 어허허허.]라고 너털웃음을 지었다. 벨린다의 외조부가 자부심을 느낄 만큼 만랑회진은 뛰어났다.

단, 만랑회진에는 치명적인 단점이 있었다. 만랑회진을 펼치려면 법력과 마나, 양쪽을 모두를 풍부하게 갖추어야만 했다.

풍부한 법력.

엄청난 마나.

세상에 이 두 가지 조건을 만족시킬 수 있는 사람은 흔치 않았다. 대선인 급의 법력을 갖춘 술법사가 동시에 대마법사 수준의 마나를 보유한다는 것은 거의 불가능했다.

따라서 만랑회진을 만든 벨린다의 외조부도, 그리고 벨린다의 어머니도 막상 만랑회진을 펼치지는 못했다. 그들은 술법사이지 마법사가 아니기 때문이었다.

벨린다는 예외였다.

벨린다는 신왕의 피를 이어받은 딸이었다. 덕분에 벨린다는 태어날 때부터 음차원의 마나와 친밀했다. 외조부의 조기교육 덕분에 어린 나이부터 법력도 꾸준히 쌓았다.

벨린다가 무럭무럭 성장하였을 때, 그녀는 뛰어난 술법사인 동시에 어둠의 마법사가 되었다.

Chapter 4

조금 더 시간이 흐르자 벨린다는 북명의 대선인이자 어둠의 대마법사로 발전했다.

그때부터 벨린다는 무적이 되었다. 벨린다의 손끝에서 펼쳐지는 만랑회진은 그녀를 북명의 최강자 자리에 앉혀주었다.

아니, 남명까지 통틀어서도 혼자서 벨린다를 상대할 만한 술법사는 없었다.

이탄이 고개를 갸웃했다.

"흐으음? 그게 뭐 어려운 조건이라고? 마나와 법력. 이 두 가지를 고루 갖추는 게 뭐가 대수야?"

이탄이 아무렇지도 않게 오른손을 들었다.

쏴아아아아—.

이탄의 뇌에서 쏟아진 법력이 이탄의 오른손으로 밀려들어 넘실넘실 빛을 토했다.

이어서 이탄은 왼손을 어깨 높이로 들었다.

쿠콰콰콰콰—.

이탄의 뱃속에 뭉쳐 있던 음차원 덩어리가 음차원의 마나를 미친 듯이 뿜어내어 이탄의 왼손으로 보내주었다.

넘쳐나는 법력.

온 세상을 뒤덮고도 남을 마나.

이탄은 이 두 가지 기운을 동시에 끌어올렸다. 이탄의 입장에서 이런 것쯤은, 평범한 사람들이 숨을 한 번 들이쉬고 내쉬는 것보다도 더 간단했다.

"이렇게 쉬운 것을."

이탄이 어깨를 으쓱했다.

이어서 이탄은 법력과 마나를 하나로 섞었다. 동시에 머릿속으로는 만랑회진을 떠올렸다.

원래 법력과 마나는 서로 섞일 수 없었다.

그 불가능한 일을 만랑회진이 해내었다. 벨린다가 남긴

만랑회진이 촉매 역할을 하면서 이탄의 법력과 마나를 하나로 만들었다. 그렇게 독특하게 합쳐진 에너지가 다시 만랑회진을 충만하게 채웠다.

이러한 선순환이 계속 이루어졌다.

이탄은 만랑회진 속에 끊임없이 법력과 마나를 불어넣었다.

만랑회진이 이탄의 법력과 마나를 하나로 합쳐내었다. 그렇게 융합된 에너지가 만랑회진을 더욱 또렷하게 만들었다.

'뭐가 이렇게 쉽지?'

이탄은 다시 한번 고개를 갸웃했다.

예전에 이탄이 백팔수라나 금강체를 익힐 당시에는 꽤나 고생했었다.

한데 만랑회진은 쉬워도 너무 쉬웠다.

'이거 의외로 허접한 거 아냐? 만랑회진 말이야. 이름만 그럴싸하고 사실은 맹탕 아니냐고. 어떻게 이렇게 쉬울 수 있지?'

아마도 지금 이탄의 생각을 벨린다가 읽었다면 뒷목을 잡았을 것이다. 만랑회진은 결코 쉽지 않았다. 난해하기로 치면 백팔수라 제6식에 못지않은 것이 바로 만랑회진이었다.

다만 지금 이탄이 착각을 하고 있을 뿐이었다.

백팔수라나 금강체를 익힐 당시, 이탄은 오로지 책에 적힌 글자만 보고 스스로 독학했다. 그 결과 이탄이 익힌 백팔수라와 금강체는, 기존의 술법들과는 차원이 다른 새로운 술법으로 거듭났다.

엄밀하게 말해서 이탄은 백팔수라와 금강체를 배웠다기보다는, 새로운 술법을 스스로 창안한 셈이었다.

한데 만랑회진의 경우는 이탄이 책만 보고 독학한 게 아니었다. 벨린다로부터 직접 만랑회진을 배우는 수준도 뛰어넘었다.

지금 이탄은 벨린다의 기억을 고스란히 흡수한 상태였다. 따라서 이탄은 간씨 세가의 세상에서 소위 이야기하는 저자직강 강의를 듣는 정도를 뛰어넘어 저자(벨린다)의 영혼이 이탄에게 직접 빙의한 것과 다를 바가 없었다.

벨린다는 살아생전 수만 번 이상 만랑회진을 연습했었다. 실전에서 그녀가 만랑회진을 써먹은 회수도 수천 번이 넘었다.

이탄은 벨린다의 기억을 떠올리기만 하면 그만이었다. 그것만으로도 이탄의 만랑회진 숙련도는 벨린다에 육박하는 수준으로 치솟았다.

게다가 법력은 벨린다보다 이탄이 더 풍부했다.

음차원의 마나는 말할 것도 없었다.

고오오오오!

이탄의 손끝에서 만랑회진의 기운이 피어올랐다.

영력도 아니고, 마법도 아니고, 술법도 아닌 이질적인 기운이 검푸른 연기가 되어 주변을 채워갔다.

연기는 느릿하게 움직이는 듯 보였다.

하지만 실제로 이 연기는 확산되는 속도가 엄청나게 빨랐다. 어느새 이탄의 시야가 머무는 모든 공간이 검푸른 연기로 가득 찼다.

검푸른 연기 속에서 얼핏얼핏 유령들이 날아다녔다.

늑대의 모습을 닮은 유령들이었다. 유령과도 같은 늑대들이 허공을 가로지를 때마다 쉬이익, 쉬이익 음산한 소리가 울렸다.

늑대들은 검푸른 연기로 흩어졌다가 다시 뭉쳐서 늑대의 형상을 드러내었다. 몇몇 늑대들은 머리만 형체를 갖추었고 몸은 검푸른 연기로 남아 있기도 했다. 또 어떤 늑대들은 꼬리만 형체가 남았고 나머지는 온통 연기였다.

늑대가 허공을 지나갈 때면 그 뒤를 따라 검푸른 연기가 뭉클뭉클 생성되었다. 그 모습이 마치 투명한 물속에 검푸른 잉크가 퍼져나가는 것 같았다.

일부 늑대들이 갑자기 빙글빙글 맴돌았다. 그러면서 그

들은 한 줄기의 검푸른 회오리로 변했다.

눈 깜짝할 사이에 온 공간이 검푸른 늑대들로 가득 찼다. 늑대들이 스쳐 지나가기만 해도 그 일대의 마나가 고갈되었다. 법력이 와해되었다.

검푸른 늑대들은 물체도 쉽게 관통했다. 이탄이 지켜보는 가운데 검푸른 늑대들이 이탄이 앉아 있는 침대 속으로 쑥 들어갔다가 다시 튀어나왔다.

그렇게 늑대와 한 번 접촉하고 나면 멀쩡하던 나무 침대가 바짝 쪼그라들었다. 풍화작용이라도 겪은 듯 나무는 결 방향으로 와해되어 푸스스 흩어졌다.

늑대에 이어서 다른 것들도 등장했다. 이탄의 주변에는 어느새 검푸른 기둥들이 빽빽하게 돋아나 주변을 에워쌌다.

이 기둥에는 검푸른 색깔의 늑대 두개골들이 빼곡하게 박혀 있었다.

두개골들이 아가리를 쩍 벌리고 격렬하게 울부짖었다. 기둥으로부터 흘러나온 음산한 음파가 생명체의 기력을 저절로 빠지게 만들었다.

시간이 갈수록 검푸른 연기가 농밀해졌다. 기둥으로부터 흘러나오는 음산한 음파도 더욱 짙어졌다.

기둥의 개수도 늘어났다. 수를 헤아릴 수 없이 많은 늑대

기둥들이 쭉쭉 돋아나더니 이내 온 공간을 둘러쌌다.

이 기둥들이 조합하여 복잡한 미로를 만들었다.

Chapter 5

일단 이 미로에 갇히고 나면 천지사방이 분간이 되지 않았다.

방향도 알 수 없었다.

미로에 갇힌 자는 속이 메슥거리면서 구토가 치밀었다.

머리가 핑그르르 돌았다.

눈앞이 아득해지면서 현기증이 일었다.

이 뒤틀린 공간 속에서는 모든 살아 있는 생명체가 생명의 존재 근거를 부정당하는 것 같았다. 영혼마저 미로 속에 갇혀서 영원히 빠져나가지 못할 듯했다.

이탄이 속으로 중얼거렸다.

'만랑회진은 깊고, 어둡고, 끈적끈적하고, 불길하며, 기력과 생명력이 지속적으로 소모되는 아득한 공간이로구나.'

이게 다가 아니었다. 만랑회진은 공간 확장의 권능도 함께 갖추었다.

이탄의 숙소는 이 정도로 넓지 않았다. 이탄이 적양갑주로 둘러쳐 놓은 공간은 숙소보다도 당연히 더 좁았다.

이탄은 분명히 그 비좁은 공간 안에서 만랑회진을 펼쳤다.

한데 놀랍게도 지금 검푸른 연기는 지평선 저쪽 끝부터 이쪽 끝까지 가득 찼다. 늑대 두개골이 박힌 기둥들은 수를 헤아릴 수 없이 **빽빽**하게 들어찼다.

이곳은 분명 이탄의 숙소 내부가 아니었다. 만랑회진 자체가 만들어낸 새로운 공간이었다. 그렇지 않고서는 이렇게 넓은 공간이 나올 수가 없었다.

"이거 제법인데."

이탄이 손가락으로 턱을 조몰락거렸다.

처음에 이탄은 만랑회진에 큰 기대를 걸지는 않았다. 그런데 막상 펼쳐놓고 보니 의외로 만랑회진이 괜찮았다.

물론 만랑회진도 분명한 한계를 지녔다.

우선 만랑회진은 감히 붉은 금속에 가까이 접근할 엄두를 내지 못했다. 세상 무서울 것 없는 검푸른 연기도 붉은 금속 근처로는 가지 않았다. 이탄에게 접근할 엄두는 더더욱 낼 수가 없었다.

"어디 보자. 가두는 힘이 어느 정도 강한지 한번 테스트 해볼까?"

이탄은 두 손바닥을 가슴께로 모았다. 이탄의 손바닥 사이에서 광정, 즉 빛의 씨앗이 자라났다.

츠츠츠츳.

빛은 응축되고 또 응축되었다. 이탄은 이 빛의 결정체를 자신의 배에 때려 박았다.

투앙!

붉은 금속이 광정을 두 배의 힘으로 반사시켰다. 가공할 에너지를 품은 광정이 단숨에 허공을 찢어발기며 날아가 전방의 늑대 기둥들을 꿰뚫었다.

바로 그때 신비로운 일이 발생했다.

광정이 지닌 가공할 에너지라면, 분명히 늑대의 두개골이 박힌 기둥쯤은 박살내 버려야 옳았다.

그런데 광정이 빛의 속도로 부딪쳐간 순간, 늑대 기둥이 한 줄기 검푸른 연기로 흩어졌다.

다른 기둥들도 마찬가지였다. 광정이 가까이 다가오자 늑대 기둥은 그대로 연기로 변해버렸다.

광정은 그 연기 속을 헤치며 일직선으로 뻗어갈 뿐이었다.

그렇게 광정은 지평선 저 끝까지 거침없이 날아갔다. 그다음 이상하게도 둥글게 휘어서 다시 이탄에게 되돌아왔다.

"응?"

이탄이 방출했던 광정이 원거리까지 크게 한 바퀴 선회한 다음, 다시 이탄을 공격해온 것이다.

이탄이 손바닥을 앞으로 내밀었다.

투왕!

광정이 이탄의 손바닥에 반사되어 다시 튕겨나갔다.

지평선 저 끝까지 날아갔던 광정이 다시 돌아와 이탄을 공격했다.

투왕!

이탄이 또 반사시켰다.

이번에도 광정은 다시 돌아와 이탄을 공격했다.

이에 이탄은 더 이상 광정을 반사시키는 대신, 광정의 에너지를 쭉 뽑아내어 소멸시켰다.

그러자 검푸른 연기로 흩어졌던 늑대 기둥들이 다시 원래 모습대로 응결되어 미로를 만들었다.

"흐음?"

이탄은 무언가 감을 잡은 듯한 표정이었다.

이번에는 이탄이 자리에서 일어났다. 그 다음 늑대 기둥들을 향해 또 다른 공격을 날렸다.

이탄의 머리가 18개로 늘어났다. 이탄의 팔은 36개로 증가했다. 그 팔들이 기다란 선 하나를 거머쥐는 시늉을 했다.

가늘게 나타난 선이 이내 쭉쭉 굵어졌다. 그리곤 하나의 거대한 창으로 변했다.

백팔수라 제4식 수라관천(修羅貫天) 작렬!

콰콰콰콰콰!

괴물수라가 내던진 법력의 창이 늑대 기둥들을 단숨에 쓸어버렸다. 이탄의 수라관천은 문자 그대로 단숨에 하늘마저 꿰뚫어 버릴 정도였다. 늑대 기둥들은 법력의 창이 날아오기도 전에 이미 검푸른 연기로 흩어졌다.

법력의 창은 그렇게 단숨에 늑대 기둥들을 와해시키고 지평선 저 끝까지 날아갔다.

잠시 후, 아득하게 날아가 버렸던 법력이 창이 크게 한 바퀴 돌면서 다시 이탄에게 날아왔다. 이탄이 처음 방출했던 무시무시한 역도를 고스란히 싣고서 이탄의 심장을 단숨에 파괴해 버릴 듯이 슈왕—!

"역시 이번에도 또 돌아오는구나. 하하핫."

이탄이 크게 웃었다.

만랑회진에 갇힌 자가 탈출로를 뚫기 위해서 늑대 기둥을 향해 공격을 퍼부으면, 만랑회진의 신비로운 권능에 의하여 그 공격이 다시 본인에게 되돌려졌다. 그러니까 만랑회진에 갇힌 적은 스스로의 공격에 맞아서 다칠 수밖에 없었다.

다시 말해서 만랑회진의 '회'라는 글자가 의미하는 바는 '공격이 되돌아오는 것'이었다.

언령을 깨우친 이래, 이탄은 이와 같이 글자와 현실이 일치하는 장면을 겪을 때마다 일종의 희열을 느끼게 되었다.

지금이 바로 그럴 때였다.

"아하하하하하."

이탄이 다시 한번 크게 웃었다. 그리곤 세상을 그대로 뚫어버릴 것 같은 법력의 창을 아무렇지도 않게 잡아채었다.

이탄의 손아귀 안에서 법력의 창이 펄떡거리다가 다시 잠잠해졌다. 그 다음 법력의 창이 사르륵 소멸했다.

"만랑회진이 만들어낸 이 공간은, 단순히 상대방을 가두는 기능만 있는 것이 아니었어. 상대방의 마나와 법력, 체력 등을 지속적으로 고갈시킬 뿐 아니라 상대의 공격을 되돌려 놓는 기능도 포함되었다고."

Chapter 6

이탄은 세 가지 경우를 상상해보았다.

첫째, 만약 공격력이 방어력보다 강한 말벌형 전사가 만랑회진에 갇히면?

그는 자신이 쏜 독침에 스스로 부상을 입어서 피를 철철 흘리며 죽어갈 것이다.

둘째, 만약 방어력이 공격력보다 강한 거북이형 전사가 만랑회진에 갇히면?

그는 강한 방어력 덕분에 당장 죽지는 않겠지.

하지만 거북이형 전사도 계속해서 늑대 기둥을 부수고 미로를 탈출하려고 발버둥 치다가 결국엔 되돌아온 자신의 공격에 데미지가 누적되면서 죽을 수밖에 없었다.

마지막으로 셋째, 만약 거북이형 전사가 늑대 기둥을 공격하지 않고 그냥 탈출을 포기한다면?

그럼 그는 조금 더 오래 살지 모른다.

대신 탈출을 포기한 거북이형 전사는 만랑회진 속에서 마나와 체력, 생명력이 서서히 고갈된 채 말라죽을 것이다.

"재미있군."

이탄은 지금까지 확인한 만랑회진의 권능에 상당히 만족했다.

"이것만으로도 충분히 쓸 만해. 하지만 여기에 한 가지 더 추가해 볼 게 있지."

벨린다의 만랑회진에는 법보가 사용되지 않았다.

반면 신왕 프사이가 만든 천랑회진에는 법보가 사용되었다. 신왕은 방어용 법보를 토템에게 입혀주어 방어력을 높이는 용도로 썼다.

"물론 만랑회진에는 토템이 없으니까 신왕 프사이처럼 물리적인 법보를 입혀줄 수는 없을 거야. 그 때문에 벨린다와 그녀의 외조부도 만랑회진에 법보를 추가하지 못했을 테지. 하지만 내게는 영혼과 관계된 법보가 하나 있거든."

이탄은 손에 끼고 있던 투명한 장갑을 벗었다.

사람의 피부처럼 보이는 얇고 투명한 장갑이 도르륵 말려 나왔다.

이것의 명칭은 귀장갑(鬼掌匣).

금강수라종의 역대 종주들은 어떻게든 귀장갑을 한 번 사용하려고 갖은 애를 썼다. 하지만 귀장갑의 귀기가 너무 짙어 단 한 번도 제대로 써먹어보지 못했다.

그러다 이탄이 금강 종주의 상급보고에서 이 귀장갑을 손에 넣었다. 이탄은 최상급 법보인 귀장갑을 입수하고도 지금까지 한 번도 관심을 기울이지 않았다.

지금도 마찬가지였다. 이탄은 이 희귀한 고대의 법보를 아무렇지도 않게 만랑회진 속에 던져 넣었다.

투명한 귀장갑이 얇고 넓게 펼쳐지면서 만랑회진 내부를 한 꺼풀 뒤덮었다.

끼야아아아아악—.

그 순간 끔찍한 귀곡성이 귀장갑으로부터 터졌다. 귀장

갑 속에서 희끄무레한 혼령들이 무수히 튀어나왔다.

이 혼령들은 지옥의 사신처럼 커다란 낫을 들고 폭풍처럼 움직이며 만랑회진 내부를 분탕질 쳤다.

크와앙!

검푸른 늑대들이 텃세라도 부리려는 듯 혼령들에게 달려들었다. 늑대 기둥들은 격렬하게 음파를 내뿜었다.

귀장갑의 혼령이 늑대를 향해 낫을 휘둘렀다. 뼈로 만들어진 듯한 하얀 낫은 눈 깜짝할 사이에 늑대의 목을 베고 지나갔다.

낫에 베인 늑대들이 검푸른 연기로 흩어졌다가 다시 뭉쳐서 늑대로 되돌아왔다.

이번엔 늑대들이 반격했다. 검푸른 연기 속에서 튀어나온 늑대들이 아가리를 쩍 벌리고 혼령에게 달려들더니 단숨에 상대의 목덜미를 물어뜯었다.

혼령도 곧바로 대응했다.

펄럭거리는 혼령의 로브 속에서 녹슨 쇠사슬이 스르렁 쏟아져 나왔다. 쇠사슬은 단숨에 늑대를 휘감았다.

늑대들과 혼령들 울부짖는 소리가 마구 뒤섞였다. 만랑회진 내부는 한바탕 치열한 전쟁터로 돌변했다.

이탄이 기가 막힌 듯 중얼거렸다.

"개판이구먼."

지금 이 상황은 이탄이 바라던 바가 아니었다.

딱!

이탄이 손가락을 튕겼다.

그 즉시 검푸른 늑대들을 지탱하던 음차원의 마나가 회수되었다. 법력도 썰물처럼 빠져나갔다.

이탄은 북극의 별 마법도 동시에 펼쳤다.

쭈와아아악─.

희끄무레한 혼령들이 진공 속으로 빨려드는 먼지처럼 이탄에게 단숨에 끌려왔다.

깨개갱, 깨갱.

기겁을 한 늑대들이 우는 소리를 내었다. 그 와중에도 늑대들은 점점 더 빠르게 검푸른 연기로 변해 흩어졌다. 늑대 기둥들은 파도에 쓸린 모래성처럼 와해되었다. 그 기운들이 모조리 이탄에게 빨려들어 왔다.

끼이약. 끼약. 끼약.

혼령들도 기겁하기는 마찬가지였다. 혼령들은 이탄을 향해 자세를 납죽 낮췄다. 혼령들은 낫과 쇠사슬도 내팽개치고 바닥에 바짝 엎드렸다.

그렇게 굴복하는 척하며 버텨도 소용없었다. 북극의 별 마법에 의해 무지막지하게 끌려온 혼령들은 맷돌에 갈린 콩처럼 처참하게 으깨졌다가 결국 이탄에게 흡수되었다.

이탄이 눈을 찌푸렸다.

"너희들끼리 지지고 볶으라고 합쳐놓은 게 아니거든. 이따위로 개판을 칠거면 양쪽 모두 부숴버릴 수밖에."

깨개갱.

끼야악.

말귀를 알아듣기라도 한 것처럼 늑대와 혼령들은 이탄의 눈치를 살폈다.

저들이 완전히 꼬리를 만 듯하자 이탄이 빙그레 웃었다. 이탄은 만랑회진 속에 다시 음차원의 마나와 법력을 공급해 주었다.

만랑회진이 힘을 되찾았다. 늑대 두개골이 박힌 기둥들이 비 온 뒤 죽순처럼 쑥쑥 돋아나 고래고래 괴성을 질렀다. 기운을 되찾은 늑대들은 검푸른 연기를 뭉클뭉클 뿜으며 허공을 날아다녔다.

기운을 찾은 것은 늑대만이 아니었다. 귀장갑도 다시금 희끄무레한 혼령들을 쏟아놓기 시작했다.

그 혼령들이 늑대의 등에 올라탔다. 그리곤 머리 위로 대형 낫을 들어 훙훙훙 회전시켰다.

크헝!

늑대들은 귀장갑의 혼령이 자신의 등에 올라탄 것이 기분 나쁜 듯했다. 그래서 늑대들은 몸을 좌우로 흔들고 검푸른 연기로 변해 빠져나가려고 들었다.

하지만 이탄이 눈썹을 찌푸리자 늑대들의 태도가 돌변했다. 찔끔 놀란 늑대들이 그냥 혼령을 등에 태운 채 허공을 날아다녔다.

"역시 법보를 던져주니 만랑회진이 더 강해지네. 좋았어."

이탄이 손바닥을 슥슥 비볐다. 이탄은 귀장갑으로 인하여 업그레이드 된 만랑회진이 꽤 만족스러웠다.

"만랑회진은 이만하면 되었다."

이탄이 손을 뻗었다.

그러자 만랑회진에 공급되었던 법력과 마나가 다시 이탄의 몸속으로 회수되었다. 늑대의 두개골이 박힌 기둥들은 검푸른 입자로 붕괴하면서 스르륵 자취를 감추었다. 늑대들도 검푸른 연기로 변했다가 완전히 흩어졌다.

희끄무레한 혼령들은 황급히 귀장갑 속으로 되돌아갔다. 투명한 귀장갑이 이탄의 손에 툭 떨어졌다.

Chapter 7

이탄은 주섬주섬 귀장갑을 끼었다. 이탄이 만랑회진을 거두자 적양갑주로 차단되어 있는 본래의 좁은 공간이 다시 드러났다.

당연한 말이지만, 검푸른 늑대들과 귀장갑의 혼령들이 온갖 난리를 다 쳤어도 적양갑주는 전혀 손상이 없었다.

다만 이탄이 앉아 있던 침대는 이미 가루로 부서진 지 오래였다. 탁자와 의자도 세월의 풍파를 겪은 듯 거의 다 부서져 갔다.

가구가 가루로 부서진 것은 만랑회진을 펼쳤던 여파 때문이었다. 이탄이 검지로 관자놀이를 꿀꿀 눌렀다.

"쩝. 이럴 줄 알았으면 침대와 탁자가 없는 곳에서 만랑회진을 연습하는 것인데. 괜히 애꿎은 가구들만 망가뜨렸네."

말은 이렇게 하였으나 이탄은 침대와 탁자가 부서진 것이 전혀 아깝지 않았다. 이탄은 상쾌한 마음으로 숙소를 나섰다.

"어디로 가야 침대와 탁자를 다시 구할 수 있으려나?"

이탄은 가구를 다시 구하는 김에 알블―롭 일족의 나무 군락도 제대로 한 바퀴 둘러볼 요량이었다.

오늘은 3월 10일.

이탄이 숙소에 처박힌 지도 벌써 닷새가 지났다. 비록 이탄은 만랑회진에 몰두하느라 이렇게 시간이 흘렀다는 사실을 인지하지 못했지만 말이다.

알블―롭의 나무 군락은 규모가 굉장히 컸다. 언노운 월드의 대도시와 비교해도 전혀 뒤떨어지지 않을 정도였다.

"새삼 느끼는 거지만, 그릇된 차원에 대한 사람들의 인식은 잘못되었어. 이곳 차원의 주민들은 결코 단순한 몬스터들이 아니야. 이곳 주민들도 언노운 월드에 못지않은 문명을 구축했다고."

나무 기둥 사이로 빠르게 이동하는 긴 허리 늑대를 보면서 이탄은 이렇게 중얼거렸다.

이탄의 눈에 비친 긴 허리 늑대는 정말로 특이했다.

늑대의 어깨 높이가 1.5미터 정도인데 비해, 늑대의 허리길이는 거의 100미터가 넘는 듯했다.

이건 마치 간씨 세가 세상의 닥스훈트라는 사냥개를 크게 뻥튀기 시킨 다음, 허리를 100미터까지 길게 늘여놓은 듯한 모습이었다.

늑대의 기다란 허리 위에는 알블―롭의 주민들 수십 명이 앉아 있었다. 긴 허리 늑대는 주민들을 등에 태운 채 나무 사이를 휘리릭 지나갔다.

그런 늑대가 한두 마리가 아니었다. 알블―롭의 나무 군락 여기저기서 긴 허리 늑대들이 주민들을 태우고 움직였다.

"세상에 이런 대중교통 수단이 있다니. 정말 기가 막히는군."

이탄은 거듭 감탄했다.

"기억의 바다에서 긴 허리 늑대에 대한 것도 보았었지. 그런데 막상 현실로 접하니까 더욱 놀라워. 저번에 나를 태우고 하늘을 날았던 날개 달린 늑대도 신기했지만, 긴 허리 늑대도 그에 못지않게 신통방통하네."

이탄은 호기심이 발동했다. 그래서 한결 신이 난 눈빛으로 주변을 둘러보았다.

그렇게 이탄이 주민들 사이를 걷고 있는데, 긴 허리 늑대한 마리가 이탄 옆에 멈춰 섰다. 늑대의 맨 앞에 타고 있던 사내가 이탄에게 물었다.

[타실 겁니까?]

[응?]

[긴 허리 늑대 말입니다. 타실 겁니까?]

이제 보니 이탄이 지나치던 곳은 일종의 정류장이었다. 그리고 늑대의 맨 앞에 앉은 사내가 마부 혹은 운전기사의 역할이었다.

이탄의 뇌리에 기억 한 조각이 떠올랐다.

'어디 보자. 긴 허리 늑대를 타려면 이곳의 화폐가 필요한데. 지금 내가 얼마나 가지고 있더라?'

이탄이 주머니를 뒤졌다.

이탄은 전쟁터에서 공을 세워서 얻은 점수를 몽땅 투입

하여 기억의 바다에 들어갔다. 조금 남은 전공 점수로는 음혼석 5개를 사버렸다.

따라서 지금 이탄의 수중에 남은 돈은 성벽에서 일꾼으로 일할 당시에 받았던 일당뿐이었다.

'다행히 긴 허리 늑대를 탑승하는 비용이 그리 비싸지는 않구나.'

이탄의 입가에 미소가 살짝 걸렸다.

사실 이탄은 굳이 긴 허리 늑대를 탑승할 필요가 없었다. 그것보다 이탄이 직접 움직이는 편이 더 빨랐다.

'하지만 이런 걸 한번 타보는 것도 나름 재미있겠지?'

이탄은 나뭇잎 모양의 화폐를 하나 꺼내어 사내에게 지불했다.

[빈 자리에 앉으십시오.]

사내가 엄지로 등 뒤를 가리켰다.

긴 허리 늑대는 영리하게도 바닥에 납죽 엎드려 이탄이 올라타기 쉽도록 도와주었다.

이탄은 빈 자리를 찾아서 늑대의 등에 착석했다.

사내가 탑승객들 전체에게 뇌파를 보냈다.

[다 타셨으면 출발합니다.]

말이 떨어지기 무섭게 긴 허리 늑대가 몸을 일으켜 질주했다.

긴 허리 늑대의 속도는 꽤 빨랐다. 언노운 월드에서 말을 타고 달리는 것보다 더 빨랐다. 대신 간씨 세가의 자동차나 기차보다는 다소 느렸다. 또한 이탄의 예상보다 탑승감도 훌륭했다.

'괜찮네.'

이탄은 한 번 더 미소를 지었다.

긴 허리 늑대는 알블―롭 일족의 대중교통 가운데 하나였다. 이탄이 긴 허리 늑대의 등에 올라타서 달리는 와중에도 여러 마리의 긴 허리 늑대들이 나무 군락 사이를 바쁘게 움직였다. 각각의 긴 허리 늑대들은 서로 목적지가 달랐다. 하지만 등에 탑승객들을 잔뜩 태우고 있다는 점은 동일했다.

'내가 탄 늑대는 목적지가 어디더라?'

이제야 깨달은 사실인데, 이탄은 목적지도 확인하지 않고 아무 생각 없이 긴 허리 늑대에 올라타 버렸다.

이탄은 잠시 당황했다가, 다시 입꼬리를 끌어올렸다.

'에이 씨 뭐. 애초부터 목적지도 없었잖아. 어디로 가면 또 어때?'

이탄은 편한 마음으로 주변 풍경을 즐겼다.

그러다 번화해 보이는 시장 하나를 발견했다. 가판대에 서는 알블―롭 일족의 여자들이 여러 가지 물건들을 팔았다.

일렬로 뚫린 나무 구멍 앞에서는 상인들이 호객행위를 했다. 이 나무 구멍 하나하나가 상점들이었다.

"시장이구나. 여기나 한 바퀴 둘러볼까?"

이탄은 충동적으로 시장에서 내렸다.

제2화
청금 광산 수복 작전

Chapter 1

시장바닥은 무척이나 시끄러웠다.

언노운 월드의 시장처럼 상인들이 빽빽 입으로 떠드는 것은 아니었지만, 대신 여기저기서 동시에 뇌파가 날아들었다.

[쌉니다. 싸. 스피네 족 시체에서 채취하여 정제한 독을 팝니다. 전사님들이 무기에 발라서 사용하시면 누구든 죽일 수 있습니다.]

[플라모의 깃털. 플라모의 깃털. 이걸로 돌을 긁으면 곧바로 불을 지필 수 있습니다. 어머님들 주방에 꼭 필요한 필수 아이템. 지금 싼 값에 들여가세요.]

[오세요. 오세요. 오늘 제가 눈 딱 감고 떨이에 들어갑니다. 떨이요. 떨이.]

[과일 사세요. 맛 좋은 과일 사세요.]

[싱의 허파 팔아요. 싱의 내장도 있어요.]

이탄은 시끄러운 뇌파들을 적당히 차단했다. 그러면서 길 양편의 가판대를 눈으로 살피며 걸었다.

이탄이 한참을 보행하고 있을 때였다.

[시장 지도요. 시장 지도요.]

알블—롭의 소년 한 명이 지도를 손에 들고 소리쳤다.

이탄은 기억의 바다에서 많은 지식들을 얻었지만, 그 가운데 이곳 시장의 지리는 없었다.

[지도 한 장에 얼만가?]

이탄이 지도 팔이 소년을 붙잡았다.

소년의 눈이 반짝 빛났다.

[지도가 필요하세요? 한 장에 10페일만 받습니다.]

10페일이면 나뭇잎 모양의 화폐 열 장으로, 결코 만만한 금액이 아니었다. 이탄은 뒤도 돌아보지 않고 소년을 스쳐 지나갔다.

소년이 황급히 이탄을 붙잡았다.

[하지만 이미 시간이 오후가 되었으니 가격을 깎아드려야죠. 손님, 저렴하게 7페일에 모시겠습니다.]

이탄은 여전히 대꾸가 없었다.

소년의 얼굴에 다급함이 어렸다.

[5페일.]

[…….]

[4페일. 4페일. 더는 깎아줄 수 없어요. 손님, 제가 벌어서 나이든 할머니와 동생들을 보살펴야 하거든요. 이 지도는 정말 세밀한 곳까지 다 나와 있어요. 게다가 지도 안에 어떤 가게가 저렴한지도 표시되어 있다고요. 4페일에 사시면 절대 후회하지 않으실 거예요.]

소년은 필사적이었다.

이탄이 손가락 3개를 펼쳤다.

[3페일.]

[아 씨. 안 되는데.]

소년이 인상을 팍 썼다.

하지만 소년은 언제 그랬냐는 듯이 다시 얼굴을 활짝 펴고 밝게 싱글거렸다.

[에잇. 기분이다. 좋아요. 손님의 인상이 좋아 보이니까 특별히 그 가격에 해드리죠. 하지만 어디 가서 이 가격에 지도를 샀다고 말씀하시면 안 돼요. 다른 지도 상인들이 알면 제가 큰 곤욕을 치르거든요. 지도를 정상가격보다 너무 싸게 팔았다고요.]

소년은 이탄에게 둘둘 말린 지도를 건넸다.

이탄도 소년에게 3페일을 지불했다.

[손님. 지도도 싸게 사셨으니까 시장 구경도 잘 하시고 좋은 물건도 많이 사세요. 행운을 빕니다.]

소년이 생글생글 웃으며 이탄에게 복을 빌어주었다. 그리곤 또 다른 손님들에게 지도를 팔기 위해 후다닥 멀어졌다.

이탄은 소년의 등을 힐끗 보았다. 그 다음 길 한복판에서 지도를 펴고 시장의 전체적인 지리를 머릿속에 숙지했다.

"어디 보자. 우선 여기부터 가볼까?"

이탄이 선택한 곳은 시장 동쪽의 재료 상가였다.

지금까지 이탄은 재료나 단약 같은 것에 관심을 두지 않았다. 하지만 신왕이 남긴 지식에 따라 부정 차원으로 통하는 차원 통로를 열기 위해서는 아주 희귀한 재료들이 다수 필요했다.

'당장 차원의 통로를 개통할 것은 아니지. 하지만 통로를 만드는 데 필요한 재료들은 눈에 띌 때마다 그때 그때 구해놓아야 해.'

이것이 이탄이 재료 상가를 선택한 이유였다.

이탄이 동쪽으로 몇 발자국 떼었을 때였다.

[지도 팝니다. 지도 팔아요. 시장 전체를 상세하게 표시

한 지도가 아주 쌉니다. 한 장에 2 페일. 한 장에 2페일.]

　등 뒤로 머리를 길게 딴 소녀 한 명이 2페일에 지도를 팔고 있었다. 조금 전 이탄이 산 것과 동일한 지도였다.

　"하하하하. 그 녀석이 내게 바가지를 씌웠어?"

　이탄은 손바닥으로 자신의 이마를 딱 때렸다. 이탄은 2페일짜리 지도를 10페일에 팔던 소년이 괘씸하기도 하고, 한편으로는 귀엽기도 했다.

　"녀석. 아주 영특하네. 그래. 장사는 그렇게 하는 거지. 나중에 기회가 되면 다시 또 보자. 혹시라도 내가 이곳 나무 군락에 모레툼 지부를 열게 된다면, 너를 꼭 신도로 만들어 주마. 하하하하."

　이탄이 자조 섞인 웃음을 흘렸다.

　이탄으로부터 제법 떨어진 곳, 지도를 팔던 소년이 갑자기 부르르 몸서리를 쳤다.

　[아잇. 깜짝이야. 왜 갑자기 몸에 소름이 돋았지? 어째 기분이 요상한데?]

　지도팔이 소년은 영문 모를 오한에 고개를 갸웃했다.

　한편 이탄은 성큼성큼 걸어서 시장 동쪽에 도착했다. 여기서부터 시작해서 거리 끝까지가 전부 재료를 판매하는 재료상들의 영역이었다.

　식품이나 생활용품을 판매하는 상가와 달리 재료상들은

다소 한산했다. 재료를 찾는 손님이 많지는 않은 까닭이었
다.

대신 재료들 가운데는 값비싼 것들이 많기에 하루에 하
나만 팔아도 상가를 유지하는 데 어려움이 없었다.

재료상들은 이탄이 거리에 발을 디디자마자 의자에서 몸
을 일으켰다.

[어이쿠. 손님. 뭐가 필요하쇼?]

[손님, 이쪽으로 오시죠. 우리 가게가 이 일대에서 가장
많은 재료를 다루고 있습니다.]

[여기. 여기. 아 이리로 오시라니까.]

여기저기서 상인들이 이탄을 불렀다.

이탄은 그런 장사치들을 거들떠도 보지 않았다. 이탄은
지도에 도매상으로 표시된 상가들만 우선 돌아볼 생각이었
다.

일반 상가와 달리 도매상들은 가게의 규모가 컸다.

이탄이 한 상가에 들어서자 귀여운 소년이 쪼르르 달려
나왔다.

[손님, 어서 오세요. 뭐 찾으시는 거 있으세요?]

[토트의 등껍질, 유바의 털, 뽈브의 눈물, 구아로의 발톱
이나 이빨, 리노의 뿔, 리노의 비늘, 청금, 적금, 흑금, 백
금, 적린석, 틸트 스톤, 수프리 나무의 뿌리. 혹시 이런 재

료도 판매하느냐?]

이탄은 필요한 재료들을 주르륵 읊었다.

Chapter 2

소년의 눈이 휘둥그레졌다.

[네? 뭐라고요?]

[토트의 등껍질, 유바의 털, 뽈브의 눈물, 구아로의 발톱, 구아로의 이빨, 리노의 뿔, 리노의 비늘, 청금, 적금, 흑금, 백금, 적린석, 틸트 스톤, 수프리 나무의 뿌리. 혹시 이것들 가운데 하나라도 판매하는 재료가 있느냐?]

이탄이 다시 한번 천천히 했던 말을 되풀이했다.

소년이 황당하다는 듯이 이탄을 올려다보았다.

[손님. 어디서 그런 희귀한 재료들을 들으셨는지 모르겠으나, 그런 재료들을 구할 수 있는 곳은 이곳 재료상가를 다 뒤져봐도 나오지 않을 겁니다.]

[그러냐?]

이탄이 시무룩한 표정을 지었다.

이탄이 막 등을 돌려 도매상에서 나가려고 할 때였다. 소년이 황급히 이탄을 붙잡았다.

[잠깐만요.]

[왜 그러느냐?]

이탄이 뒤를 돌아보았다.

소년은 똘망똘망하게 말했다.

[다른 재료들은 모르겠으나 토트의 등껍질은 혹시 운이 좋으면 들어올 수도 있습니다. 이번에 저희 상단이 섬기는 귀족 가문에서 토트 일족과 큰 거래를 한다고 들었습니다. 그때 혹시 토트의 등껍질을 조금 들여올 수도 있습니다.]

이탄이 호기심을 드러내었다.

[호오? 그래? 너희 상단에서 토트 일족과 거래를 한다고?]

[아닙니다. 저희 상단이 아니라, 저희가 섬기는 귀족가문에서 토트 일족과 거래를 하는 겁니다. 아버지께서 아직까지 이 사실을 아무 데도 말씀하지 않으셨지만, 분명히 거래가 있습니다.]

소년은 이탄의 말에서 오류를 바로잡았다.

이탄은 재료만 구할 수 있다면 그딴 오류쯤은 아무래도 상관없었다.

[그래서, 그 거래가 언제쯤이냐?]

[이달 말입니다.]

[흠.]

소년의 대답은 고무적이었다. 오늘이 3월 10일이니 앞으로 20일 이내에 거래가 이루어진다는 뜻이었다.

이탄은 소년에게 자신의 이름과 숙소의 위치를 밝혔다.

[나는 이탄이라고 한다. 그리고 내가 머무는 곳은 여기지.]

나무 군락의 각 나무 구멍에는 일련의 번호가 붙어 있는데, 이 번호가 일종의 주소 역할을 했다.

소년은 이탄이 알려준 번호와 이름을 종이에 메모해두었다.

이탄이 소년에게 당부했다.

[혹시라도 네 아버님께서 토트의 껍질을 손에 넣으시거든 내게 연락을 주어라. 품질이 괜찮으면 내가 꼭 사도록 하마.]

[네. 꼭 연락을 드릴게요.]

소년이 귀엽게 귀를 쫑긋거리며 대답했다.

소년의 가게를 떠난 뒤, 이탄은 또 다른 도매상을 찾아갔다. 그곳에서도 이탄은 동일한 재료들을 찾았다.

상인들은 고개만 가로저었다.

[무척 구하기 어려운 재료들이네요.]

[없어요. 그런 재료는 없다고요.]

이상이 상인들의 일관된 반응이었다.

이탄이 그렇게 상점을 열 곳쯤 들릴 때였다. 마침내 이탄이 원하는 재료가 하나 나왔다. 앞니가 하나 빠진 노인이 허리를 두드리며 이탄을 가게 안으로 안내했다.

[따라오쇼.]

도매상답게 가게 안에는 온갖 재료들이 진열되어 있었다.

노인은 원형 테이블 위에 쌓인 잡동사니들을 한 손으로 스윽 밀어놓고는 이탄에게 자리를 권했다.

[여기 잠시만 앉아 계쇼.]

이탄은 먼지가 뽀얗게 쌓인 의자에 스스럼없이 앉았다.

노인이 안에서 차를 두 잔 내왔다.

이탄은 차는 거들떠도 보지 않았다. 그저 노인만 물끄러미 쳐다보았다.

노인이 상점 안쪽에서 누런 주머니를 하나 꺼내오더니 이탄에게 내밀었다.

이탄이 주머니를 풀자 그 속에서 어린아이 손톱 크기의 붉은 돌이 튀어나왔다. 돌 속에 불꽃이 담긴 듯 은은하게 붉은 빛을 일렁거리는 돌이었다.

[험험. 그걸 알아보시겠소?]

노인이 컬컬한 뇌파로 물었다.

이탄은 당연히 알아보았다. 이건 신왕의 기억 속에서 목격했던 적린석의 파편이었다.

[적린석이구려.]

[맞소. 적린석이오.]

[그런데 주인장도 이미 아시겠지만, 다른 재료와 달리 적린석은 이렇게 작은 파편으로는 쓸모가 없는데? 혹시 이게 다요?]

이탄이 직설적으로 물었다.

노인이 희미한 미소와 함께 고개를 가로저었다.

[그럴 리가 있겠소. 다만 적린석이 워낙 귀한 물건이라 여기에 두지는 않지. 손님께서는 적린석이 얼마나 필요하쇼?]

이탄이 팔짱을 끼었다. 그리곤 턱을 살짝 들고 대답했다.

[가능한 많이.]

[허! 가능한 많이라? 그걸 구매할 재화는 있으시고?]

노인은 의심스러운 눈초리로 이탄의 차림새를 훑어보았다. 지금 이탄의 행색은 아무리 보아도 귀족답지는 않았다.

'이름 난 귀족 가문이 아니라면 감히 적린석을 구할 엄두도 내지 못할 터인데, 이 애송이는 뭐지? 귀족 가문의 일을 대행해주는 집사인가?'

이탄은 실제 나이보다 외모가 어려 보였는데, 이것은 이와 같은 거래를 할 때 불리하게 작용했다.

이탄은 품에서 음혼석을 하나 꺼내서 테이블 위에 올려놓았다. 이탄이 손가락을 가까이 대자 음혼속 내부로부터 노란 전하가 올라와 번쩍번쩍 뛰놀았다.

Chapter 3

이탄이 음혼석을 꺼내놓자 노인이 헛바람을 집어삼켰다.

[허억? 음혼석!]

그것도 하급 음혼석이 아니었다. 중급의 음혼석이었다. 이런 귀한 것을 가지고 다닌다는 것은 상대가 귀족의 심복이거나, 혹은 귀족 본인임을 의미했다.

[어이쿠. 제가 귀하신 분을 미처 몰라뵈었습니다.]

노인이 이탄을 향해 머리를 조아렸다.

이탄도 어느새 말투가 바뀌었다.

[음혼석 하나면 적린석을 얼마나 구할 수 있지?]

[어유. 저희 같은 상인들은 감히 음혼석을 취급할 수도 없습니다. 그러한 것을 함부로 거래했다가는 당장 귀하신 분들께 압수당할 것이옵니다. 용서해주십시오.]

노인이 손사래를 쳤다.

'뭐야?'

감히 음혼석을 거래할 수 없다는 노인의 말에 이탄이 이맛살을 찌푸렸다.

이탄은 5개의 중급 음혼석으로 필요한 재료들을 살 요량이었다. 한데 첫 단추부터 이탄의 계획이 어긋났다.

'젠장. 상인들이 음혼석을 보자마자 겁부터 집어먹다니. 이래서야 음혼석이 아무런 쓸모가 없잖아.'

이탄은 상황이 마뜩지 않아 자신도 모르게 아랫입술을 질겅질겅 씹었다.

노인이 조심스레 이탄의 눈치를 살폈다.

[왜? 무슨 할 말이 더 있나?]

이탄이 불퉁하게 쏘아붙였다.

노인은 쩔쩔 매면서 아뢰었다.

[으으윽. 용서하십시오. 다만 음혼석으로 거래를 하고 싶으시다면 저희 같은 미천한 상인들을 찾으실 일이 아니옵니다. 귀족 가문과 직접 거래하시는 것이 옳사옵니다.]

[귀족 가문과 직접?]

노인이 제시한 방법은 이탄이 기억의 바다에서 미처 파악하지 못한 부분이었다.

노인은 세차게 고개를 주억거렸다.

[그렇습니다. 귀족 가문들 가운데 직접 상단을 운영하는 곳들이 있습니다. 그러한 직할상단은 음혼석을 거래할 수

있습지요.]

[아!]

노인의 말을 듣자마자 이탄의 눈이 번쩍 뜨였다.

'그렇지. 이 노인이 음혼석을 원치 않는 이유는 음혼석이 너무 귀하기 때문이잖아? 혹시라도 자신이 음혼석을 가졌다는 소문이 돌면 어떤 포악한 귀족이 찾아와서 음혼석을 강제로 빼앗을지도 모르니까 말이야.'

하지만 귀족 가문이 직접 운영하는 직할상단이라면 그런 걱정이 없을 것이다.

'그렇다면 직할상단부터 찾아가봐야겠구먼.'

이탄이 노인에게 자신의 지도를 내밀었다.

노인은 눈을 동그랗게 떴다.

[이건 지도가 아닙니까?]

[지도 맞아. 거기 위에 직할상단의 위치 좀 표시해봐.]

[예에에? 아 네. 알려드리겠습니다.]

노인은 인근의 재료상가 중에서 귀족가문과 직접적으로 연결된 세 곳 상가의 위치를 찾아 지도 위에 동그라미를 쳤다.

[이 세 곳이 직할상단입니다.]

[으응?]

이탄이 눈을 반짝였다.

노인이 동그라미를 친 세 곳 가운데 하나는 이탄이 이미 들렀던 점포였다. 이탄이 맨 처음에 방문해서 토트의 껍질을 예약했던 곳이 바로 귀족 가문이 운영하는 직할상단 가운데 하나였던 것이다.

이탄은 무릎을 딱 쳤다.

'그래서 그렇구나. 그 도매상의 소년이 나에게 그런 말을 했었지. 자기 아버지가 모시는 귀족 가문이 있다고. 그 가문이 이달 말에 토트 일족과 큰 거래를 할 거라고. 이제 보니 그 도매상이 귀족 가문의 직할상단 중 하나였어.'

이탄은 이제 알블—롭 일족의 시장이 돌아가는 원리를 대충이나마 파악했다. 직할상단 가운데 한 곳은 이탄이 이미 방문을 했으니 이제 나머지 두 곳을 찾아볼 차례였다. 이탄은 노인이 일러준 대로 나머지 두 직할상단을 방문했다.

아쉽게도 두 곳 모두 이탄이 원하는 재료는 없었다.

다만 그중 한 곳에서 다소 희망적인 답변을 듣기는 했다.

[저희가 모시는 가문에서는 원래 청금 광산을 하나 보유하고 있습죠. 플라모 강 유역에 위치한 노천 광산인데, 최근에 알블—롭과 플라모 족 사이에 전쟁이 터지는 바람에 그 지역을 플라모 족에게 빼앗기고 광산 채굴이 중단되었습니다요.]

체격이 건장한 중년 상인은 여기서 말을 끊은 뒤, 조심스럽게 희망적인 이야기를 덧붙여 놓았다.

[하지만 아직 실망하실 때는 아닙니다. 제가 듣기로는 윗분들이 지금 광산을 다시 열도록 노력하는 중이라고 합니다. 그 시도가 성공하면 저희들도 다시 청금을 취급할 수 있습니다요. 네네.]

이탄은 가만히 팔짱을 끼었다.

[흐으음. 청금 광산이라? 플라모 강 유역의 청금 광산. 이제 보니 기억이 좀 나는구먼. 그래. 플라모 강 상류에 분명히 청금 광산이 있었어.]

이탄은 뇌에 담아둔 방대한 정보들을 뒤져서 해당 부분을 찾아내었다.

플라모 강 상류에는 광산이 하나 존재했다.

이 광산은 땅속에서 광물을 캐내는 일반 광산이 아니었다. 사금을 캐듯이 강바닥에서 광물 부스러기를 채취하는 노천 광산의 일종이었다. 그런데 여기서 채취되는 광물이 아주 독특했다. 그 일대 강바닥에서는 사금 대신 사파이어처럼 푸른 빛깔을 내는 희귀광물, 즉 청금이 얻어졌다.

[청금을 구하거든 여기 이 주소로 연락해주게.]

이탄은 중년 상인에게 자신의 이름과 주소를 밝힌 다음, 도매상에서 물러나왔다.

그때 문득 이탄의 뇌리에 또 다른 방법이 떠올랐다.

"혹시 대모나 현자들도 내가 필요한 재료들을 가지고 있지 않을까? 그들이야말로 알블—롭 일족의 지배자들이잖아. 알블—롭을 위해 다양한 무기를 개발하고 여러 가지 마법 실험을 하려면 귀한 재료들이 필요하겠지? 그러니까 어쩌면 상인들을 통해 재료를 구하는 것보다 대모나 현자들을 통해서 재료를 수급하는 편이 더 수월할 수도 있어. 전공 점수를 차감해서 필요한 재료를 구매하는 거지."

다만 이탄은 현재 전공 점수가 0이었다. 기억의 바다에 전공 점수를 몰빵한 탓이었다.

"쯧쯧. 이거 다시 한 번 알블—롭에 위기가 터지기를 바라야 하나? 전공 점수를 더 얻어야 하겠는데?"

이탄은 알블—롭의 현자들이 들으면 코피를 쏟을 법한 이야기를 아무렇지도 않게 뇌까리며 시장통을 걸었다.

Chapter 4

희한하게도 이탄의 바람은 곧 현실이 되었다. 이탄은 얼마 지나지 않아 전공 점수를 새로 획득할 기회를 마주하게 되었다.

이번에는 알블—롭의 위기 때문은 아니었다. 오히려 그 반대였다.

1번 나무 군락의 수문장이자 대표적 귀족인 타룬.

타룬의 보좌관이자 역시 귀족 가문의 후계자인 로바.

이 2명이 사전연락도 없이 이탄을 찾아왔다.

이탄은 손님들을 숙소 안으로 들였다.

타룬이 집안으로 들어오면서 물었다.

[험험. 이탄 님, 숙소가 좁아서 불편하지는 않은가……요?]

타룬이 평대를 하다 말고 뒤늦게 존칭을 썼다. 이탄의 이름을 부를 때도 뒤에 '님' 자를 붙였다.

이탄은 전혀 모르고 있었지만, 지금 알블—롭 일족 열두 나무 군락의 대모와 현자, 그리고 귀족 가문들 사이에는 이탄이 세 가지 특성, 즉 영력, 마법, 그리고 신체변형을 모두 갖춘 왕의 재목이라는 소문이 쫙 퍼진 상황이었다.

이 사실을 알게 된 이후로 타룬은 이탄을 어찌 대해야 할지 고민하게 되었다. 그러던 참에 이탄을 마주하자 타룬의 입에서 저절로 존칭이 나왔다.

이탄은 타룬의 말투가 다소 이상하다고 여겼으나, 이것을 깊게 생각하지는 않았다.

[뭐 불편할 것은 없소. 일단 그쪽에 앉으시구려.]

이탄은 타룬과 로바에게 의자를 권했다.

나무를 툭툭 잘라서 만든 성의 없는 의자였다. 테이블도 의자와 비슷한 꼴이라 보기에 볼품이 없었다.

사실 이건 이탄의 탓이었다. 최근 이탄은 벨린다의 만랑 회진을 연습하다가 침대와 테이블, 의자를 홀랑 가루로 만들었다.

그 후 이탄은 새 가구를 사려고 했으나 돈이 부족하여 침대만 새로 구입했다. 테이블과 의자는 이탄이 버려진 나무를 손날로 툭툭 다듬어서 직접 만들어 썼다.

그러니 볼품이 없을 수밖에.

타룬이 짐짓 성을 내었다.

[아니. 일족을 위해서 전쟁에서 공을 세운 영웅을 이렇게 푸대접한단 말인가? 의자와 테이블이 이게 다 뭐야?]

[그러게 말입니다. 제가 보급품 담당자를 한 번 다그쳐보겠습니다.]

로바도 눈을 찌푸렸다.

'사실은 내가 부순 건데. 괜히 보급품 담당자만 곤욕을 치르는 것 아냐?'

괜히 민망해진 이탄이 냉큼 화제를 돌렸다.

[험험험. 그나저나 두 분이 여기까지 찾아온 이유가 뭐요?]

[아! 뭐 별건 아닙니다. 그저 이탄 님이 어떻게 지내시는지 궁금하기도 하고. 음핫핫핫. 또 여기 있는 로바가 개인적으로 이탄 님께 부탁드릴 것도 있다고 하여 이렇게 찾아왔습니다. 음핫핫핫.]

타룬은 손바닥으로 자신의 파란 수염을 쓸어내리면서 호탕하게 웃었다.

이탄이 로바에게 시선을 돌렸다.

로바는 차분한 표정으로 설명을 시작했다.

[사실 제가 속한 가문에서는 동쪽의 강가에 사업장을 하나 운영하고 있었거든요. 그런데 얼마 전에 플라모 놈들과 전쟁이 벌어지면서 그 사업장이 불가피하게 문을 닫게 되었지 뭡니까. 가문의 어르신들께서는 이제 전쟁도 끝나고 했으니 사업장을 다시 열고 싶어 하세요. 다만 그 지역에 아직도 플라모 놈들이 출몰하고 있어서 사업을 재개하기가 쉽지는 않거든요.]

[어엇?]

로바의 말을 듣는 순간 이탄은 망치로 머리를 한 방 얻어맞은 기분이었다.

[혹시 그 사업장이라는 것이……?]

이탄이 말꼬리를 흐렸다.

로바는 숨기지 않고 곧바로 대답했다.

[광산이에요.]

[광산!]

[광산은 광산인데, 일반 광산처럼 갱도에서 광물을 캐내는 것은 아니고요, 강바닥을 긁어서 광물 부스러기를 채취하는 노천 광산이지요.]

[혹시 그 광물이 청금이오?]

이탄이 광물에 대해서 물었다.

로바는 정곡을 찔린 탓에 눈이 휘둥그레졌다.

[엇? 이탄 님께서 그걸 어찌 아셨어요?]

[역시 청금이었군. 허어 참.]

알고 보니 청금 광산의 주인이 바로 로바의 가문이었다.

'허어어. 내가 청금과 인연이 있나 보구나. 이게 또 이런 식으로 연결되네?'

이탄은 속으로 인연의 신묘함에 대해서 생각했다.

결국 로바가 오늘 이탄을 찾아온 이유는 하나였다.

[플라모 강에서 청금을 다시 캐려면 플라모 족들을 멀리 물리쳐야 하니 이탄 님께서 좀 도와주세요. 그러면 우리 가문이 보유 중인 전공 점수를 나눠드릴게요.]

이상이 로바의 제안이었다.

물론 이것이 그녀가 이탄을 방문한 이유의 전부는 아니었다. 청금 광산의 건수만이라면 로바만 오면 되지 굳이 타룬까지 쫓아올 필요는 없었다.

타룬과 로바는 청금 광산을 계기로 삼아 이탄과 돈독한 관계를 다지고, 이탄의 실력도 직접 눈으로 확인하려는 의도를 품었다. 1번 나무 군락의 대모와 현자도 로바의 아이디어에 찬성했다.

이탄이 로바에게 좀 더 구체적으로 물었다.

[작전계획은 세웠소?]

[작전계획이랄 것까지는 없어요. 일단 저희 가문에서는 정찰병들을 보내서 광산 일대를 살펴보고 있어요. 인근에 주둔 중인 플라모 족의 세력도 좀 파악했고요.]

[병력은 얼마나 보낼 생각이오?]

[조만간 8천 명가량의 가병들을 그곳으로 보내서 플라모 족들을 소탕할 예정이에요. 물론 저도 직접 움직일 거고요.]

[동원되는 귀족의 수는?]

[저와 제 어머니. 이렇게 2명이요. 만약 이탄 님께서 흔쾌히 나서주신다면 3명이고요.]

말은 이렇게 하였으나, 사실 로바는 완전히 귀족으로 각성하지 못했다. 지금 로바의 상태는 전사와 귀족의 중간 어디쯤이었다.

이탄이 질문의 방향을 바꿨다.

[그러면 적 귀족들의 명수는? 그건 파악했소?]

[아니오. 아직 파악하지 못했어요.]

로바의 표정이 어둡게 변했다.

Chapter 5

이탄이 이맛살을 찌푸리자 로바가 곧바로 말을 이었다.

[최소한 한 명은 있어요. 적들 중에 귀족으로 보이는 자가 한 명은 있는데, 그 밖에 숨은 귀족들이 얼마나 더 있는지는 아직 파악하지 못했어요.]

이탄은 타룬을 돌아보았다.

[타룬 수문장께서는 이번 일을 돕지 않으시오?]

[음홧홧. 이탄 님도 아시다시피 저는 서쪽 성벽에서 몸을 뺄 수 없는 처지입니다. 마음 같아서는 로바를 돕고 싶으나 불가능하지요. 하하핫.]

타룬이 어깨를 으쓱했다.

[흐음. 그러시군.]

이제 이탄은 좀 더 구체적인 협상에 들어갔다.

당연히 협상의 대상자는 타룬이 아니라 로바였다.

[내가 광산 인근의 적들을 물리쳐 주면 전공 점수를 얼마

나 받을 수 있는 거요?]

이탄이 본론으로 훅 치고 들어왔다.

순간 로바가 당황했다. 그녀는 이런 협상에 능숙하지 않
았다.

[그건…… 가문의 어른들께서 결정하실 일이라 잘 모르
겠어요.]

로바가 울상을 지었다.

이탄이 또 물었다.

[일단 내가 적들을 물리쳐주었다고 칩시다. 그런데 적병
들이 새로 또 나타나서 광산을 훼방 놓으면 그때는 점수 처
리를 어떻게 할 거요?]

[죄송합니다. 그것도 제가 답하기 힘드네요.]

[설마 광산이 잘 돌아갈 때까지 내가 그 곁에 머물면서
지켜줘야 하는 거요? 당연히 그건 아니겠지?]

[에에, 그것은 저…….]

로바가 진땀을 흘렸다.

로바는 제대로 답을 하는 게 없었다. 그녀는 또래 중에
무력은 발군이었으나 이런 쪽으로는 젬병이었다.

[음. 로바 님은 아는 게 별로 없으시군.]

이탄이 완고하게 팔짱을 꼈다.

[허허험. 이거 당황스럽군요. 음홧홧홧.]

옆에서 타룬이 크게 헛기침을 뱉었다. 타룬은 이탄 모르게 로바의 옆구리를 찔렀다.

[지금 뭐 하는 겐가? 어서 가문에 연락을 해보지 않고. 구체적인 방안도 없으면서 무슨 협상을 한단 말인가.]

[아앗. 넵. 가모님께 곧바로 연락을 취하겠습니다.]

로바가 이탄의 숙소 밖으로 후다닥 뛰쳐나갔다.

타룬이 로바를 대신하여 이탄에게 사과했다.

[음홧홧. 이탄 님께서 양해를 해주시지요. 로바 녀석이 덜렁대기만 하고 꼼꼼하지 못한 면이 있습니다. 하하하. 그래도 성격은 꽤 괜찮은 녀석입니다. 음홧홧홧.]

[저도 압니다.]

이탄은 타룬의 말에 동의했다.

잠시 후, 로바가 가모와 의논을 한 뒤에 다시 돌아왔다.

[가모님께서 이탄 님께 다음과 같은 계약 조건을 제시하셨습니다.]

로바가 가모의 뜻을 종이에 옮겨 적어 이탄에게 건네주었다.

그 안에 담긴 내용은 다음과 같았다.

─── 계 약 서 ───

1. 이번 작전 구역은 플라모 강 상류의 청금 광산

을 중심으로 반경 100킬로미터 이내로 한정한다.

2. 아일라 가문에서는 위의 1번에서 정의한 영역 내의 플라모 족 분포를 미리 조사하여 이탄에게 통보한다.

3. 이번 작전의 소탕 대상은 2번에서 조사된 적들로 한정한다. 만약 작전 중에 미리 파악하지 못한 적들이 새로 등장할 경우, 그에 대한 이탄의 전공 보상은 따로 산정한다.

4. 위의 2번에서 조사된 적들을 모두 소탕한 뒤, 이탄의 소탕 기여도에 따라서 전공 점수를 배분한다.

5. 작전 참여만으로도 이탄은 기본 전공 점수 500점을 배분받는다.

6. 이탄이 적 귀족을 참살한 경우 두 당 300점, 포로로 잡으면 두 당 400점, 물리친 경우는 두 당 100점으로 산정 받는다.

7. 특별히 강한 귀족일 경우는 추가 점수를 배정할 수 있다.

8. 이탄이 적 전사를 참살한 경우 두당 3점, 포로로 잡으면 두 당 4점, 물리친 경우는 두 당 1점으로 산정 받는다.

9. 특별히 강한 전사일 경우는 추가 점수를 배정

할 수 있다.

　10. 아일라 가문은 소탕 이후 상황에 따라 이탄에게 전공 접수 대신 광산에서 채취한 청금으로 대가를 지불할 수도 있다. 이에 대한 비율은 아일라 가문과 이탄이 협의해서 정한다.

이 정도면 꽤나 구체적인 계약서였다. 이탄은 흔쾌히 계약을 받았다.

　[좋소. 이 조건대로 계약합시다. 단, 내가 이 지역 지리를 잘 모르니 작전 구역으로 이동할 수단은 아일라 가문에서 제공해주시오.]

　[그건 걱정 마세요. 지난번 전쟁 때와 마찬가지로 이탄 님께 날개 달린 늑대를 제공하겠어요.]

　로바도 기쁘게 대답했다.

　[음횻횻횻횻. 이거 계약이 잘 성사되니 기분이 좋습니다 그려. 핫핫핫.]

　둘 사이에 이야기가 잘 끝난 듯하자 타룬이 크게 웃었다.

　그로부터 사흘 뒤.

　로바가 한 번 더 이탄을 찾아왔다. 이번에는 타룬 없이 로바 혼자서 이탄의 집을 방문했다.

　[이게 적의 분포도요?]

이탄은 로바가 건넨 지도를 세심하게 들여다보았다.

지도 위에는 플라모 강 상류지역을 중심으로 반경 100킬로미터를 나타내는 동그라미가 그려져 있었다. 그리고 그 동그라미 안에 붉은 점들이 분포했다.

로바가 부연설명을 붙였다.

[그 붉은 점들이 적의 주요 초소들이에요. 저와 이탄 님은 한 조가 되어서 강 하류부터 상류 방향으로 적들을 소탕해 올라갈 예정이에요. 그러면 적들도 맞대응을 하겠죠? 그때 이탄 님께서 실력을 발휘해 주시면 됩니다. 그렇게 작전 구역 내에서 적들을 한 번 쭉 밀어버린 다음, 원 안쪽을 수색하면서 남은 잔당들을 소탕할 계획입니다.]

[작전 시간은 얼마나 걸리겠소? 그리고 작전이 시작되는 날은 또 언제요?]

이탄이 궁금한 점을 물었다.

이번에는 로바도 쩔쩔 매지 않았다. 그녀는 질문이 나오자마자 곧장 답했다.

[출발은 내일 새벽이에요. 작전 구역까지 이동에 나흘이 꼬박 걸릴 것이고요. 그러니까 닷새 뒤에가 작전의 시작인 셈이죠.]

Chapter 6

이탄이 로바에게 꼼꼼히 물었다.

[예상 작전 시간은?]

[그건 적들이 얼마나 저항하느냐에 달렸죠. 저희가 조사한 바에 따르면 길어야 이틀 이내면 끝날 것으로 봐요.]

[알겠소. 그럼 내일 새벽에 봅시다.]

[네. 제가 직접 이탄 님을 모시러 이곳으로 오겠습니다.]

로바는 이 말을 남긴 채 자리를 떴다. 그녀는 가문 내에서 단 2명뿐인 귀족이라 이것저것 신경 쓸 일이 많았다. 게다가 청금 광산을 다시 수복하는 일은 로바의 가문 입장에서는 무척 중요했다. 당연히 로바도 이탄만 챙길 수는 없었다.

이탄도 전쟁에 대비하여 비행 법보를 미리 점검했다. 작전 구역 지도도 머릿속에 꼼꼼히 담아두었다.

다음 날 새벽.

이탄은 로바가 소환한 늑대를 타고 동쪽으로 날아올랐다.

나무 수액에서 태어난 날개 달린 늑대는 동차원의 비행 법보보다 훨씬 더 빨랐다.

그래도 이 일대가 워낙 넓어서 이동에 꽤 오랜 시간이 소요되었다. 이탄과 로바는 무려 나흘 동안이나 쉬지 않고 비행했다.

다행히 날개 달린 늑대는 음식을 먹거나 잠을 잘 필요가 없었다. 로바는 늑대의 등 위에서 휴식을 취하고, 식사를 마쳤으며, 또한 잠도 잤다.

이탄은 먹는 시늉만 하고 식사는 하지 않았다. 이탄은 언데드이기에 잠을 잘 필요도 없었다.

나흘 뒤인 96시간 뒤.

이탄과 로바는 드디어 플라모 강 상류 지역에 도착했다.

알블—롭 일족의 주요 거주지는 어디나 다 그렇지만, 이지역도 숲이 무척 울창했다. 강 근처라 그런지 물안개도 자욱했다. 공기로부터 축축한 물 내음과 쌉싸름한 흙 내음이 섞여서 풍겼다.

굼실거리는 안개 속에서 가끔씩 날카로운 울음이 들렸다. 새벽에 일찍 일어난 벌레형 몬스터가 플라모 족인들에게 잡아먹히는 소리였다.

부지런한 새가 먹이를 차지한다는 속담은 강자(새)에게만 한정된 말이었다. 약자(벌레)가 부지런하면 도리어 목숨을 잃게 마련이었다.

물안개는 짙고 끈끈했다. 먼 동이 터오고 아침 햇살이 플라모 강을 황금빛으로 물들일 때에도 플라모 강 상류 지역의 물안개는 흩어질 기미가 보이지 않았다. 주변에 굼실굼실 물결치는 물안개를 보고 있노라니, 하늘을 가득 채운 포근한 구름에 파묻힌 느낌이었다.

이탄이 지켜보는 가운데 한 뭉치의 짙은 안개가 다가왔다.

안개는 아름드리나무를 몇 바퀴씩 맴돌면서 소용돌이 모양으로 응축되었다가 다시 나선형으로 풀리면서 멀어져 갔다.

쑤와악 다가왔다가 다시 멀어지는 희뿌연 안개의 흐름이 마치 도도한 시간의 흐름처럼 느껴졌다.

[다 왔어요.]

로바가 먼저 땅에 뛰어내렸다.

이어서 이탄도 땅바닥에 착지했다. 이슬을 흠뻑 머금은 풀잎이 이탄의 발밑에 깔려 비명을 질렀다.

이탄은 짙은 안개에 뒤덮인 숲속을 노려보았다.

로바가 손을 들었다.

[이탄 님, 적이 아니니까 안심하세요.]

로바의 말이 떨어지기 무섭게 물안개 속에서 로브를 뒤집어쓴 전사들이 등장했다.

전사들은 로바와 마찬가지로 등에 활과 화살통을 매고 있었다. 손에는 끝이 뾰족한 정을 하나씩 들었다. 허벅지에는 단검을 두 자루씩 착용했다.

로바가 가문의 전사들을 이탄에게 소개했다.

[이탄 님, 인사하세요. 이들은 저희 가문의 가병들입니다.]

전사들이 로브 그늘 속에서 이탄을 살폈다.

이탄도 안개 속에 한 발을 걸친 전사들을 쭉 훑어보았다. 주변에 물안개가 워낙 짙어서 정확한 숫자를 파악하기는 어려웠으나, 이곳에 위치한 전사들만 따져도 1천 명은 족히 넘는 듯했다.

로바의 설명이 뒤따랐다.

[가병들 가운데 절반만 이곳에 집결했습니다. 나머지 절반은 외곽지대를 둘러싸고 있지요. 아! 가모님.]

로바가 갑자기 주먹을 가슴에 대고 고개를 푹 숙였다.

처처척.

다른 전사들도 모두 주먹을 가슴에 대고 고개를 숙였다.

그런 전사들 사이에서 여인 한 명이 모습을 드러냈다. 여인은 물안개 속에서 태어난 요정인 듯 안개와 일체를 이루며 스르륵 다가오더니 허공에서 서서히 형체를 맺었다. 그런 다음 눈꺼풀을 가만히 열어 이탄을 빤히 바라보았다.

여인의 눈동자가 새파랗게 빛났다.

여인은 파란 머리카락을 한 줄로 따서 엉덩이까지 치렁하게 늘어뜨린 모습이었다. 딱히 무기는 들고 있지 않았다.

로바가 서둘러서 둘을 인사시켰다.

[가모님, 여기 이분은 이탄 님이십니다. 이탄 님, 저희 가문의 가모님이십니다.]

로바는 가병들 앞이라 이 여인을 가모님이라는 공식적인 호칭으로 불렀다. 하지만 사실 안개 속에서 등장한 이 여인의 정체는 로바의 친어머니인 아일라였다.

[이탄 님, 이름은 많이 들었어요.]

아일라가 먼저 아는 체를 했다.

아일라의 뇌파는 신비로우면서도 우아했다.

[아일라 님, 처음 뵙습니다.]

이탄도 목례로 상대를 맞았다.

이탄의 눈앞에 등장한 아일라는 단지 우아하기만 한 여인이 아니었다. 그녀는 1번 나무 군락의 수문장인 타룬보다도 더 강해 보였다. 이탄의 눈에는 그 강함이 읽혔다.

아일라가 한 번 더 이탄에게 인사를 했다.

[이탄 님, 저희 가문을 선뜻 도와주기로 하셨다지요? 감사해요.]

[…….]

이탄은 말없이 짧게 고개만 끄덕였다.

그 건방진 모습에 로바 가문의 전사들이 얼굴을 구겼다. 하지만 앞에 나서서 이탄에게 뭐라고 하는 전사는 없었다. 아일라도 이탄의 무뚝뚝한 태도를 불쾌하게 생각하지 않았다.

아일라의 눈이 안개 너머 뿌옇게 번지는 해무리를 훑었다.

[동이 텄으니 이제 작전을 시작하죠. 대략적인 설명은 로바를 통해서 이미 들으셨죠? 이탄 님은 강물을 따라 거슬러 올라가면서 적들을 상대해주세요. 그럼 우리들이 적을 사방에서 포위 공격할 겝니다.]

이탄은 이번에도 대답 대신 고개만 끄덕였다.

Chapter 7

아일라가 미끈한 손을 들었다.

[자, 시작하자.]

[가모님의 명을 받들겠습니다.]

아일라의 명이 떨어지기 무섭게 가문의 전사들이 안개 속으로 스르륵 자취를 감추었다. 아일라도 물안개로 변해 숲으로 스며들었다.

짙은 물안개 속에서 아일라의 뇌파가 울렸다.

[로바. 이곳은 네가 맡기마. 네가 이탄 님을 도와라.]

로바는 주먹을 가슴에 대고 고개를 푹 숙여서 가모의 명을 받들었다.

[알겠습니다, 가모님.]

가문의 전사들이 모두 흩어진 뒤, 로바가 이탄을 돌아보았다.

[이탄 님, 준비되셨지요?]

[되었소.]

출전 준비가 완료되었다는 의미로, 이탄은 날개 달린 늑대의 등에 휘릭 올라탔다.

로바도 탑승을 마쳤다.

[그럼 출발하시죠.]

로바의 말이 떨어지기 무섭게 두 마리 날개 달린 늑대가 안개 속을 질주했다.

커커컹!

늑대 울음소리가 물안개 속에 동심원의 파문을 만들었다.

아름드리나무가 눈앞으로 휙휙 다가왔다가 이탄의 등 뒤로 빠르게 멀어졌다. 늑대는 물안개를 뚫고 숲을 단숨에 가로질렀다.

어느 순간, 이탄의 눈앞이 환하게 탁 트였다. 빽빽하던 숲이 갑자기 쩍 갈라졌다. 질척거리던 안개도 싹 사라졌다. 대신 콰르르르 굉음을 쏟아내며 굽이치는 격류가 이탄의 눈앞에 드러났다.

바위와 바위의 틈새를 뒤덮으며 세차게 쏟아지는 물줄기.

폭이 수십 킬로미터도 넘는 광대한 강물.

거품처럼 크게 일어나는 하얀 포말.

그 속에서 언뜻언뜻 드러나는 거대 어류형 몬스터들.

"이야아—."

이탄이 탄성을 흘렸다.

여기가 바로 플라모 강 상류였다.

숲이 알블—롭의 영역이라면, 숲에서 벗어나서 강으로 나온 순간부터 플라모의 영역에 들어온 셈이었다.

적진에 뛰어들고도 이탄은 눈썹 하나 까딱하지 않았다. 이탄을 태운 늑대는 굽이치는 강물 위를 50센티미터 높이에서 떠서 쏜살같이 활공했다.

이탄이 먼저 앞으로 치고 나갔다. 이탄이 손을 거머쥐자 그의 양손에서 뿌드득 소리가 들렸다. 손 안에 사로잡힌 공기가 뺑뺑 터져나갔다.

로바는 이탄의 뒤에서 엄호했다.

쭈와악—.

로바가 활시위를 힘껏 잡아당기자 파란 빛이 어린 화살 5개가 섬뜩하게 그 모습을 드러내었다.

[하압!]

이탄이 강한 뇌파를 터뜨렸다.

거기에 반응이라도 하듯이 수십 미터 길이의 어류형 몬스터가 강물 위로 펄쩍 뛰어올랐다. 물기둥들이 포탄을 맞은 듯이 크게 솟구쳤다. 이탄을 태운 늑대는 물기둥 사이로 요리조리 빠져나가며 강의 상류를 향해 치달렸다.

그때 하늘 저 멀리서 붉은 조인족들이 나타났다. 날개를 펄럭이며 등장한 자들은 다름 아닌 플라모 전사들이었다.

[알블—롭 놈들이구나.]

[늑대 새끼들이 감히 여기가 어디라고 어슬렁거려?]

[저 두 연놈들을 찢어 죽여라.]

플라모 전사들이 바람을 찢으며 이탄을 향해 달려들었다.

이렇게 달려들기 시작한 플라모 전사들의 수가 처음에는 대략 10명 수준이었다. 눈 한 번 깜빡이자 그 수가 갑자기 수백 명으로 늘었다. 그리고 두 번째로 눈을 깜빡이자 북쪽 하늘 아래가 온통 플라모 족 천지로 변했다.

이것은 수천 명, 아니 수만 명으로 이루어진 군단이었다.

하늘을 가득 메운 플라모 족들의 모습을 보는 것만으로 머리가 아득해졌다.

물론 이탄은 눈 하나 깜짝하지 않았다.

[하아! 두개골을 수만 번이나 부술 수 있다니, 이거 기대되는데.]

이탄은 미친 소리를 뇌까린 다음, 한 치의 망설임도 없이 적진을 향해 돌격했다.

플라모 전사들도 마주 달려왔다. 플라모 전사들은 붉은 날개를 뾰족하게 접은 뒤 이탄을 향해 송곳처럼 내리꽂혔다. 그 모습이 마치 하늘에서 2미터가 넘는 붉은 우박들이 쏟아지는 듯했다.

이탄이 늑대의 등을 박차고 점프했다. 그 다음 신발형 법보를 최대한으로 구동해 벼락처럼 하늘로 날아갔다.

이탄이 사정거리 안에 들어오자 플라모 전사들의 행동이 바뀌었다. 날개를 접고 쏜살같이 떨어지던 자들이 갑자기 몸을 핑그르르 회전한 것이다.

퓨퓨퓨퓨퓻!

플라모 전사들의 몸에서 붉은 깃털이 나선형으로 풀려나왔다.

그런 공격을 퍼붓는 전사들이 무려 수천 명 이상이었다. 붉은 깃털의 수는 전사들의 수보다 100배, 1,000배는 더 많았다. 전사 한 명 당 여러 개의 깃털을 쏘기 때문이었다.

플라모 족의 붉은 깃털 강궁보다도 더 빠르고 관통력이 뛰어났다. 그런 깃털들이 밤하늘의 별이 쏟아지는 것처럼 우수수 이탄에게 날아들었다.

순간적으로 온 세상이 붉은 깃털에 뒤덮인 듯한 착각이 들었다. 봄날에 벚꽃잎이 휘날려 하늘과 땅 사이를 가득 장식한 것 같기도 했다.

이탄은 나선형으로 휘날리는 깃털 속으로 거침없이 뛰어들었다.

쾅! 쾅! 쾅! 쾅! 쾅!

이탄의 몸과 깃털이 부딪칠 때마다 격렬한 폭음이 터졌다.

붉은 깃털은 철판도 단숨에 꿰뚫어버리는 가공할 살상무기였다. 하지만 이탄의 피부에는 흠집 하나 내지 못했다. 오히려 이탄의 살갗에 부딪치기도 전에 깃털이 100배의 반탄력으로 튕겨 나가더니 한 줌의 가루로 와해되었다.

화악!

이탄이 지나간 자리엔 온통 붉은 가루만 휘날렸다. 심지어 이탄이 미처 도달하지 못한 공간까지도 이탄의 기세에 휘말려 붉은 가루가 뒤덮었다. 깃털들이 튕겨 나가면서 발생한 역기류가 붉은 가루들을 휘감더니, 그대로 플라모 족을 향해 되쏘아졌다.

Chapter 8

이탄이 곡선의 궤적을 그렸다.

강물 위 50센티미터 지점부터 시작해서 상승곡선을 그리면서 하늘 꼭대기까지 쫘악—.

이탄이 만들어낸 궤적을 따라서 붉은 가루가 휘몰아쳤다. 멀리서 보면 허공에 시뻘건 곡선이 하나 그어진 듯한 광경이었다.

이 붉은 궤적 근처에 머물던 플라모 족은 모두 핏덩어리로 변했다. 그렇게 몸이 터져서 죽은 자들이 핏물이 되어 흘러내렸다.

허공에 시뻘건 선이 하나 그어지고, 그 선으로부터 피눈물처럼 붉은 액체가 주르륵 낙하했다.

이탄이 허공에서 방향을 직각으로 틀었다. 그 다음 이탄은 플라모 족들이 뭉쳐 있는 지역을 향해서 폭발적으로 몸을 날렸다.

콰앙!

이탄의 속도가 어찌나 빨랐던지 그가 지나간 지 한참 뒤에야 폭음이 터졌다.

이탄은 앞을 가로막는 모든 적들을 온몸으로 부딪쳐 터뜨리며 수 킬로미터를 돌파했다. 허공에 또다시 붉은 선이 생겼다. 그 선 아래쪽으로 붉은 액체가 뚝뚝 떨어졌다.

콰앙!

이탄이 세 번째 선을 만들었다.

허공에선 또다시 핏물이 주르륵 흘러내렸다.

이탄의 발은 어느새 36개로 늘어났다. 이탄의 손도 36개가 되었다. 이탄의 머리는 18개였다.

[허걱? 저것은!]

[아, 안 돼. 괴물이다. 그 괴물이 다시 등장했어.]

[피해. 모두 흩어져.]

괴물수라의 등장에 플라모 전사들이 헛바람을 집어삼켰다.

지난번 전투에서 플라모 족의 에리스 신녀는 괴물수라에게 패해서 간신히 도망쳤다. 플라모 족의 최강자로 손꼽히는 3명의 귀족, 길타와 세타, 루꼴이 괴물수라에게 붙잡혀서 처참하게 사망했다.

지금 이곳에 있는 플라모 전사들은 비록 지난번 전투에 참전하지는 않았지만, 동료들의 입을 통해서 괴물수라가 얼마나 포악한 존재인지는 뇌 주름에 못이 박힐 정도로 들었다.

[어서 피하라니까.]

[뭐 하는 거야? 모두 흩어지지 않고.]

플라모 전사들이 악을 썼다.

콰앙!

이탄이 허공에 네 번째 궤적을 그렸다. 그 궤적에 스친 플라모 전사들이 모두 몸이 폭발해서 즉사했다.

[안 돼애—.]

플라모 전사 한 명이 혜성처럼 다가오는 이탄을 목격하고는 어떻게든 도망치려고 발버둥 쳤다.

소용없었다. 아차하는 순간 플라모 전사는 이탄에게 붙잡혔다. 이탄은 36개의 손 가운데 2개를 움직여서 적의 오른팔 팔목과 팔꿈치를 움켜잡았다.

꾸우욱.

이탄의 무지막지한 괴력에 의해서 플라모 전사의 팔목과 팔꿈치가 동시에 압력을 받았다. 말도 못 하게 강한 압력으로 인해 플라모 족 전사의 팔뚝이 기괴하게 부풀었다.

그리곤 뻥!

플라모 전사의 팔뚝이 폭발했다. 살점과 핏물이 파편이 되어 사방으로 튀었다.

[끄아악.]

플라모 전사는 견딜 수 없는 고통에 머리를 좌우로 흔들었다.

이내 그 머리마저 이탄의 또 다른 손에 의해 뽑혀나갔다.

주변의 플라모 전사들이 팽이처럼 회전하면서 붉은 깃털을 날렸다. 그렇게 깃털 수천 개를 한꺼번에 쏘아낸 다음, 플라모 전사들은 뒤도 돌아보지 않고 도망쳤다.

이탄은 백팔수라 제2식 수라군림을 펼쳐내었다.

수라의 발그림자가 커다란 먹구름이 되어 하늘을 장악했다. 도망치던 적들이 수라군림에 휘말려 머리가 으깨졌다. 팔다리가 분쇄되었다. 허공에서는 피에 절은 살점들이 후두둑 낙하했다.

그래도 도망치는 적들을 모두 잡을 수는 없었다. 플라모 전사들은 죽기살기로 흩어졌다. 일부는 격렬하게 흐르는 강물 속으로 뛰어들었다. 일부는 바위 뒤에 몸을 웅크렸다. 또 일부는 구름 위로 숨었다. 숲으로 도망친 플라모 전사들도 다수였다.

그때 숲 안쪽에서 아일라의 뇌파가 터졌다.

[이때다. 가병들이여, 모두 돌격하여 플라모 놈들을 섬멸하라.]

크헝!

사방에서 늑대의 포효가 들렸다. 아일라의 가병들은 어느새 수인족의 본모습을 드러낸 다음, 단숨에 물안개 속에서 뛰쳐나와 도망치는 플라모 족을 가로막았다.

[이런. 알블—롭의 늑대 새끼들이다.]

[젠장. 함정이야.]

숲으로 도망치던 플라모 전사들이 황급히 방향을 틀었다.

이미 때는 늦었다.

커다란 늑대 한 마리가 강물 위로 점프하여 날개를 활짝 펼쳤다. 늑대의 등에 타고 있던 알블—롭의 전사가 상체를 뒤로 힘껏 젖혔다. 그 다음 손에 들고 있던 정을 무시무시한 속도로 내던졌다.

회전하면서 날아온 정이 플라모 전사의 머리 옆쪽을 후려쳤다.

뻐억!

둔탁한 소리와 함께 플라모 전사의 두개골에 금이 갔다.

날개 달린 늑대가 그 틈을 노렸다. 늑대는 플라모 전사에게 달라붙어 팔 한쪽을 꽉 물어뜯었다. 머리가 부서지고 팔이 뜯긴 플라모 전사가 강물 속으로 풍덩 추락했다.

강 속에 웅크리고 있던 어류형 몬스터가 아가리를 쩍 벌리고 솟구쳐서 플라모 전사를 덥석 삼켰다.

어류형 몬스터는 머리 크기만 10미터에 달했다. 지느러미가 있어야 할 자리엔 짐승의 발 같은 것이 달려 있어 보기에 괴이했다.

강물에 피가 탁 번졌다. 온 사방에서 피 냄새를 맡고 어류형 몬스터들이 몰려들었다. 그들은 피에 미쳐서 펄떡 펄떡 뛰었다. 강물이 끓는 기름에 물을 부은 것처럼 마구 튀었다.

[안 되겠다.]

강물 속에 숨었던 플라모 전사들이 어류형 몬스터들을 피해서 하늘로 날아올랐다.

이탄이 기다렸다는 듯이 붉은 궤적을 그렸다. 이탄은 플라모 전사 열댓 명의 몸을 그대로 돌파하여 분쇄해버렸다. 그러고도 힘이 남아서 아가리를 쩍 벌리고 솟구친 어류형 몬스터 세 마리를 뚫었다.

철갑보다 더 질긴 몬스터의 비늘이 이탄의 손에 닿기도 전에 박살 났다. 피와 고기가 사방으로 튀었다.

어류형 몬스터들은 지능이 낮았다. 그들은 핏덩어리로 변한 동족의 시체를 뜯어먹으며 강물을 온통 벌겋게 물들였다.

이탄은 강바닥까지 단숨에 뚫고 들어갔다가 다시 높게 솟구쳤다. 이탄 주변에 휘몰아치는 난폭한 기운 때문에 이탄의 옷에는 물 한 방울 묻지 않았다.

Chapter 9

이탄이 허공에서 방향을 180도 틀었다. 그 상태에서 이탄은 간철호의 중력마법을 발휘했다.

두웅!

이탄의 주변 수 킬로미터에 걸쳐서 중력이 8배로 증가했다.

플라모 전사들이 휘청거리며 강물 속으로 추락했다. 알블―롭의 전사들도 갑자기 늘어난 중력 때문에 아래로 뚝 떨어졌다.

[위험햇.]

로바가 깜짝 놀라서 화살을 쏘았다.

알블―롭의 전사들은 로바의 화살을 디딤돌로 삼아 다시 위로 점프했다. 그러면서 그들은 간신히 추락을 면했다.

이탄이 강물 위로 낮게 저공비행했다. 이탄이 한 번 쓸고 지나간 자리엔 퍼퍼퍽! 몸통 터지는 소리가 들렸다. 이탄은 상대가 플라모 전사건 혹은 어류형 몬스터건 가리지 않았다. 앞을 가로막는 것이 바위면 그것도 깨부쉈다.

강물이 이탄을 집어삼킬 듯 집채만 한 포말을 만들었다가 와르르 산개했다. 그 강물 속에서 수십 미터가 넘는 거대 몬스터가 아가리를 빼끔 벌렸다.

이탄은 그 몬스터의 입천장을 뚫고 나와 하늘 높이 솟구쳤다.

지금 강 곳곳에서는 전투가 벌어지는 중이었다. 플라모 전사들은 이탄을 피해 숲으로 도망쳤다가 알블―롭 전사들의 매복에 걸려서 떼죽음을 당했다. 혹은 강물 속으로 추락했다가 어류형 몬스터들에게 잡아먹히기도 했다. 무엇보다 이탄의 손에 죽은 플라모 전사들의 수가 가장 많았다.

그래도 여전히 수적으로는 플라모 전사들이 훨씬 더 많았다.

아일라가 이끄는 알블―롭 전사들은 다 합쳐서 8천 명 수준이었다. 반면 플라모 전사들은 그보다 열 배가 넘었다. 만약 플라모 전사들이 정신만 제대로 차렸으면 알블―롭을 물리쳤을 것이다.

안타깝게도 플라모 족은 정신을 차리지 못했다.

이탄에 대한 두려움 때문이었다.

플라모 전사들은 어떻게든 괴물수라로부터 벗어나 도망쳐야 한다는 생각에 사로잡혔다. 그렇게 허둥지둥 흩어졌다가 알블―롭 일족의 매복에 걸려서 전사한 플라모 족들이 수도 없이 많았다.

아일라와 로바의 존재감도 플라모 전사들을 공포에 질리게끔 만들었다.

[젠장. 귀족이야. 알블―롭의 귀족들이라고.]

[여기도 있어. 한 번에 다섯 발의 화살을 쏘는 저 여자도 알블―롭의 귀족이야.]

[젠장. 젠장. 젠장. 우린 다 죽었어.]

알블―롭의 귀족이 3명이나 등장했다는 것은, 다시 말해서 오늘 이 자리에 있는 플라모 전사들 가운데 태반이 죽어 나간다는 것을 의미했다.

플로모 일족 가운데 일부가 구름 사이로 숨어서 멀리 도망쳤다.

아일라는 그렇게 하늘로 도망치는 자들까지 추격하지는 않았다. 아군의 수가 8천 명뿐이기에 포위망을 무한정 넓히는 것은 곤란했다.

얼마 후, 적들도 아일라의 사정을 눈치챘다.

[하늘이 답이다. 알블―롭 놈들도 거기까지는 쫓아오지 않아.]

[모두들 위로 도망쳐라.]

플라모 전사들이 무리를 지어 구름 위로 솟구쳤다.

그들 중 일부는 이탄의 추격을 받아 장렬하게 산화했다. 하지만 상당수 무리는 이탄의 마수를 피해 무사히 구름 속까지 파고들었다.

[어딜 도망가느냐? 네놈들은 다 내 점수다.]

이탄의 눈에는 플라모 족이 생명체가 아니라 점수로 보였다. 이탄은 참새 떼를 쫓는 독수리처럼 적들을 추격했다.

[으아아악.]

[괴물이 쫓아온다아아—.]

플라모 전사들은 구름 속에서 메뚜기처럼 펄쩍펄쩍 뛰면서 사방으로 도망쳤다.

이탄은 적 하나하나를 뒤쫓으며 차례로 때려죽였다.

그즈음 아침 태양에 물든 구름은 홍색 빛을 번쩍이며 이탄을 향해 강물처럼 흘러왔다. 이탄은 플라모 족들을 쫓아 홍색 구름을 거슬러 올라갔다.

바로 그때였다.

화르르르륵!

구름 속의 태양이 뜨겁게 타올랐다.

아니, 이건 태양이 아니었다. 태양 속에서 튀어나온 시뻘건 불덩어리가 긴 꼬리를 만들면서 구름을 헤집었다. 그리

곧 단숨에 이탄을 향해 달려들었다.

[뭐지?]

이탄이 눈매를 가늘게 좁혔다. 이글거리는 불덩어리 속에서 어른거리는 형체가 이탄의 눈에 똑똑히 보였다.

저 불덩어리는 새였다.

온몸이 화염으로 이루어진 새. 용암과도 같은 액체를 뚝뚝 떨어뜨리면서 화르륵 타오르는 불새.

그 새가 단숨에 구름을 살라먹으며 이탄을 덮쳤다.

이탄은 태양보다 더 뜨겁게 이글거리는 불새 속으로 뛰어 들어갔다. 수라군림이 만들어낸 구름이 한 줄기 폭풍이 되어 불새와 정면충돌했다.

불새에 근접하기도 전에 어마어마한 열기가 훅 끼쳐왔다.

이탄의 의복이 호르륵 타버렸다. 이탄이 신고 있는 신발형 법보도 열에 달구어진 듯 발갛게 변했다.

그래도 이탄은 멀쩡했다. 그는 머리카락 한 올, 터럭 한 가닥 상하지 않았다. 이탄의 목둘레에 두른 혈적도 전혀 그슬리지 않았다.

이탄은 과감하게 열기 한복판으로 뛰어든 뒤, 양손을 꽉 움켜쥐었다.

꽝!

주변 공기가 이탄의 악력을 이기지 못하고 폭발했다. 산소가 뭉텅이로 날아가면서 불새의 불꽃이 사방으로 흩어졌다.

삐이이류류—.

불새가 괴상하게 울부짖었다. 불새의 부리에서 퍼진 화염의 파동이 도넛 모양으로 확산되면서 주변을 발갛게 데웠다.

이탄은 불새의 공격에도 아랑곳 않았다. 뒤로 피하기는커녕 오히려 다시 한번 방향을 틀어 불새와 정면으로 부딪쳤다.

수라군림이 폭풍이 되어 불새를 흩어버리려고 들었다. 실제로 불새의 화염이 수라군림에 의해 흩어지면서 숲 여기저기에 용암과도 같은 불덩어리들이 뚝뚝 낙하했다.

삐이류류류.

불새가 다시 한번 세차게 울었다. 불새가 화염으로 이루어진 발톱을 들어 이탄을 공격했다.

Chapter 10

이탄이 주먹질을 할 때마다 불새의 발톱이 만들어낸 불

길들이 펑펑 흩어졌다. 그때마다 불새가 구슬피 울었다.

이탄의 몸이 좌라락 펼쳐지면서 12명의 분신이 불새를 에워쌌다.

불새가 불안한 듯 눈알을 굴렸다.

이탄의 분신들이 폭발적으로 달려들면서 불새에게 달려들었다. 그 분신 하나하나가 모두 수라군림으로 폭풍을 일으켰다.

열두 방향에서 동시에 밀려든 폭풍이 불새를 거칠게 치받았다. 어마어마한 에너지의 폭발에 구름이 산산이 찢겼다. 공기가 원반 모양으로 밀려 나갔다가 이내 상승기류를 타고 다시 쫙 빨려들었다.

폭발의 여파는 무려 수십 킬로미터에 걸쳐서 치명적인 영향을 끼쳤다. 이탄을 중심으로 직경 수십 킬로미터 이내의 숲들이 동심원을 모양으로 파괴되었다. 나무가 원 바깥쪽을 향해 꺾이고 또 쓰러졌다. 바위가 동심원 바깥 방향으로 날아갔다. 플라모 족과 알블―롭 족이 다 함께 폭풍에 휩쓸렸다.

[크아악.]

날개가 꺾인 플라모 족은 피를 철철 흘리며 나뒹굴었다.

알블―롭 전사들도 허공으로 붕 떠올랐다가 세차게 뒤로 밀리면서 팔다리가 꺾였다. 입에서 핏물을 뿜었다.

[허억, 이 정도라니!]

아일라가 깜짝 놀라 이탄을 올려다보았다. 이탄을 향한 아일라의 눈동자가 폭풍 속의 촛불처럼 세차게 흔들렸다.

[으으읏.]

로바도 휘청거리는 신체를 간신히 바로잡았다.

까마득한 동쪽하늘, 이탄은 강렬한 폭발의 중심부에 홀로 고고하게 떠 있었다.

이미 하늘의 구름은 흩어지고 없었다. 강변을 끈적끈적하게 뒤덮었던 물안개도 모두 밀려났다. 허공에 둥실 떠 있는 이탄의 손에는 볼품없이 쪼그라든 불새가 목줄기를 붙잡힌 채 축 늘어졌다.

화르륵, 화르르륵.

불새의 몸에서 일렁거리는 화염이 이탄의 손등을 타고 팔뚝까지 넘실거렸다. 이탄은 뜨거움도 느끼지 않는지 표정 하나 변하지 않았다.

이탄에게 포로로 붙잡힌 불새의 정체는 다름 아닌 플라모의 귀족이었다.

그녀의 이름은 헤메라.

나이는 올해 1,501세.

헤메라는 플라모 족의 삼대귀족, 즉 길타나 세타, 루꼴에 비하면 상당히 어린 편이었다.

그러나 헤메라의 무력만큼은 무척 뛰어나서 세타는 물론
이고 길타도 그녀를 쉽게 대하지 못했다.

이탄이 축 늘어진 불새를 슬쩍 위로 들어올렸다.

[적진에 귀족이 없어서 전공 점수를 얼마 얻지 못하는 줄
알았네. 그래도 하나 건져서 다행이야.]

이탄이 로바와 계약한 바에 따르면, 적 귀족을 포로로 잡
으면 두 당 400점이었다. 이탄은 400점을 확보하고 나서
야 비로소 만족스러운 표정을 지었다.

이틀 뒤.

아일라의 가병들은 지난 48시간 동안 플라모 강 상류 지
역을 샅샅이 수색했다.

처음에 가병들이 수색을 할 때는 강변 곳곳에서 플라모
족 잔당들이 튀어나왔다. 가병들은 힘을 합쳐서 적 잔당들
을 도륙했다. 잔당의 규모가 제법 클 경우에는 로바가 나서
서 적들을 처리했다.

그렇게 이틀이 지났다. 더 이상 청금 광산 주변에는 플라
모 족이 보이지 않았다.

아일라의 가병들은 피를 보고 몰려든 어류형 몬스터들도
모두 도살했다.

어류형 몬스터들은 비늘이 단단하고 성질이 포악하여 사

냥이 쉽지 않았다. 대신 이 몬스터들은 지능이 낮았다.

아일라의 가병들이 플라모 족의 시체로 상대를 유인했다.

플라모 강 상류에 서식하는 어류형 몬스터들이 피 냄새에 유인되어 호리병 모양의 웅덩이 속으로 몰려들었다.

일단 웅덩이에 한번 들어오면 끝.

통나무로 엮은 창살 탓에 어류형 몬스터들이 웅덩이 밖으로 다시 나가는 것은 여의치 않았다. 웅덩이 안에는 물보다 몬스터가 더 많아서 몬스터끼리 서로 물어뜯고 싸웠다. 로바는 몬스터끼리 싸우는 모습을 가만히 지켜보다가 적당한 시점에 화살을 날렸다.

웅덩이로 유인된 몬스터들은 물 밖에서 날아오는 화살에 속절없이 죽었다. 마법이 더해진 로바의 화살은 몬스터의 딱딱한 비늘을 뚫고 단숨에 심장을 터뜨렸다.

죽음을 맞닥뜨리게 된 어류형 몬스터들이 물컹한 발로 동료의 시체를 밟고 물 밖으로 기어 올라왔다. 그들은 어떻게든 로바를 물어뜯으려 들었다.

[막아랏.]

[한 놈도 기어 올라오게 두어서는 안 돼.]

아일라의 가병들이 웅덩이에서 이탈하려는 어류형 몬스터들을 방패로 막았다. 정으로 상대의 두개골을 내리찍었다.

어류형 몬스터들이 정에 머리를 맞아 앞으로 고꾸라질 때마다 피가 퍽퍽 튀었다. 허연 뇌수가 웅덩이의 벽에 달라붙었다.

[우웨엑. 우웩.]

아일라의 가병들은 헛구역질을 하면서도 계속해서 방패로 막고 정을 휘둘렀다.

가병들이 주변을 정리하는 동안, 가모인 아일라는 전황을 파악했다.

처음에 아일라가 동원했던 가병이 총 8천 명이었다.

이 가운데 약 1,500명이 죽었다. 3천 명 정도는 크고 작은 부상을 입었다. 플라모 족의 수가 워낙 많아서 이 정도 피해는 감수할 수밖에 없었다.

[그나마 이탄 님이 도와줘서 이 정도 피해로 그쳤지. 그가 없었다면 8천 가병들 대다수가 죽었을 게야. 헤메라라니! 그 불에 미친년이 이곳 청금 광산에 숨어 있었을 줄이야.]

아일라가 혀를 내둘렀다.

아일라는 신체를 물안개로 변형시킬 수 있는 능력자였다. 물과 나무에 대한 마법도 심도 깊게 연마하여 강 근처에서 싸우면 타룬보다도 월등히 강했다.

그런 아일라도 헤메라와 맞서 싸우기는 꺼려졌다. 헤메

라의 불은 물조차 증발시키는 절대 화력을 지녔기 때문이었다.

[이탄 님은 도대체 얼마나 강한 것일까? 괴물로 신체변형을 하면 몸이 철벽보다도 더 단단해지고, 한 번 폭풍을 일으키면 헤메라의 절대 화염마저 꺼트릴 수 있다니. 떠도는 소문에 이탄 님이 삼대 속성을 모두 가진 왕의 재목이라더니, 과연 그 말이 사실이었구나. 으으으웃.]

아일라는 부르르 몸서리를 쳤다.

제3화
토트 일족과의 거래

Chapter 1

한편 이탄은 아일라에게 전공 점수의 산정을 요구했다.

아일라는 군소리 없이 이탄의 점수를 계산해 주었다.

계약에 따르면, 이탄은 이번 전투에 참전하는 것만으로도 기본 점수 500점을 보장받았다. 헤메라를 포로로 잡았으니 여기에 400점을 더해야 했다.

이탄이 플라모 전사들을 포로로 생포하지는 않았다. 대신 이탄의 손에 죽은 플라모 전사들의 수는 어림잡아 수백 명 이상이었다.

[정확한 숫자 산정이 어려우니 그냥 올림을 해서 1천 명이라고 칠게요.]

아일라가 이탄에게 이렇게 이야기했다.

아일라와 이탄은 플라모 전사 한 명을 죽일 때마다 전공 점수 3점으로 계약했다. 따라서 이탄이 받을 점수는 3천점이었다.

플라모 족들이 꽁지가 빠져라 도망친 것도 이탄 덕분이 분명했다. 아일라는 이번 전투에서 도주한 적의 수를 대략 2만 명으로 예상했다.

[이 가운데 절반을 이탄 님의 공으로 돌린다고 하면, 두 당 1점씩이므로 이 점수도 1만점이나 되네. 하아아. 이탄 님의 활약이 너무 뛰어나서 문제구나.]

이번 전투에서 이탄이 획득한 전공 점수는 총 13,900점.

아일라의 가문은 1번 나무 군락에서 두 손가락 안에 꼽히는 부호 가문이었다. 그런데도 솔직히 13,900점은 부담스러웠다. 음차원의 마나가 끊어진 지금, 아일라의 가문도 전공 점수를 계속 축적했다가 음혼석으로 바꿔야만 버틸 수 있었다. 음혼석이 없으면 귀족도 힘을 쓸 수 없는 세상이 되어버렸다.

[전공 점수를 나눠주는 것이 부담스럽기는 하지만, 그렇다고 이탄 님과의 약속을 어길 수도 없지. 계약은 지켜야 해.]

아일라는 이탄이 받을 13,900점 가운데 일부는 점수로 제공하고, 나머지는 광산에서 채취한 청금으로 지불하기로 마음먹었다.

이탄도 아일라의 제안에 흔쾌히 동의했다.

[좋습니다. 5,900점만 전공 점수로 주시죠. 나머지 8천 점은 청금으로 정산하고요.]

[동의에 감사드려요. 전공 점수는 이 자리에서 바로 나눠 드릴게요.]

아일라는 이탄에게 나무패를 내밀었다. 1천점짜리 나무패가 5개, 500점짜리가 1개, 100점짜리가 4개. 다 합치면 5,900점이었다.

나무패의 뒷면에는 아일라의 가문 문장이 새겨져 있었다.

[그 패를 현자님께 드리면 바로 전공 점수로 인정해 주실 거예요.]

[그렇군요.]

이탄은 나무패를 품속에 잘 넣어두었다.

이어서 아일라는 이탄에게 새로운 계약서를 써주었다.

—— 계 약 서 ——

1. 향후 아일라의 가문은 청금 광산에서 광물을

캐낼 때마다 20퍼센트씩을 이탄에게 지불한다.

　2. 이탄에게 지불된 청금이 총 4천 킬로그램에
달하면 그 이상 지불을 중단한다.

이상이 계약서에 적힌 주요 내용이었다.

계약서 하단부에는 오늘 날짜와 아일라의 서명이 수록되
었다. 서명 옆에는 가문의 인장도 떡하니 찍혔다.

아일라가 이탄에게 준 계약서에 따르면, 청금 2킬로그램
당 전공 점수가 1점인 셈이었다.

청금과 같은 희귀 금속은 값을 따지기 어려웠다. 매번 시
세가 바뀌기 때문이었다.

하지만 이탄이 기억을 더듬어본 결과, 청금 2킬로그램
당 점수 1점이면 그리 박한 셈법은 아니었다. 이탄의 입장
에서 이 정도 거래면 받아들일 만했다.

[이탄 님, 어떠신가요? 괜찮으신가요?]

점수 산정을 마친 뒤, 아일라가 이탄의 표정을 살폈다.

이탄이 고개를 주억거렸다.

[가모님께서 어련히 공평하게 하였으려고요. 믿고 서명
하지요.]

이탄은 계약서의 빈자리를 찾아 서명했다.

이로써 이번 일도 깔끔하게 완료되었다. 이제는 집으로

돌아갈 차례였다.

처음에 이탄이 날개 달린 늑대를 타고 1번 나무 군락을 출발하여 플라모 강 상류까지 날아오는데 꼬박 나흘이 걸렸다.

다시 복귀할 때에도 걸린 시간은 마찬가지였다. 이탄은 꼬박 나흘을 비행하여 다시 1번 나무 군락으로 돌아왔다.

이탄은 복귀와 동시에 현자부터 찾아갔다.

현자는 아일라 가문의 나무패를 점수로 치환해 주었다.

[5,900점이라니. 꽤나 많은 점수네요. 이탄 님, 이걸 어떻게 할까요? 이번에도 기억의 바다에 들어가는 데 쓰시겠어요?]

[아니오.]

이탄이 고개를 가로저었다.

기억의 바다도 좋지만, 이탄은 따로 생각해둔 바가 있었다.

[혹시 전공 점수를 차감하여 귀한 재료를 구할 수도 있소?]

[물론이죠. 나무 군락에서는 마법진의 보수 공사 등을 위해 늘 재료들을 구비하고 있으니까요. 왜요? 이탄 님께선 어떤 재료가 필요하신가요?]

현자가 호기심을 느꼈다.

이탄은 필요한 재료들을 곧바로 읊었다.

[토트의 등껍질, 유바의 털, 뽈브의 눈물, 구아로의 발톱, 구아로의 이빨, 리노의 뿔, 리노의 비늘, 적금, 흑금, 백금, 적린석, 틸트 스톤, 수프리 나무의 뿌리.]

이탄은 여러 가지 재료들 가운데 청금은 제외했다.

'청금은 아일라에게 받으면 돼.'

현자는 이탄의 요청을 곰곰이 따져보았다.

'하나 같이 구하기 어려운 재료들이네. 이 재료들을 조합해서 만들 수 있는 게 무엇이 있더라? 이탄이 왜 이런 재료들을 찾지?'

현자의 뇌리에는 딱히 떠오르는 바가 없었다. 현자는 신왕이 설계한 차원이동 통로에 대해서 알지 못했다.

[위 재료들 가운데 혹시 가진 것이 있소?]

이탄이 현자를 채근했다.

현자는 퍼뜩 깨어났다. 그리곤 냉큼 대답했다.

[물론이죠. 비록 이탄 님이 요구한 재료를 전부 가지고 있지는 않지만, 그 가운데 몇 개는 이곳 나무 군락에 있네요. 그리고 또 몇 종류는 이웃 나무 군락이 보유하고 있고요.]

[어떤 것들이 있소?]

[우선 상급 토트의 등껍질이 13개 있어요. 흑금도 100킬

로그램 넘게 있고요. 백금의 보유량은 아마도 수십 톤이 넘을 거예요. 그 밖에도 적린석이 2개, 상급 수프리 나무의 뿌리도 50가닥가량 확보했어요.]

현자가 빠르게 목록을 이야기했다.

Chapter 2

이게 전부가 아니었다.

[우리 군락이 보유한 재료가 이와 같고요. 이웃 나무 군락에도 또 다른 재료들이 있죠. 하지만 이 재료들은 워낙 귀한 것들이라 전공 점수가 어마어마하게 필요하답니다.]

[5,900점으로 얼마나 살 수 있겠소?]

이탄의 질문은 어리석었다.

현자가 빙그레 웃음으로 설명했다.

[희귀한 재료들을 점수화하는 것은 쉬운 일이 아니지요. 당장 토트의 등껍질만 해도 그래요. 직경 1, 2미터짜리 조그만 등껍질은 전공 점수 30에서 50점이면 너끈히 살 수 있어요. 하지만 수백 미터 크기의 중급 등껍질은 최소한 5백점부터 시작하거든요. 그리고 수 킬로미터가 넘는 상급 등껍질은 9천점 이상 필요하고요. 물론 그보다 더 큰 최상

급 등껍질은 값을 매길 수 없죠. 우리 알블—롭 일족이 최상급 등껍질을 보유하지도 못했고요.]

[으으음.]

이탄이 고민에 빠졌다.

그가 필요로 하는 토트의 등껍질은 직경 1킬로미터 이상 상급들이었다.

'전공 점수로 그런 등껍질을 사기는 힘들겠구나. 나중에 다른 방법을 강구해 봐야겠어.'

이탄이 생각을 고쳐먹었다.

[토트의 등껍질은 그렇다고 치고. 흑금이나 백금, 적린석, 그리고 수프리 나무의 뿌리는 가격이 어떻소?]

[하아.]

현자는 한숨을 폭 내쉬었다. 그리곤 이탄에게 방안을 하나 제시했다.

[이탄 님께서 요구하신 재료들은 워낙 희귀하여 정찰가가 매겨져 있지 않아요. 그러니 이렇게 하시죠. 내가 무작정 가격을 답하기보다는 5,900점에 맞춰서 이탄 님께 제안을 해드릴게요.]

현자가 눈을 감고 중얼중얼 주문을 외웠다. 현자의 눈꺼풀 속에서 파란 빛이 좌우로 빙글빙글 회전했다.

이윽고 현자가 다시 눈을 떴다.

[상급 수프리 나무의 뿌리 세 가닥을 각각 1천점으로 셈할게요. 하급 적린석 1개도 1천점이고요. 백금은 1킬로그램에 1점. 흑금은 1킬로그램에 10점.]

현자가 제시한 가격은 어떤 기준이 있다기보다는 시세를 따르는 것 같았다. 예를 들어서 알블—롭 일족이 그 재료를 많이 보유하고 있으면 가격이 내려가고, 보유량이 적으면 가격이 비쌌다.

'청금은 2킬로그램 당 1점이었는데 백금이 청금보다 두배 비싸구나. 흑금은 스무 배나 가격이 높아.'

이탄은 잠시 고민하다가 현자의 제안을 받아들였다.

[상급 수프리 나무의 뿌리 세 가닥에 3천점. 적린석 1개에 1천점. 흑금 100킬로그램에 1천점. 백금 100킬로그램에 100점. 이렇게 구매하리다.]

[총 5,100점이네요. 이탄 님은 음혼석도 필요하죠?]

현자가 당연하다는 듯이 물었다.

솔직히 이탄은 음혼석이 필요 없었다. 하지만 전공 점수 10점에 중급 음혼석 1개면 상당히 싼 금액이었다.

현자가 이렇게 싸게 음혼석을 제공하는 이유는 간단했다. 이탄이 알블—롭 일족을 위해 음차원의 마나를 소모했기에, 저렴한 가격에 음혼석을 주는 것이다.

이탄이 현자에게 물었다.

[혹시 상급 음혼석도 있소?]

[당연히 있죠. 호호호. 이탄 님 잘 생각했어요. 중급 음혼석 여러 개보다 상급 음혼석 1개가 훨씬 더 효율이 좋거든요. 물론 상급 음혼석을 폭주 없이 사용하려면 그만큼 마나 컨트롤에 자신이 있어야겠지만, 이탄 님이라면 당연히 문제없으시겠죠. 호호호호.]

[상급 음혼석의 가격은 어떻게 되오?]

이탄이 가격을 물었다.

현자는 검지를 하나 곧추세웠다.

[음혼석 한 개당 전공 점수 100점이요.]

가격을 제시한 뒤, 현자가 빠르게 설명을 덧붙였다.

[이탄 님도 이미 아시겠지만 이건 엄청나게 싼 가격이에요. 시장의 상단을 통해서 상급 음혼석을 구하면 이보다 열 배 이상 더 비싸거든요. 물론 상급 음혼석을 구한다는 보장도 없구요.]

현자의 말은 사실이었다. 이탄이 고개를 주억거렸다.

[상급 음혼석 7개를 주시오.]

[7개면 700점이네요. 나머지 100점은요?]

[그건 좀 남겨놓으리다. 이것저것 생활용품들도 필요해서.]

[호호호. 정말 잘 생각하셨어요. 이제 이탄 님도 우리 알블—롭 일족이 다 되신 것 같군요. 호호호호.]

현자가 이탄에게 친밀감을 드러내었다.

이탄이 어깨를 으쓱했다.

아일라의 가문이 플라모 강 상류의 청금 광산을 수복했다는 소문이 여러 나무 군락에 동시에 퍼져나갔다.

그때 이탄의 도움이 컸다는 점도 함께 소문났다.

물론 일반인들에게까지 퍼진 소문은 아니었다. 소문은 알블―롭의 대모와 현자, 그리고 유력 귀족들 사이에서만 은밀하게 퍼졌다.

막상 이탄은 이런 소문이 돈다는 사실도 모르고 지냈다. 요 며칠 동안 이탄은 아공간 속에 재료들을 쌓아놓고 하나씩 꺼내어 살폈다. 그러면서 머릿속으로는 신왕 프사이가 남긴 차원이동 통로에 대해서 공부했다.

그 무렵 도매상의 꼬맹이가 이탄을 찾아왔다.

똑똑똑.

정중한 노크 소리에 이탄이 고개를 들었다.

[이탄 님? 이탄 님, 안에 계신가요?]

문 밖에서 소년의 목소리가 들렸다. 소년의 등 뒤에 사각얼굴의 사내가 서 있는 모습도 이탄의 감각에 포착되었다. 사각얼굴 사내는 기세가 제법 진중했다.

'누구지?'

이탄이 문을 열었다.

소년이 꾸벅 인사했다.

[이탄 님, 안녕하세요? 혹시 저를 기억하시겠어요?]

[기억하다마다. 내가 너에게 토트의 등껍질을 주문해놓지 않았더냐.]

[아! 알아보시는군요.]

소년은 이탄이 자신을 알아본다는 점에 감격한 모양이었다.

Chapter 3

이탄이 소년에게 반갑게 물었다.

[왜? 토트의 등껍질을 벌써 구했느냐?]

소년은 도리질을 했다.

[아니요. 아직 토트 족과 거래도 하지 않았습니다.]

[그럼 무슨 일이지?]

훈훈하던 이탄의 표정이 갑자기 차게 굳었다. 이탄은 쓸데없이 시간 낭비하는 것을 굉장히 싫어했다.

소년은 화들짝 놀라더니 뒤에 서 있는 중년의 사내를 가리켰다.

[여기 이분께서 이탄 님을 찾으셔서서요.]

표정을 보아하니 소년은 등 뒤의 사내를 무척 어려워하는 것 같았다. 이탄이 사각턱 사내를 위아래로 살폈다.

사각턱 사내도 호기심 가득한 눈으로 이탄을 훑어보았다.

[이탄 님 맞으십니까?]

사각턱 사내가 이탄의 이름을 대뜸 불렀다.

이탄이 떨떠름하게 대꾸했다.

[그렇소. 내가 바로 이탄이오.]

사각턱 사내가 입꼬리를 살짝 끌어올렸다.

[만나서 반갑습니다. 저는 3번 나무 군락의 머록이라고 합니다.]

말을 하는 중간 머록의 눈동자가 새파랗게 빛났다. 이것은 머록이 알블―롭의 귀족이라는 의미였다.

반면 머록을 대하는 이탄의 반응은 시큰둥했다.

[그런데요?]

[하하하. 혹시 제가 집 안에 들어가서 이야기를 나눠도 되겠습니까?]

머록은 딱딱해 보이는 첫인상과 달리 붙임성이 좋았다. 이탄이 시큰둥하게 대하는데도 불구하고 머록은 개의치 않았다.

이탄이 문 앞에서 한 발 옆으로 비켜주었다.

머록이 성큼 안으로 들어왔다.

[머록 님, 그럼 저는 이만 가보겠습니다.]

소년이 머록에게 꾸벅 인사를 했다.

[오냐.]

머록은 소년을 향해 고개를 한 번 끄덕이고는 다시 이탄에게 시선을 돌렸다.

[이탄 님, 여기 앉아도 될까요?]

[앉으시구려.]

이탄이 머록 맞은편에 착석했다.

[험험험.]

머록은 이탄이 차도 한 잔 내주지 않아 어색했다. 그러나 머록은 언짢은 기색 없이 이탄을 찾아온 목적을 이야기했다.

[이탄 님께서 토트의 등껍질을 구하신다고 들었습니다.]

[맞소이다.]

무뚝뚝하던 이탄의 표정이 비로소 풀어졌다.

머록은 한결 편한 기분으로 용건을 설명했다.

[저희 가문에서 오는 28일에 그 거래를 진행할 예정입니다.]

[토트 일족과 거래 말입니까?]

[맞습니다. 토트 일족과의 거래입니다. 그런데 솔직히 말씀드려서 이번 거래에 우려되는 점이 하나 있습니다.]

여기까지 말을 꺼낸 뒤, 머록은 쓴웃음을 지었다.

이탄이 머록에게 물었다.

[우려되는 점이라? 그게 뭡니까?]

머록이 잠시 머뭇거리다가 솔직하게 밝혔다.

[선친께서 스피네 족에 맞서서 성벽을 방어하다가 돌아가신 이후로, 부족하나마 제가 가문을 대표하게 되었습니다. 이번에 토트 일족과 거래도 원래 선친께서 계획하신 것이었지요. 그런데 이제는 제가 나서야 합니다. 한데 문제는 토트 일족의 특성입니다.]

[특성이요?]

[그렇습니다. 토트 일족은 외모만 보면 방어에 치중할 것처럼 보이지만, 사실 무척 교활하고 공격적인 놈들입니다. 그들은 자신들보다 강자와는 계약대로 거래를 하지만, 약자를 만났다 싶으면 곧바로 계약을 파기하고 우리 물건을 강탈하려 듭니다.]

[허어. 세상에.]

이탄이 기억을 뒤져보았다.

머록의 말은 틀림이 없었다. 분명 토트는 신뢰하기 힘든 종족이었다. 약속을 깨는 경우도 다반사였다.

이렇게 신뢰하기 힘든 종족이지만, 토트의 등껍질은 그릇된 차원의 최고의 방어구 재료였다. 그래서 그릇된 차원의 여러 종족들이 위험을 무릅쓰고 토트 일족과 거래를 지속했다.

머록이 이탄에게 부탁했다.

[그래서 요청드립니다. 이탄 님이 상당한 강자라는 이야기를 들었습니다. 부디 이번 거래에서 저희 가문을 좀 도와주십시오. 거래를 무사히 마치고 나면, 토트 족의 상급 등껍질 한 개를 대가로 드리겠습니다.]

얼마 전 현자가 이탄에게 말하였다. 상급 토트의 등껍질은 한 개에 9천점이 넘어간다고. 그리고 최상급 등껍질은 부르는 게 값이라고. 아니, 값을 아무리 불러도 토트 족의 최상급 등껍질은 구할 수도 없다고.

[흐으음. 도와 달라?]

이탄은 머록의 제안이 마음에 들었다.

하지만 조심스러운 이탄의 성격상 그냥 수긍하지는 않았다. 이탄은 계약 조건을 재차 확인했다.

[내가 거래 장소에 함께 가기만 하면 되오?]

[그렇습니다. 이탄 님께서는 곁에만 있어 주시면 됩니다. 거래가 완료되면 그 즉시 토트 족의 상급 등껍질을 드리겠습니다.]

[만약 거래가 무산되면?]

[그런 경우에는 이탄 님께 전공 점수로 500점을 드리겠습니다.]

머록은 척척 대답했다.

[흐음.]

이탄은 머록이 내건 조건이 마음에 들었다.

마지막으로 이탄이 한 번 더 질문했다.

[만약에 토트 일족이 거래를 하다 말고 전쟁을 걸어오면 어떻게 할 거요? 그 전쟁에서 승리할 경우 전리품 배분 방안을 듣고 싶소.]

머록은 이탄이 무척 꼼꼼하고 신중한 성격이라고 생각했다.

[이탄 님, 혹시 얼마 전에 아일라 가문을 돕지 않으셨습니까?]

[도왔소.]

이탄이 선뜻 대답했다.

머록이 다시 물었다.

[혹시 그때 아일라 가문과 맺었던 거래 조건을 여쭤봐도 되겠습니까?]

Chapter 4

이탄은 당시의 계약 조건을 순순히 일러주었다.

[적 귀족을 죽이면 한 명 당 300점, 물리치면 100점, 생포하면 400점. 일반 전사를 죽이면 한 명 당 3점, 물리치면 1점, 생포하면 4점. 이렇게 계약했소.]

머록이 크게 고개를 주억거렸다.

[합리적인 가격 책정이군요. 하면 이탄 님께서 저희 가문과도 동일한 조건으로 계약하면 어떠십니까?]

[전리품 배분은 어떻게 할 생각이오?]

이탄이 청금 광산을 수복할 당시, 플라모 전사들은 강 상류를 방어하던 병력들이었다. 따라서 그들은 딱히 귀한 물건을 지니고 있지 않았다.

이번 경우는 달랐다. 토트 일족은 거래를 위해 나오는 것이고, 당연히 귀한 물품들도 잔뜩 보유하고 있을 터. 전쟁에서 승리하면 당연히 그 물품들은 승리자의 소유였다.

머록이 한 번 더 쓴웃음을 지었다.

'이탄이라는 이 이방인은 정말 빈틈이 없구나.'

이탄이 멀뚱멀뚱 머록을 바라보았다.

머록은 이탄이 기다리지 않도록 냉큼 대답했다.

[거래 중에 토트 일족이 우리에게 전쟁을 걸어오고, 그

전쟁에서 우리가 저들을 섬멸한다면, 당연히 이탄 님의 말씀처럼 막대한 전리품이 생기겠지요. 전리품의 배분을 7대 3으로 하면 어떻겠습니까? 저희 가문이 7, 이탄 님이 3입니다.]

[내 몫이 30퍼센트라?]

이탄이 표정을 굳혔다.

머룩이 황급히 상황을 설명했다.

[이번 거래를 준비하느라 저희 가문이 쏟아부은 재산이 만만치 않습니다. 또한 토트 일족과 전쟁이 벌어지게 되면 저희 가문에도 분명 사상자가 발생할 겁니다. 저는 가주된 자로서 사상자 가족들에게 위로금을 지급해야 합니다. 그리고 전쟁이 끝난 이후에도 토트 일족과 계속 협상하여 미래의 거래를 위한 불씨를 살려둬야 합니다. 이런 저런 비용이 결코 만만치 않습니다. 그러니 7대 3이 적당하다고 봅니다.]

[흐음. 그래도 6대 4로 합시다.]

이탄이 강짜를 부렸다.

솔직히 무력만 따지만 이탄의 배정 비율을 40퍼센트보다 더 높게 불러도 괜찮았다. 실제로 토트 일족과 전쟁이 벌어지면 이탄이 감당하는 몫이 40퍼센트는 훌쩍 넘을 것이기 때문이었다.

하지만 머록의 가문이 이번 거래를 성사시키느라 고생한 부분도 인정할 수밖에 없었다. 토트 일족과 약속을 잡고, 거래 장소를 정한 것도 모두 머록 가문의 공로였다. 거래장까지 이동하는 비용도 모두 머록 가문이 부담할 예정이었다.

이탄은 이 점을 감안했다.

머록이 짧은 고민 끝에 결정을 내렸다.

[좋습니다. 저희가 양보를 하지요. 이탄 님 말씀대로 전리품 배분 비율을 6대 4로 정하겠습니다.]

머록은 화끈한 성격이었다. 그는 앉은 자리에서 계약서를 작성하고 서명을 했다. 이어서 이탄이 계약서에 싸인했다.

머록은 용무를 마치자 자리에서 일어났다.

[그럼 내일 아침에 안내자를 이곳으로 보내겠습니다.]

[응? 내일 아침? 거래일이 28일이 아니오?]

이탄이 고개를 갸웃했다.

오늘이 3월 25일이었다. 28일이 되려면 앞으로 사흘이나 남았다.

머록이 손바닥으로 자신의 이마를 쳤다.

[아! 제가 그 설명을 빠트렸군요.]

머록의 설명이 이어졌다.

[토트 일족과 거래할 곳은 이 행성이 아닙니다.]

[응?]

[따라서 늦어도 내일 저녁에는 출발해야 비로소 28일에 플래닛 게이트에 도착할 수 있습니다. 그 다음 플래닛 게이트를 통해서 거래 행성으로 이동해야 합니다. 그런데 이탄 님이 계신 이곳 1번 나무 군락으로부터 저희 가문이 위치한 3번 나무 군락까지 오시는데 반나절이 소요됩니다. 그러니까 이탄 님의 출발 시각은 내일 아침이 되어야 합니다.]

[흐으음.]

이탄은 플래닛 게이트에 대한 기억을 빠르게 검색했다.

플래닛 게이트(Planet Gate: 행성의 문).

그릇된 차원에서 행성과 행성을 오가기 위해서 설치된 특수한 문.

이탄의 머릿속에 플래닛 게이트에 대한 자세한 정보가 떠올랐다.

'역시 그릇된 차원의 문명은 언노운 월드에 뒤처지지 않는구나. 아니, 오히려 언노운 월드보다 더 진보한 것 같아.'

이탄은 새삼스럽게 그릇된 차원에 감탄했다.

머록이 이탄의 의사를 물었다.

[내일 저녁 출발. 괜찮으신가요?]

[그럽시다. 내일 출발하죠.]

이탄은 답을 망설이지 않았다.

다음 날.

이탄은 새벽에 침대에서 일어나 간단하게 배낭을 꾸렸다. 식량은 전혀 없이 옷가지 몇 벌과 세면도구만 챙겼다.

아침이 되자 머록의 부하가 이탄을 찾아왔다. 이탄은 날개 달린 늑대를 타고 3번 나무 군락으로 날아갔다.

머록의 예측은 정확했다. 이탄이 3번 나무 군락에 도착할 무렵, 어느새 태양은 서쪽 지평선에 닿을락 말락 했다. 대지에는 슬슬 땅거미가 내려앉았다.

머록의 가문은 3번 나무 군락에서 가장 강성한 곳이었다. 쭉쭉 솟아오른 나무 사이로 머록의 가병들 수만 명이 질서정연하게 열을 지어 도열했다.

가병들은 다들 나무껍질 방패를 차고 끝이 뾰족한 투구를 썼다. 한 손에는 묵직한 추를 들었다.

머록의 차림새도 부하들과 비슷했다. 머록은 커다란 나무껍질 방패를 등에 짊어졌다. 허리에는 쇠사슬을 둘둘 말았는데, 쇠사슬의 끝에는 사과 네 알을 합쳐놓은 크기의 뭉툭한 추가 매달려 있었다. 머록의 투구는 끝이 뾰족했으며, 머록의 눈 위를 온통 뒤덮은 모습이었다.

[이탄 님, 오셨습니까?]

머록이 이탄을 향해 두 팔을 활짝 벌렸다.

이탄이 머록의 가병들을 둘러보았다.

[휘이유. 이 많은 병력들이 모두 가는 거요?]

[하하하. 당연히 아닙니다. 우호적인 상거래에 이렇게 많은 병력을 데려갈 수는 없지요. 저와 이탄 님을 비롯하여 딱 50명. 정예병만 움직일 겁니다.]

Chapter 5

머록의 등 뒤에는 어느새 파란 눈의 쌍둥이 노인들이 나타나 있었다.

이 쌍둥이 노인들은 머록의 숙부들이자 가문의 장로들이었다. 또한 두 노인 모두 귀족의 실력을 갖추었다.

노인들의 뒤에는 머록과 비슷하게 생긴 사내가 한 명 서 있었다. 사내는 비교적 젊어 보였는데, 외모가 머록의 젊은 시절을 연상시켰다.

이 젊은 청년이 바로 머록의 맏아들이었다.

머록.

쌍둥이 노인.

머록의 맏아들.

머록의 가문은 이렇게 4명의 귀족들을 보유했다. 머록은 4명 가운데 3명을 이번 거래에 투입했다. 오직 맏아들만 가문에 남겨두었다.

가문의 주요 전력 4분의 3이 움직인다는 것은, 그만큼 머록이 이번 토트 일족과의 거래를 중요하게 생각한다는 뜻이었다.

[내가 자리를 비운 동안 가문을 부탁한다.]

머록이 맏아들의 어깨를 두드렸다.

[걱정 마십시오. 아버님께서 다녀오실 동안 제가 목숨을 걸고 가문을 지키겠습니다.]

머록의 아들은 당차게 대답했다. 그러면서도 머록의 아들은 날카로운 눈으로 이탄을 경계했다. 그는 이탄이 그리 마음에 들지 않는 눈치였다.

상대가 그러거나 말거나 이탄은 신경 쓰지 않았다.

[자, 그럼 출발합시다.]

마침내 출발할 때가 되었다. 이번 거래에 동원된 머록 가문의 정예병 46명이 날개 달린 늑대에 휘익 올라탔다.

머록과 쌍둥이 노인, 그리고 이탄도 각자에게 배정된 늑대를 탔다.

이번 거래에 참여할 50명이 모두 준비가 끝났다.

[출발.]

우오오오오!

머록의 뇌파가 떨어지기 무섭게 날개 달린 늑대 50마리가 하늘을 향해 머리를 들고 일제히 울었다. 그 다음 늑대들은 커다란 날개를 펄럭이며 3번 나무 군락으로부터 날아올랐다.

이틀 뒤.

머록과 그 가병들이 6번 나무 군락에 도착했다.

6번 나무 군락과 7번 나무 군락은 다른 군락들에게 비해서 규모가 세 배는 더 크고 군락들 사이의 거리도 훨씬 더 가까웠다. 두 군락은 불과 5킬로미터만 떨어져 있었기에 누구나 고개만 쑥 내밀면 이웃 군락의 생활상을 눈으로 확인하는 것이 가능했다.

두 군락 사이에는 30미터 높이의 스톤 6개가 우뚝 서 있었다. 둥글게 원을 그리며 세워진 이 스톤들이야말로 행성 간의 이동을 위한 플래닛 게이트였다.

머록이 손가락으로 스톤을 가리켰다.

[이 행성에서 플래닛 게이트를 설치할 정도로 수준이 높은 종족은 우리 알블―롭과 플라모 녀석들뿐이지요.]

머록의 말투에는 알블—롭 일족에 대한 자부심이 묻어 났다.

[역시 알블—롭은 훌륭한 종족이구려.]

이탄은 상대를 추켜세워 주었다.

다른 한편으로 이탄은 얼마 전 플라모 족이 쳐들어 왔을 때 지원군으로 만났었던 슈이림이라는 귀족을 떠올렸다.

'슈이림이라는 귀족이 이곳 6번 나무 군락 소속이라던 데.'

이탄의 기억에 따르면, 슈이림은 회색 머리카락에 키가 큰 사내였다. 당시 슈이림은 신체를 회색빛 소용돌이로 만 들어서 적을 공격했었다.

이탄이 한창 슈이림에 대해서 생각하고 있을 때였다. 옆 에서 머록이 말을 걸었다.

[이탄 님, 여기서 잠시만 기다리시지요. 제가 6번 나무 군락의 대모님을 찾아뵙고 플래닛 게이트의 사용허가를 받 겠습니다.]

머록은 말을 끝내자마자 나무 군락 안으로 들어갔다.

머록의 가병들과 쌍둥이 노인, 그리고 이탄은 6번 나무 군락의 입구에서 머록을 기다렸다.

얼마 후, 머록이 플래닛 게이트 사용허가서를 손에 들고 일행과 합류했다.

[대모님께 허가를 받았습니다. 바로 출발하시지요.]

크허헝.

날개 달린 늑대들이 한 줄기 우렁찬 포효와 함께 하늘로 비상했다.

50마리의 늑대들은 여섯 번째 나무 군락의 상공을 단숨에 가로지르더니 플래닛 게이트 앞에 날아 내렸다.

이탄이 게이트에 가까이 다가갔을 때, 6개의 스톤들이 새파란 빛을 내뿜으며 웅웅웅 진동했다. 스톤 아래쪽에 새겨진 황금빛 문양들도 찬란하게 광휘를 뿌리기 시작했다. 그 문양들이 톱니바퀴처럼 서로 맞물려 정교하게 돌아갔다.

머룩이 플래닛 게이트에 가까이 다가가더니, 대모가 발행해준 게이트 사용허가서를 높이 들었다.

[여기 대모님의 허가서가 있소.]

[확인했습니다.]

플래닛 게이트를 지키던 병사들이 좌우로 길을 열어주었다.

플래닛 게이트를 지키는 병사들의 수준은 전사와 귀족 사이의 중간이었다. 그들은 알블—롭의 귀족들보다는 약했지만 일반 전사들보다는 훨씬 더 강했다.

게다가 병사들은 수인족의 본 모습을 숨김없이 드러내었다. 병사들의 기다란 주둥이 사이에서 허연 이빨이 으스스하게 빛을 발했다. 병사들의 눈동자는 단추처럼 동그랗고

동공이 작았다.

머록이 앞장서서 병사들 사이로 걸어 들어갔다.

쌍둥이 노인이 머록의 한 발 뒤에서 호위하듯 뒤따랐다.

이탄은 쌍둥이 노인보다 한 발 더 뒤에 위치했다.

그 뒤를 이어서 46명의 가병들이 척척척 발걸음을 옮겼다. 가병들의 발걸음이 규칙적인 운율을 만들어내었다.

마침내 머록을 포함한 50명 전원이 플래닛 게이트 안으로 들어왔다. 스톤 밖에서 알블―롭의 병사들이 게이트 가동을 시작했다. 6명의 병사들이 품에서 음혼석을 꺼내서 스톤의 홈에 꽂았다.

우우우우웅―.

스톤의 진동이 한층 더 격렬해졌다. 스톤에서 뿜어지던 파란 광채는 벼락처럼 쩌저적 쩌저적 온 사방을 뛰놀았다. 파란 전하가 스톤 안팎에 가득 찼다. 스톤 아래쪽에 새겨진 황금빛 문양들은 더욱 강렬한 광휘를 뿌리면서 드드드드 회전했다.

'거 참 신기하네.'

이탄은 호기심이 가득한 눈으로 플래닛 게이트의 가동을 지켜보았다.

이윽고 전하의 움직임이 최고조에 달했다. 파란 전하들 사이에서 황금빛 광휘가 폭발하듯이 쏟아졌다.

번쩍!

플래닛 게이트 안에 들어온 50명 전원이 일순간에 자취를 감추었다. 그들은 눈 깜짝할 사이에 이곳 행성을 벗어나서 전혀 새로운 행성에 도착했다.

Chapter 6

이탄이 도착한 곳은 피처럼 붉은 행성이었다. 행성의 규모가 그리 크지 않아 지평선이 둥글게 휘어 있는 모습이 한눈에 보였다.

'간씨 세가의 세상에는 달이 있지. 이 붉은 행성의 크기가 딱 달 정도인가?'

이탄은 행성의 대략적인 크기를 가늠해보았다.

지평선 모양만 보고는 정확한 크기를 계산하기는 어려웠다. 다만 한 가지 분명한 것은, 이곳 붉은 행성은 생명체가 살아갈 만한 곳은 아니라는 점이었다.

행성의 대기는 수십 킬로미터 두께의 붉은 먼지로 뒤덮여서 하늘이 전혀 보이지 않았다. 대지에는 수분이 희박하여 그 어떤 식물도 자라지 못했다. 한 번씩 삭풍이 불 때마다 땅바닥의 붉은 흙이 수 킬로미터 높이로 휘날렸다.

이 삭막한 행성 한복판에 6개의 스톤이 우뚝 세워져 있었다.

번쩍!

머록과 이탄 일행은 6개의 스톤 사이, 즉 플래닛 게이트 안으로 이송되었다. 게이트 주변엔 딱히 지키는 사람도 없었다.

머록이 게이트 밖으로 발걸음을 옮겼다.

쌍둥이 노인들이 뒷짐을 지고 여유롭게 머록의 뒤를 따랐다. 동작은 여유로운 듯했으나 막상 쌍둥이 노인들의 눈빛에는 여유가 1도 없었다. 2명 모두 날카로운 눈빛으로 주변을 탐색했다. 두 노인에게서 뿜어지는 기세가 자못 날카로웠다.

머록의 가병들은 머록의 주변을 물샐 틈 없이 둘러쌌다. 나무껍질로 만든 방패가 가병들과 머록을 가려주었다.

척척척척.

가병들의 발걸음 소리가 붉은 행성 안에서 규칙적으로 울려 퍼졌다.

머록은 이곳에 온 것이 처음이 아니었다. 그는 선친을 따라서 벌써 열 번도 넘게 이곳을 다녀갔다.

이 가운데 여섯 번은 토트 일족과의 거래 때문이었다. 나머지는 다른 종족들과 거래하기 위해서였다.

30분쯤 뒤.

머록 일행은 붉은 평야에 도착했다. 플래닛 게이트로부터 10킬로미터 동쪽에 위치한 평야였다.

평평한 땅 위에는 돌로 만든 테이블과 둥글둥글한 의자들이 놓여 있었다. 그 주변에 하얗고 기다란 직사각형 천들이 내걸려서 바람에 나부꼈다.

[우리가 먼저 도착했군요.]

머록이 탁자 중앙에 앉았다.

[숙부님들도 여기 앉으시지요.]

머록의 말에 쌍둥이 노인들이 머록의 좌우에 착석했다.

머록은 이탄도 돌아보았다.

[이탄 님.]

[괜찮소. 나는 이곳이 편하오.]

이탄은 머록이 권한 의자를 거부했다. 대신 이탄은 머록의 바로 뒤에 자리를 잡았다. 만약 토트 일족과 불미스러운 일이 발생한다면, 이 자리에 서 있는 편이 가장 대응하기 좋았다.

이탄의 양옆으로 머록의 가병들이 도열했다.

한 시간이 흘렀다.

[막돼먹은 놈들이네. 시간 약속도 지키지 않고.]

쌍둥이 노인 중 한 명이 마뜩지 않은 표정으로 푸른 수염을 쓸어내렸다.

[토트 일족이 원래 느리지.]

다른 노인이 맞장구를 쳤다.

노여워하는 쌍둥이 노인들과 달리 머룩은 표정에 변화가 없었다.

이탄도 묵묵히 상대가 나타나기를 기다렸다.

다시 또 한 시간이 흘렀다. 약속한 때로부터 벌써 두 시간이나 지났다.

타앙!

쌍둥이 노인 중 한 명이 화를 참지 못하고 소리가 나게 탁자를 내리쳤다.

[고얀 것들. 흥!]

노인은 토트 일족의 굼뜬 행동이 영 마음에 들지 않는 눈치였다. 또 다른 노인도 불만스러운 눈초리를 감추지 않았다.

머룩은 여전히 그 표정 그대로였다.

그때 동쪽 하늘이 파란 빛으로 물들었다. 휘황한 광채가 붉은 먼지 아래쪽에선 번쩍번쩍 뛰놀았다.

이것은 플래닛 게이트가 활성화될 때 나타나는 현상이었다.

[드디어 토트 일족이 도착했나 보군요.]

머록이 신중하게 팔짱을 꼈다.

쌍둥이 노인들도 자세를 바로하고 눈빛을 날카롭게 벼렸다.

얼마 후, 붉은 흙먼지를 일으키면서 50명의 남녀가 나타났다. 그들은 모두 피부가 칠흑처럼 검고 키가 2.5미터에 이르는 거구들이었다. 남녀 모두 피부가 새까만 대신 눈동자와 이빨이 새하얀 터라 더더욱 인상적이었다.

머록이 자리에서 일어났다.

[티우키 님.]

상대편 진영에서 노인 한 명이 먼저 날아와 탁자 앞에 내려섰다. 노인은 키가 2.7 미터에 하얀 수염을 기른 모습이었다.

이 노인이 바로 토트 족 귀족 가문의 수장인 티우키였다. 티우키는 머록의 선친 때부터 몇 차례나 거래를 함께한 사이이기도 했다.

[헐헐헐. 머록 가주, 내가 좀 늦었네. 헐헐헐. 미안하이.]

티우키가 머록의 맞은편에 앉았다.

사람 좋게 웃고 있지만, 티우키의 눈빛 속에는 살벌한 기운이 도사렸다. 티우키는 그 살벌함을 안으로 갈무리한 다음, 머록 일행을 쭉 훑었다.

그러는 사이 티우키의 뒤쪽에 49명의 토트 족이 날아와 자리를 잡았다. 이 가운데 키가 3미터에 육박하고 머리카락이 꼬불꼬불한 여인이 유독 눈에 띄었다.

머룩의 눈길이 여인에게 멎었다.

티우키가 히죽 웃었다.

[인사하지. 이번에 새로 맞은 내 아내일세.]

티우키의 말에 머룩이 흠칫했다. 머룩은 티우키 뒤에 서 있는 여인이 티우키의 딸들 가운데 한 명일 것이라고 예상했다.

아니었다.

티우키가 입 안에 박힌 뾰족뾰족한 이빨을 드러내며 웃었다.

[헐헐헐헐. 내 딸이라 예상했는가? 헐헐헐. 나는 자식은 믿지 않는다네. 그것들은 언제 내 자리를 노릴지 모르거든. 대신 아내는 믿지. 헐헐헐. 아내는 내 자리를 노리지 않을 뿐더러, 언제든지 내가 마음만 먹으면 갈아치울 수 있거든. 헐헐헐헐.]

'이게 뭔 소리야?'

다소 황당한 말에 쌍둥이 노인이 눈살을 찌푸렸다.

제4화
티우키의 오판

Chapter 1

그러거나 말거나 티우키는 화제를 돌려 본론을 꺼냈다.

[잡소리가 길어졌구먼. 헐헐헐. 머록 가주, 이제 거래나 시작하세.]

[그러시죠.]

머록이 품에서 종이 한 장을 꺼내서 상대방에서 던졌다. 종이가 느릿하게 허공을 날아가 티우키 앞에 얌전히 안착했다.

티우키는 하얀 눈으로 종이에 적힌 내용을 훑었다.

[우드 스톤, 수프리 나무의 뿌리, 청금, 음혼석……. 자네가 취급하는 물건들은 자네의 선친 때와 변함이 없구먼.

헐헐헐.]

[변함이 없을 수밖에요. 우리 알블—롭 일족이 자신 있게 거래에 내놓을 수 있는 물품들이 바로 그것들이니까요.]

머록은 당연하다는 듯이 대꾸했다.

티우키가 껄껄 웃었다.

[헐헐헐. 그렇지. 다른 것은 몰라도 우드 스톤과 수프리나무의 뿌리는 자네들 알블—롭 일족이 아니면 생성하기 어렵지. 헐헐헐.]

[등껍질은 얼마나 준비되었습니까?]

이번에는 머록이 티우키에게 물었다.

티우키가 머록에게 종이를 날렸다.

하급 등껍질 900개.
중급 등껍질 18개.
상급 등껍질 2개.
최상급 등껍질 2개.

종이에 적힌 품목은 딱 네 가지뿐이었다. 머록은 이 가운데 최상급 등껍질에 주목했다.

'헉? 이게 정말인가? 최상급 등껍질을 거래에 내놓는다고?'

머록의 선조 때부터 시작하여 지금까지 토트 일족에서는 최상급 토트 등껍질을 거래에 내놓은 적이 없었다. 최상급 등껍질은 가급적 외부인에게는 판매하지 않고 토트 일족만 사용한다는 철칙 때문이었다.

[정말입니까? 최상급을 거래한다고요? 그것도 2개나요?]

머록이 동그란 눈으로 상대를 바라보았다. 머록의 심장 박동이 조금 빨라졌다. 머록뿐 아니라 쌍둥이 노인들도 침을 꿀꺽 삼켰다.

티우키가 하얗고 촘촘하게 박힌 이빨을 드러내었다.

[헐헐헐. 거래할 게 아니라면 내가 왜 목록에 올렸겠는가? 헐헐헐.]

[조건이 뭡니까? 최상급의 거래 조건 말입니다.]

최근 스피네 족과 플라모 족의 협공을 받은 이후로 알블—롭 일족에게 가장 필요한 것은 방어구용 재료들이었다. 알블—롭 일족이 부서진 방어탑을 복구하고, 최상품의 방어구를 수리하려면 토트 일족의 등껍질이 가장 중요했다. 머록의 입장에서는 최상급 등껍질이라는 문구를 보자마자 눈이 홱 돌아갈 수밖에 없었다.

'미끼를 물었구나. 헐헐헐.'

순간 티우키의 조그만 눈알이 번들거리는 빛을 머금었

다. 그 빛은 나타남과 동시에 다시 사라졌다.

티우키는 사람 좋게 미소를 지었다.

[조건이라? 딱히 어떤 조건을 생각해보지는 않았네. 다만 우리도 최상급 등껍질은 쉽게 넘길 수 없는 물건이라네. 그건 머룩 가주도 이미 예상했을 테지? 그걸 감안해서 머룩 가주가 한번 나에게 제안을 해보게. 알블―롭 일족은 과연 무엇으로 최상급 등껍질을 사려는가?]

[음.]

머룩이 입술을 꾹 다물었다.

쌍둥이 노인들이 머룩을 향해 머리를 기울였다. 머룩은 두 숙부와 함께 무언가를 심각하게 논의했다.

그런 끝에 머룩이 결정을 내렸다.

[원래 이것은 거래하려던 물건은 아닙니다. 하지만 최상급 등껍질을 보니 생각이 바뀌더군요. 제 가문에는 아이 머리통만 한 우드 스톤이 있지요.]

[헐. 아이 머리통만 한 우드 스톤? 산봉우리만 한 우드 스톤을 내놓아도 최상급 등껍질과 비교할 수는 없네. 어디서 그런 되도 않는 제안을 하는가?]

티우키는 대놓고 기분 나쁜 내색을 했다. 그도 그럴 것이, 최상급 등껍질은 고작 우드 스톤 한 덩이와 바꿀 물건은 아니었다.

[우드 스톤이 아무리 커도 감히 우리 토트 일족의 최상급 등껍질과 비할 수 있을 것 같은가? 흥!]

티우키가 괘씸하다는 듯이 머룩을 면박 주었다.

머룩은 표정 하나 변하지 않았다.

[티우키 님, 제 말을 끝까지 들어보시지요.]

[케헴. 어디 한번 계속 말해 보게.]

티우키가 완고하게 팔짱을 끼었다.

머룩이 자신만만하게 속삭였다.

[제가 가진 우드 스톤은 진한 보라색을 띠고 있습니다. 스톤 전체가 전부 보라색이죠.]

[뭣이? 퍼플 스톤이라고?]

삐딱하게 뒤로 기울었던 티우키의 상체가 제자리로 확 돌아왔다. 티우키는 어느새 팔짱도 풀었다. 그리곤 놀란 표정으로 머룩을 다그쳤다.

[그게 참말인가? 퍼플 스톤이 있다고? 자네의 손에?]

퍼플 스톤은 우드 스톤 가운데 지극히 일부가 자연적으로 변해서 발생한 돌연변이 스톤이었다.

원래 우드 스톤은 오래된 나무가 석화되어 돌로 변하면서 생성되는 물질인데, 그 안에 음차원의 마나를 담을 수 있어 음혼석의 주재료로 사용되었다.

반면 퍼플 스톤은 우드 스톤과 비슷한 듯하면서도 달랐

다. 우드 스톤이 단순히 음차원의 마나를 담는 그릇인 것에 비해서, 퍼플 스톤은 스스로 음차원의 마나를 만들어내는 아주 신비로운 근원물질이었다.

당연한 말이지만, 우드 스톤이 아무리 많아도 이 가운데 퍼플 스톤으로 변하는 경우는 거의 없었다.

Chapter 2

[정말 퍼플 스톤이 있다고? 에이. 그 말을 내가 어찌 믿나?]

티우키가 손을 휘휘 저었다.

머록이 상대에게 되물었다.

[그럼 티우키 님이 최상급 등껍질을 거래하겠다는 말은 또 어떻게 믿겠습니까? 아니 그렇습니까?]

[헐헐헐. 나를 믿지 못하겠다고? 헐헐헐헐. 자네의 선친과 오래 거래한 나를 못 믿어?]

[그러는 티우키 님도 저를 믿지 못한다면서요.]

머록이 티우키를 살살 긁었다.

티우키가 발끈하여 손뼉을 쳤다.

[여봐라. 그걸 이리 가져오너라.]

티우키의 말이 떨어지기 무섭게 티우키의 새 아내가 품에서 조그만 주머니를 꺼냈다. 그 주머니 입구가 고무줄처럼 쭉 늘어나더니 그 속에서 직경 수십 킬로미터나 되는 거대한 등껍질이 모습을 드러내었다.

이것은 아공간 주머니였다.

티우키의 아내는 주머니 속에서 산봉우리보다 훨씬 더 큰 등껍질을 꺼내더니 한 손으로 번쩍 들었다.

산보다 더 큰 물건을 들고도 티우키의 아내는 전혀 무거워하는 기색이 없었다.

머룩은 토트 족 여인의 무지막지한 괴력에 놀랐다. 하지만 그보다는 최상급 등껍질 자체에 시선을 빼앗겼다.

등껍질의 표면은 울퉁불퉁했다. 색깔은 검정이 섞인 회색에 가까웠다. 등껍질 곳곳에 세월의 흔적이 묻어났다. 게다가 최상급 등껍질 표면에 팬 거칠거칠한 홈을 따라서 금빛 광채가 액체처럼 주르륵 흘렀다.

이 금빛 광채야말로 최상급의 품질을 의미했다.

[으으으.]

머룩이 무의식중에 신음을 흘렸다. 머룩은 황금빛 액체가 흐르는 등껍질을 눈에 담는 것만으로도 가슴이 벅찼다. 이 최상급 등껍질을 보고 있노라면 철옹성을 눈앞에 둔 듯한 느낌이 들었다.

머록의 눈앞에서는 환상이 펼쳐졌다.

저 단단한 껍질에 닿는 순간 모든 물리적인 공격이 와해되는 환상이었다. 등껍질을 두드리는 모든 마법 공격도 그대로 무너져 내리는 환상이었다. 토트 족 최상급 등껍질은 너무나도 영험하여 그 어떤 영력 공격도 무산시킬 듯했다. 심지어 이 등껍질에는 스피네 족의 극독도 통하지 않을 것 같았다.

'최상급 등껍질을 한 꺼풀 벗겨서 갑옷을 해 입으면? 그럼 스피네 놈들에게 둘러싸여도 두렵지 않겠지? 만약 이것으로 방패를 만들면? 그럼 플라모 놈들의 화염도 거뜬히 막아낼 수 있을 게야.'

머록의 심장이 두근두근 뛰었다.

물론 머록이 가진 퍼플 스톤도 가치를 따질 수 없는 보물이었다.

비록 퍼플 스톤이 생산해내는 마나는 양이 그리 풍부하지는 않으나, 그게 중요한 것은 아니었다. 그릇된 차원의 고위 마법사들은 퍼플 스톤이야말로 마나 고갈 현상을 파헤칠 수 있는 중요한 열쇠라고 믿었다.

실제로 일부 상위 종족들은 퍼플 스톤에 대한 깊이 있는 연구를 통해서 음혼석을 대량으로 생산할 비법을 찾아내었다.

지금 알블―롭의 현자들도 머리를 맞대고 퍼플 스톤 연구에 여념이 없었다. 머록도 어지간한 상황만 아니면 퍼플 스톤을 거래에 내놓을 마음이 없었다.

하지만 지금 알블―롭 일족에게는 퍼플 스톤보다 최상급 등껍질이 더 필요했다. 퍼플 스톤이 일족의 미래를 발전시킬 열쇠라면, 토트 족의 최상급 등껍질은 알블―롭의 현재를 지키기 위한 믿음직한 방어 수단이었다.

머록이 넋을 놓고 최상급 등껍질을 살필 때였다. 티우키가 오만하게 팔짱을 끼고 턱을 슬쩍 들었다.

[머록 가주, 최상급 등껍질은 확인했겠지? 그럼 이제 자네의 말을 증명할 차례일세. 자네가 정말 퍼플 스톤을 가지고 있나?]

[가지고 있습니다.]

머록이 고개를 끄덕였다.

그 말이 미심쩍었는지 티우키는 거듭 확인했다.

[머록 가주. 정말로 퍼플 스톤을 가지고 있는 거 맞나? 나는 누군가에게 속는 것을 아주 싫어한다네.]

머록을 바라보는 티우키의 눈이 하얗고 섬뜩하게 빛났다.

그 살벌한 눈빛을 받고도 머록은 표정에 변화가 없었다.

[숙부님들.]

머룩이 쌍둥이 노인들에게 고개를 돌렸다.

[알겠소. 가주.]

쌍둥이 노인들은 입술을 꾹 깨물더니, 자리에서 일어나 손을 맞잡았다. 두 노인의 오른손 손바닥과 왼손 손바닥이 허공에서 만났다.

슈쾅―!

두 손바닥 사이에서 환한 광채가 터졌다.

손바닥 중 하나가 오른쪽으로 90도 돌아갔다. 다른 손바닥은 왼쪽으로 90도 회전했다. 180도로 엇갈린 두 손바닥 사이에서 아공간의 문이 열렸다.

머룩은 쌍둥이 노인이 열어준 아공간 속에서 40센티미터 크기의 나무함을 꺼냈다. 그리곤 품에서 열쇠를 꺼내 나무함을 열었다.

딸깍.

경쾌한 소리와 함께 나무함의 뚜껑이 위로 들렸다. 머룩은 나무함을 가만히 내려다보다가 입술을 꾹 깨물었다. 그리곤 상자를 빙글 돌렸다.

[그게 퍼플 스톤인가?]

티우키의 조그만 눈동자가 탐욕으로 번들번들 빛났다.

[티우키 님께서 직접 확인하시지요.]

머룩이 상자를 티우키 쪽으로 기울여주었다.

티우키는 목을 쭉 빼고 상자 속을 들여다보았다. 나무함 속에 보랏빛으로 영롱하게 빛나는 돌덩이가 자리했다.

[허얼. 세상이 이렇게 큰 퍼플 스톤이 존재했다니.]

티우키는 제법 충격을 받은 듯했다.

티우키가 지켜보는 가운데 보라색 돌덩이로부터 마나의 기운이 스멀스멀 풍겨 나왔다.

[후우읍.]

티우키는 눈을 지그시 감고 숨을 푹 들이켰다. 마나의 향기가 티우키의 콧속으로 훅 빨려 들어왔다.

[음차원 마나의 향기! 진짜 퍼플 스톤이 맞구먼. 허얼.]

티우키가 입맛을 다셨다.

머록은 재빨리 나무함을 닫았다. 상자 뚜껑이 닫히자마자 퍼플 스톤으로부터 농염하게 흘러나오던 음차원의 마나가 뚝 끊겼다.

Chapter 3

티우키는 아쉬운 듯 한숨을 내쉬었다. 그리곤 머록을 추켜세웠다.

[헐헐헐. 자네도 참 대단하구먼. 그렇게 귀한 물건을 가

지고 있었어.]

머록이 나무함 위에 손을 얹은 뒤 티우키의 반응을 떠봤다.

[이거면 거래하기에 충분할 것 같은데요. 아닌가요?]

[충분하지. 다른 것도 아니고 퍼플 스톤이라면 최상급 등껍질과 맞바꾸기에 충분하지. 헐헐헐헐.]

티우키가 진지하게 자세를 고쳐 앉았다.

머록이 검지를 좌우로 까딱였다.

[티우키 님, 그건 아니죠. 최상급 등껍질 하나와 바꾸기에는 퍼플 스톤이 너무 귀합니다. 이 정도 크기의 퍼플 스톤이라면 세상 그 어디에서도 구하기 힘들 겁니다.]

티우키의 안색이 굳었다.

[그럼 최상급 등껍질 2개를 받겠다는 뜻인가?]

[2개만으로도 부족합니다.]

머록은 여전히 손가락을 좌우로 흔들었다.

티우키가 다시 삐딱하게 몸을 기울이고 다리를 꼬았다.

[머록 가주. 원하는 게 뭔가?]

머록이 거래 조건을 덧붙였다.

[최상급 등껍질 2개에 상급 등껍질 2개를 더 얹으시지요.]

[헐.]

[거기에 중급 등껍질 18개도 얹으시고요.]

[허헐.]

[거기에 또 하급 등껍질 900개도 추가하시고요.]

[하아. 참 나.]

티우키가 어이없다는 시늉을 했다.

마록은 거기서 한 발 더 나갔다.

[그래도 조금 부족합니다. 저울추를 공평하게 맞추려면 그 위에 상급 음혼석 100개는 더 얹어주셔야겠네요.]

[허허헐.]

머록은 티우키가 준비해온 물품 전부에다 상급 음혼석 100개를 추가로 요구했다.

사실 머록의 요구가 아주 과한 것은 아니었다. 어린아이 머리통만 한 퍼플 스톤이라면 부르는 게 값이었다.

티우키가 턱을 들고 하얀 눈으로 머록을 보았다. 눈으로는 머록을 보고 있지만, 티우키의 감각은 머록 뒤쪽을 빠르게 훑었다.

'머록과 그의 두 숙부들은 귀족이지. 나는 오래 전부터 저들을 거래장에서 봐왔기에 실력을 대충 알아. 그렇다면 머록 뒤쪽의 가병들은 모두 전사들일까? 아니면 저 가운데 귀족도 숨어 있을까?'

티우키의 잔머리가 빠르게 돌아갔다.

'만약 귀족이 있다면 몇 명이나 될까? 한 명? 2명? 3명?'

　티우키가 미리 입수한 정보에 따르면, 최근 알블—롭 일족은 인근의 스피네 족과 큰 전쟁을 벌였다고 한다. 이어서 플라모 족과도 부딪쳤다.

　'잇단 전쟁에 알블—롭 녀석들이 방어구가 부족해졌겠지. 헐헐헐. 그러니까 우리가 적당히 튕기기만 하면 좋은 가격에 거래를 할 수 있을 게야. 헐헐헐. 알블—롭 일족은 우리의 등껍질을 사려고 몸이 바짝 달았을 테니까 말이야.'

　거래장에 나오기 전, 티우키는 이렇게 계산했다.

　갑작스러운 퍼플 스톤의 등장에 티우키의 계산이 틀어졌다. 티우키는 톱니바퀴처럼 정확한 계획에 따라 움직이는 성격이라 이러한 돌발 변수를 좋아하지 않았다. 하지만 대상이 퍼플 스톤이라면 이야기가 또 달라진다.

　'퍼플 스톤이라면 내가 한번 수고를 해볼 만하지. 헐헐헐. 연속해서 전쟁을 겪은 알블—롭 일족이 과연 이 자리에 귀족을 몇 명이나 보냈을꼬? 머록과 그의 두 숙부들을 제외하면, 가병들 사이에 숨어 있는 귀족이 최대 3명은 될까?'

　티우키가 아무리 따져 봐도 머록의 가병들 사이에 3명

이상의 귀족들이 숨어 있을 가능성은 없었다.

'그럼 최악의 경우를 가정해도 머록 측에 6명 이하의 귀족이 있다는 소리잖아.'

적은 최대 6명.

반면 티우키가 데려온 귀족은 총 3명이었다. 여기에 티우키 본인을 더해도 4명밖에 되지 않았다.

'하! 6대 4의 싸움이라?'

티우키는 불리한 싸움을 염두에 두고도 전혀 겁먹지 않았다.

'헐헐헐. 6대 4면 상당히 불리한 매칭이지. 하지만 말이야, 전쟁이라는 것이 꼭 쪽수가 많다고 이기는 것은 아니거든. 헐헐헐. 한물간 알블―롭 일족을 상대로 우리 토트의 귀족 4명이 나섰다고 하면 이미 게임은 끝난 게야. 헐헐헐헐.'

티우키의 하얀 눈알이 교활하게 번뜩였다. 티우키는 머릿속으로 전투 시뮬레이션을 돌려보았다. 영력을 소모하여 돌리는 티우키의 전투 시뮬레이션 예측은 적중률이 80퍼센트가 넘었다.

시뮬레이션의 결과는 토트 족의 승리였다. 티우키 일행은 알블―롭의 귀족 6명을 단숨에 압살하고 퍼플 스톤을 빼앗는다.

'훗! 역시.'

티우키의 입가에 보일 듯 말 듯 미소가 걸렸다. 시뮬레이션까지 완료했으니 이제 티우키는 망설일 이유가 없었다.

티우키의 눈짓이 떨어졌다. 신호가 주어지기 무섭게 티우키의 아내가 탁자를 뛰어넘었다. 3미터에 달하는 거구의 여인은 벼락처럼 탁자 위를 타고 미끄러지더니 양손을 좌우로 뻗었다.

꽈앙!

종이 깨지는 소리와 함께 쌍둥이 노인들이 뒤로 밀려났다.

[크윽.]

두 노인은 무려 10미터 밖까지 후퇴하여 겨우 중심을 잡았다.

두 노인의 머리는 어느새 늑대처럼 변하였다. 몸 주변에는 상급의 음혼석이 각각 5개씩 떠올라 위성처럼 빙글빙글 공전했다. 음혼석에서 방출된 음차원의 마나가 허공을 격하고 쌍둥이 노인의 체내로 흘러들어 갔다.

티우키의 아내는 단 일격에 쌍둥이 노인을 물러나게 만든 뒤, 입을 쩍 벌렸다. 그녀의 입 속에서 혀가 수 미터 길이로 쭉 늘어나 나무함을 낚아챘다.

[이게 무슨 짓입니까?]

머록이 버럭 소리쳤다.

머록도 어느새 수인화를 마쳤다. 분노한 머록의 눈빛이 찢어죽일 듯이 티우키를 노려보았다.

머록의 허리에 둘둘 말려 있던 쇠사슬이 벼락처럼 쏘아져 나가 티우키의 아내와 부딪쳤다. 쇠사슬 끝에 매달린 묵직한 추가 티우키 아내의 혀를 때렸다.

Chapter 4

티우키의 아내는 혀를 다시 입속으로 회수한 뒤, 커다란 손바닥으로 머록을 후려쳤다. 머록도 추를 날려 상대의 손바닥을 마주 때렸다. 머록의 추에는 파란 빛이 50센티미터 크기로 어려 있었다.

꽈아앙!

다시 한번 종이 깨지는 소리가 울렸다. 머록의 추와 맞부딪친 순간, 티우키 아내의 손바닥 앞에는 검회색의 등껍질이 환상처럼 나타났다. 그 등껍질이 머록의 추를 고스란히 튕겨내었다.

쌍둥이 노인들이 어느새 다시 달려들어 쇠사슬을 날렸다. 스르렁 소리가 허공에 퍼지기도 전에 두 가닥의 쇠사슬이 전방을 휩쓸었다. 쌍둥이 노인이 방출한 쇠사슬은 독사처럼 기민하게 움직이며 티우키의 아내를 공격했다.

[홍!]

티우키의 아내가 오른손을 수평으로 쓸었다. 그녀의 손끝에서 검회색의 등껍질이 다시 환상처럼 나타났다.

까앙!

티우키의 아내가 소환한 등껍질이 쌍둥이 노인의 쇠사슬들을 단숨에 튕겨내었다. 등껍질의 표면에는 은색 액체가 홈을 따라 신비롭게 흘러 다녔다.

이 은빛 액체가 쇠사슬에 실린 마력을 먼저 와해시켰다. 이어서 딱딱한 등껍질이 물리적으로 쇠사슬과 부딪쳤다.

[이런. 상급 등껍질이로구나.]

[치잇.]

쌍둥이 노인들이 낭패한 표정을 지었다.

토트 족의 등껍질은 단단하기 이를 데 없어서 모든 물리적인 공격을 튕겨내었다. 또한 중급 등껍질에는 구리 빛깔 액체가, 상급 등껍질에는 은색 액체가, 최상급에는 금색 액체가 흘러 다니는데, 이 액체들이 적의 마법 공격과 영력 공격을 와해시키는 특성을 지녔다.

따라서 중급 이상의 등껍질을 가진 토트의 귀족을 꺾는 것은 여간 힘든 일이 아니었다. 하여 그릇된 차원에는 '토트의 귀족 한 명이 다른 종족의 귀족 6명을 막아낼 수 있다.' 라는 말이 나돌곤 했다.

티우키의 아내는 중급도 아니고 무려 상급의 등껍질을 연마한 강자였다. 어쩌면 티우키의 아내가 티우키보다 더 강할지도 몰랐다.

게다가 티우키의 아내는 무척 저돌적인 성격이었다.

꽈앙! 꽝! 꽝! 꽝!

티우키의 아내가 성난 황소처럼 등껍질을 휘둘렀다.

[크헉. 어이쿠.]

[이런 무식한.]

한 번 맞부딪칠 때마다 쌍둥이 노인은 피를 토하며 뒤로 후퇴했다.

쌍둥이 노인의 쇠사슬이 아무리 파란 빛을 내뿜어도 소용없었다. 티우키의 아내가 등껍질에 마나를 주입하여 은색 액체를 번뜩이게 만들면, 쌍둥이 노인의 쇠사슬은 무참하게 힘을 잃었다.

마력이 뒷받침되지 않는 쇠사슬은 일반인이 휘두르는 쇠사슬과 다를 바가 없었다. 티우키의 아내는 쌍둥이 노인을 수월하게 몰아붙였다.

[가주, 물러나시게.]

[우리가 이 계집을 막을 동안 플래닛 게이트로 돌아가.]

쌍둥이 노인들이 머록을 향해 악을 썼다.

머록이 후다닥 나무함을 챙겼다.

그때 티우키가 탁자 위로 휙 미끄러져 들어왔다.

[머록 가주, 어딜 가려고? 헐헐헐. 그렇게 가고 싶으면 그 나무함은 놓고 가시게.]

풋!

티우키의 혀가 화살처럼 튀어나와 머록의 옆구리에 숨겨진 나무함을 노렸다.

머록은 등에 메고 있던 나무껍질 방패를 끌어당겨 몸 앞을 가렸다. 티우키의 혀와 머록의 방패가 맞부딪치면서 둔탁한 소음이 울렸다.

티우키의 아내가 쌍둥이 노인을 공격하여 강하게 몰아붙였다. 그 사이 티우키가 머록을 집중적으로 공격하여 퍼플스톤이 들어있는 나무함을 빼앗으려 들었다. 이 일련의 사건들은 눈 깜짝할 사이에 벌어졌다.

머록의 가병들은 비로소 정신을 차렸다.

[가주님을 보호하라.]

[저 간악한 토트 놈들을 물리쳐라.]

크왕!

46명의 머록 가병들이 일제히 수인화를 마쳤다. 머록의 가병들은 늑대의 이빨을 드러내고 날카로운 포효를 내질렀다. 가병들 가운데 몸이 날랜 자들은 어느새 나무껍질 방패를 앞세워 티우키에게 달려들었다.

[어딜 감히 우리 가주님께 덤비느냐?]

[네놈들의 상대는 우리다.]

티우키의 부하들도 머록의 가병들을 맞아서 마주 달려나왔다. 토트 족 전사들 중 일부가 탁자를 휘익 뛰어넘었다. 그리곤 토트 족 특유의 등껍질을 현실화하여 머록 가병들이 내지른 추를 막아내었다. 일부 토트 족들은 입에서 날카롭게 혀를 쏘아서 머록 가병들의 빈틈을 노렸다.

거래장이 순식간에 난장판이 되었다. 머록의 가병들과 티우키의 가병들이 맞부딪치면서 사방에서 불똥이 튀었다. 욕설이 난무했다.

쌍둥이 노인은 어떻게든 티우키의 아내를 붙잡아두느라 진땀을 흘렸다. 두 노인의 옷은 이미 피로 물들었다.

어지러운 난전의 와중, 머록은 티우키의 공격을 피해 뒤로 후퇴했다.

[티우키, 이 더러운 놈. 선친과 거래를 한 것이 몇 차례인데 이런 비열한 짓을 하느냐?]

머록이 티우키를 향해 악을 썼다.

[헐헐. 머록 가주. 세상에 비열이 어디 있는가? 뜻이 맞으면 거래를 하는 게고, 뜻이 어긋나면 힘으로 처리하는 게

세상의 이치지. 헐헐헐.]

　[치잇.]

　머록이 백스텝을 밟으면서 몇 차례나 연속해서 추를 날렸다.

　하지만 머록의 공격은 티우키의 등껍질에 부딪쳐서 별위력도 발휘하지 못했다. 티우키의 등껍질에도 은빛 액체가 신비롭게 흘렀다.

　다만 머록도 평소에 수련을 게을리하지 않아 쉽게 무릎을 꿇지는 않았다. 머록은 끊임없이 상대의 빈틈을 노리면서 점점 더 플래닛 게이트 쪽으로 몸을 이동했다.

　바로 그때였다.

　꽝!

　뒤에서 날아온 기습공격에 머록이 앞으로 확 떠밀렸다. 토트 족의 곱슬머리 노인이 어느새 후방에 잠입하여 머록을 기습한 것이다.

　[어억?]

　머록이 깜짝 놀라 몸을 핑그르르 회전했다. 머록의 몸은 허공으로 30 센티미터가량 떠올랐다가 다시 땅에 내려앉으며 겨우 균형을 잡았다.

Chapter 5

[머룩. 너는 이제 끝났다.]

티우키가 기다렸다는 듯이 머룩에게 달려들었다. 티우키는 바람처럼 달려들더니 머룩의 턱을 향해 주먹을 위로 쳐올렸다.

후웅—.

티우키의 주먹 위에 토트 족 특유의 등껍질이 환상처럼 나타났다. 은빛 액체가 흐르는 상급 등껍질이었다.

꽈앙!

또다시 종이 깨지는 소리가 울렸다.

[크악.]

머룩이 피를 토하며 나뒹굴었다. 머룩은 뒤로 수십 미터나 나가떨어지면서도 나무함을 품에 꼭 끌어안았다.

그런 머룩을 향해 토트 족 2명이 다가섰다.

앞에는 티우키.

뒤에는 곱슬머리의 노인.

곱슬머리 노인은 티우키 가문의 귀족 가운데 하나였다.

조금 전 티우키의 아내가 쌍둥이 노인을 공격하고, 이어서 티우키가 머룩을 몰아붙일 동안, 곱슬머리 노인은 후방으로 빙 돌아가서 머룩의 퇴로를 차단했다. 그러다 머룩이

슬금슬금 후퇴하자 곱슬머리 노인은 뒤에서 갑자기 달려들어 머록의 등을 때렸다.

머록이 땅바닥에 쓰러진 채 티우키에게 침을 뱉었다.

[으으으. 티우키, 이 더러운 놈. 퉤엣.]

티우키는 그런 머록을 비웃음 걸린 눈으로 내려다보았다.

[헐헐헐. 머록 가주. 미친 것 아닌가? 어떻게 고작 귀족 3명이서 거래장에 나올 생각을 했지? 나는 머록 가주 쪽에 귀족이 6명은 될 거라고 계산했는데. 이거 이렇게 허술할 줄 알았으면 진즉에 잡아먹을 것을 그랬지? 헐헐헐.]

티우키의 눈알이 탐욕으로 번들거렸다.

티우키는 머록이 본인을 포함하여 최대 6명의 귀족을 데려왔을 거라고 예상했다.

한데 막상 뚜껑을 열어보자 고작 3명뿐이었다.

이 3명 가운데 쌍둥이 노인은 지금 티우키의 아내의 손에 반쯤 죽어가는 중이었다. 머록도 티우키와 곱슬머리 노인의 협공을 받아 피를 흘리며 땅바닥에 드러누웠다. 이번 전투는 티우키가 그린 시뮬레이션보다 훨씬 더 어이없게 끝나갔다.

티우키가 비웃음을 이었다.

[헐헐헐. 우리는 귀족이 4명이나 되는데 말이야. 그런데

고작 3명만 힘을 썼는데도 벌써 전투가 결판이 났네? 헐헐.]

티우키는 이렇게 머록을 비웃으면서 아군의 네 번째 귀족을 향해 눈을 돌렸다.

바로 그때였다.

[끄아아아아아아악—.]

어마어마한 비명이 토트 족의 뇌를 강타했다.

티우키가 거래장에 데려온 네 번째 귀족, 토트 족의 땅딸보 노인이 거래장 탁자 위에 엎드려서 미친 듯이 괴상을 질러댔다.

[끄아아아악. 으허헝. 으허허헝.]

심지어 땅딸보 노인은 울음까지 터뜨렸다.

그런 땅딸보 노인의 등 위에 한 사내가 올라타 있었다.

이탄이었다.

이탄은 지금 땅딸보 노인의 등껍질을 강제로 뜯어내는 중이었다.

토트 족은 태어날 때부터 등껍질을 가지고 있으며, 평생 연마하여 이 등껍질을 진화시키는 것이 특징이었다.

어린 시절 토트 족의 초창기 등껍질은 오로지 등 부위만 보호할 수 있으며, 물리적인 공격만 간신히 차단했다. 그나마도 토트 족 어린아이가 수인화를 해야 비로소 등에 등껍질이 나타났다.

토트 족의 어린아이가 이 초기 단계를 넘어서서 하급 등껍질을 완성하면, 비로소 그는 한 사람의 전사로 인정받았다.

전사가 된 토트 족은 등껍질의 기운을 손끝에 불러내어 자유롭게 공격과 방어를 할 수 있었다.

신체변형을 통해 이런 현상이 가능해지는 것이었다.

여기서 한 발 더 나가서 귀족이 되면, 그 토트 족은 등껍질에 마나를 담을 수 있게 되었다. 이때부터는 중급 등껍질이 만들어졌다.

탁자에 엎어져 있는 땅딸보 노인도 중급 등껍질을 완성한 귀족이었다. 땅딸보는 자신의 등껍질을 손끝에 불러내어 자유롭게 공격도 하고 방어도 할 수 있는 실력자였다.

하지만 어디까지나 이것은 등껍질의 활용일 뿐이고, 땅딸보가 가진 진짜 등껍질은 태어날 때부터 그의 등에 꽉 고정되어 있었다.

땅딸보가 이 진짜 등껍질을 몸에서 떼어낼 경우는 딱 한 가지뿐이었다.

땅딸보가 사망한 이후, 그의 후손들이 유산을 물려받기 위해서 선조의 등껍질을 회수하는 경우.

이때를 제외하면 토트 족이 자신의 진짜 등껍질을 몸에서 분리하는 경우는 없었다. 등껍질을 떼어내는 즉시 토트 족도 죽기 때문이었다.

이탄이 땅딸보를 윽박질렀다.

[버둥거리지 말고 가만히 있어. 그렇게 자꾸 움직이면 너의 허약한 등껍질이 과자처럼 부스러지잖아.]

[으아아아악, 으허허허형. 살려주세요. 으허허허형.]

땅딸보가 울부짖었다.

이번에는 이탄이 땅딸보를 살살 달랬다.

[옳지. 옳지. 조금만 참아봐. 아프지 않게 해줄게.]

그렇게 상대를 어르고 달래는 이탄의 모습은 윽박지를 때보다도 오히려 더 무서웠다. 이탄은 손을 아래로 쑥 넣어서 땅딸보의 배 부위를 더듬었다.

처음에 이탄은 우격다짐으로 땅딸보의 중급 등껍질을 벗겨내려고 들었다.

땅딸보의 등껍질은 이탄의 손이 닿자마자 반항도 하지 못하고 바르르 떨기만 했다. 그러다 이탄의 손에 접촉하자 등껍질 바깥쪽이 후두둑 부서지기 시작했다.

[이런. 이 아까운 걸 부술 수는 없지.]

그때부터 이탄은 최대한 조심스럽게 상대의 몸을 더듬었다.

이탄은 우격다짐으로 상대의 등껍질을 벗겨내지 않고도 무언가 깔끔하게 벗길 수 있는 요령이 있을 거라고 생각했다.

[간씨 세가에서 간장게장을 먹을 때도 그랬잖아. 게 껍질을 벗길 때도 요령이 있는 법. 당연히 토트 족의 등껍질도 깔끔하게 벗기는 요령이 있겠지.]

Chapter 6

간씨 세가?

간장게장?

땅딸보는 지금 이탄이 무슨 말을 하는지 하나도 알아들을 수 없었다. 그저 땅딸보는 지금 이 상황이 너무나 무서워서 눈물 콧물을 쏙 뺄 뿐이었다.

이탄이 훌쩍거리는 땅딸보를 달랬다.

[자아. 자. 배를 좀 위로 들어봐. 옳지. 옳지. 그래. 너도 여기에 이게 있었구나. 게 껍질 벗기는 것과 비슷할 것 같아. 하하하.]

이탄은 땅딸보의 복부 부위에서 껍질의 틈을 발견했다. 이탄은 그 틈새로 손가락을 하나 밀어 넣은 뒤, 상대의 사타구니 쪽으로 쭉 잡아당겼다.

땅딸보가 고개를 뒤로 확 젖혔다.

[끄아아아악!]

땅딸보의 눈에서는 피눈물이 흘렀다. 산 채로 껍질이 벗겨지는 고통이 얼마나 지독한 것인지, 산 채로 껍질이 뜯기는 공포가 얼마나 무시무시한 것인지 땅딸보는 비로소 깨달았다. 지금 땅딸보의 등에 올라탄 상대는 악마였다. 악마가 아니라면 이렇게 무서운 짓을 아무렇지도 않게 저지를 리 없었다.

후두둑.

이탄의 손끝에서 땅딸보의 껍질이 홀랑 벗겨졌다. 이탄은 땅딸보의 사타구니 쪽에서 껍질을 들추더니, 단숨에 위로 젖혔다.

뿌드드드득.

뼈가 통째로 뽑히는 듯한 괴음과 함께 땅딸보의 중급 등껍질이 위로 들렸다. 등껍질과 몸을 연결하는 힘줄이 끔찍하게 늘어났다가 한순간 툭 끊겼다.

[끄아아아악. 끄아아아악. 살려주세요. 살려주세요. 으허허헝.]

땅딸보가 발광을 했다. 땅딸보의 등에서 피가 철철 흘렀다.

그 비명은 그리 오래 가지 못했다. 이탄이 상대의 등껍질을 완전히 벗겨낸 순간, 땅딸보는 입가에 피거품을 문 채 고개를 아래로 툭 떨어뜨렸다.

전쟁터에 갑자기 싸한 기운이 감돌았다.

적들을 맞아 치열하게 싸우던 머록의 가병들이 입을 쩍 벌렸다. 머록 일행을 몰살시키기 위해 마구 등껍질을 휘두르던 티우키의 가병들도 얼음조각으로 변한 것처럼 모든 행동을 멈추었다.

이탄은 자신에게 눈과 귀가 쏠렸다는 사실을 인식하지 못했다. 이탄의 손에서 피에 젖은 중급 등껍질이 핑그르르 돌아갔다.

처음 이탄이 땅딸보의 등껍질을 벗겨내기 시작했을 때, 등껍질의 크기는 약 2미터 안팎이었다. 등껍질의 표면에는 구리 빛깔 액체가 흘러 다녔다.

한데 이탄이 완전히 벗겨내고 나자 등껍질의 크기가 수백 미터까지 확장되었다. 구리빛 액체의 양도 훨씬 더 많아졌다.

등껍질이 이렇게 커진 것은 땅딸보가 일평생 동안 자신의 등껍질에 불어넣은 기운이 발현되면서 생긴 현상이었다. 땅딸보의 신체에 맞게 압축되었던 등껍질이 원래의 크기로 돌아온 것.

[괜찮네.]

이탄은 중급 등껍질을 세로로 세워서 붉은 대지에 콱 박아놓았다. 그 다음 탁자 위에 우뚝 서서 전장을 휙 둘러보

앗다.

토트 족 전사들은 하급 등껍질을 지녔다. 이들의 등껍질은 이탄의 눈에 차지도 않았다.

이탄의 눈길이 티우키에게 멎었다.

[딸꾹.]

갑자기 티우키가 딸꾹질을 터뜨렸다.

그 순간 이탄의 다리가 36개로 늘어났다. 이탄의 몸이 티우키를 향해 엿가락처럼 늘어나는 듯이 보였다. 이탄의 다리 아래 구림이 뭉게뭉게 일어났다.

백팔수라 제2식 수라군림 발현!

이탄은 마음먹은 것과 동시에 티우키의 앞에 나타났다. 이탄의 손이 티우키의 목을 꽉 붙잡았다.

그보다 한발 앞서 곱슬머리 노인이 이탄에게 덤볐다.

[이놈.]

곱슬머리 노인은 중급의 등껍질을 손끝에 불러내더니 그것으로 이탄의 머리를 찍었다.

이탄이 9개의 손으로 조심스럽게 상대의 등껍질을 붙잡았다.

원래 이탄의 방식대로라면 금강체의 반탄력으로 적의 공격을 튕겨버리면 그만이지만, 지금 그런 짓을 했다가는 귀한 등껍질이 상할 우려가 컸다.

이탄은 값비싼 도자기를 다루는 것처럼 곱슬머리 노인의 공격을 최대한 부드럽게 받아내었다. 그 다음 상대에게 속삭였다.

[네 것부터 벗겨주랴?]

[어헉? 뭐, 뭘 벗긴단 말이냐?]

곱슬머리 노인이 벼락이라도 맞은 듯 온몸을 떨었다.

어느새 이탄이 곱슬머리 노인의 목을 붙잡았다. 그러고도 이탄은 35개의 손이 남았다. 이탄의 수많은 손들이 부지런히 작업을 했다.

이탄은 두 손으로 곱슬머리 노인의 무릎 뒤쪽을 쳐서 주저앉혔다. 또 다른 2개의 손으로 상대의 어깨를 잡아서 바닥에 짓눌렀다. 4개의 손으로는 상대의 팔다리를 붙잡아 대(大)자로 크게 벌렸다. 또 다른 한 손으로 상대의 뒷목을 잡아 땅바닥에 꽉 밀착했다.

[끄헉? 끄허헉?]

곱슬머리 노인이 두 눈을 부릅떴다. 참을 수 없는 공포가 곱슬머리 노인의 뒷골을 쭈뼛 저리게 만들었다.

[내게 뭘 하려고? 으응? 뭘 하려고? 안 돼. 그러면 안 돼.]

곱슬머리 노인이 붉은 흙에 코를 처박은 채 악을 썼다.

이탄의 손 하나가 곱슬머리 노인의 복부 부위로 파고들

어 껍질의 틈새를 찾았다. 곱슬머리 노인은 온몸에 소름이 돋았다.

[안 돼애, 안 된다고. 하지 마. 으으아아아악. 제발 하지 마.]

이탄이 속삭였다.

[괜찮아. 조금 전에 한 번 해봐서 이제 익숙하다고. 눈한 번 질끈 감으면 끝날 거야. 조금만 참아.]

[으아아악. 익숙하다니, 뭐가? 으아아아악. 제발 살려주세요, 으허허허헝. 제발 용서해 주세요. 제발.]

곱슬머리 노인이 결국 울음을 터뜨렸다. 곱슬머리 노인은 어떻게든 이탄의 손아귀에서 벗어나려고 발버둥 쳤다.

불가능했다.

곱슬머리 노인의 팔다리와 목, 신체를 붙잡고 있는 존재는 다름 아닌 이탄이었다. 이탄이 마음을 먹고 악력을 가하면 행성 하나 으스러뜨릴 힘을 내는 것도 일은 아니었다. 고작 토트 족의 귀족 노인 따위가 이탄의 손아귀에서 벗어날 수 있을 리 없었다.

후두둑.

배에서 시작해서 사타구니까지. 곱슬머리 노인의 껍질이 손쉽게 뜯어졌다.

[끄아아악.]

곱슬머리 노인이 미친 듯이 발광했다.

Chapter 7

[자, 이제 거의 다 되었어. 내친김에 조금만 더 참아.]

이탄은 손을 바꿔 잡은 다음, 곱슬머리 노인의 등껍질을 위로 번쩍 들었다.

뿌드드드득.

끔찍한 소리가 울렸다. 곱슬머리 노인의 몸뚱어리와 등껍질을 연결한 힘줄들이 투두둑 끊어졌다. 곱슬머리 노인의 등을 타고 선혈이 낭자하게 흘렀다.

[끄아아아아아아악—. 꾸륵.]

긴 비명 끝에 곱슬머리 노인이 고개를 푹 떨어뜨렸다.

이번에 얻은 곱슬머리 노인의 등껍질도 땅딸보의 등껍질과 마찬가지로 중급 상품이었다. 이 등껍질도 이탄이 강제로 벗겨내자마자 크기가 수백 미터로 늘어났다.

이번 등껍질은 땅딸보의 것보다는 약간 작았다. 등껍질의 홈을 타고 흐르는 구릿빛 액체도 땅딸보의 것보다 약간 흐릿했다.

이탄이 마땅치 않은 눈으로 곱슬머리 노인의 시체를 내

려다보았다.

[너, 별로 열심히 수련하지 않았구나.]

이탄이 곱슬머리 노인의 시체를 툭 걷어찼다. 반탄력이 작용하면서 노인의 시체가 뻥! 폭발했다. 사방으로 살점이 휘날렸다. 피보라가 확 번졌다.

이탄은 이제 티우키에게 시선을 돌렸다.

[뭐야? 너 정체가 뭐야?]

티우키가 주춤주춤 뒷걸음질 쳤다.

[으으으.]

티우키의 가병들도 이탄의 무지막지한 무력에 겁을 집어먹었다.

적들이 도망칠 기미를 보이자 이탄이 고개를 가로저었다.

[그러면 안 돼. 도망치고 그러면 안 돼.]

토옹!

이탄이 가볍게 발을 굴렀다.

그 즉시 중력 마법이 작동했다. 이 일대 수십 킬로미터의 중력이 갑자기 열 배로 증폭되었다.

그렇지 않아도 토트 일족은 몸무게가 많이 나가기로 유명했다. 특히 그들은 등껍질 부위가 무거웠다. 어지간한 토트 족 전사들은 1.5톤 가까이 나갔다. 덩치가 좀 크다 싶으면 1.8톤도 나갔다.

토트 족 귀족들은 이보다 더 무거웠다. 등껍질이 중급으로 업그레이드되면서부터 그 무게가 장난이 아니게 늘었다. 심지어 어떤 귀족들은 산을 하나 등에 짊어진 듯한 무게를 지녔다.

그 상태에서 중력이 열 배로 상향조정되었다.

[크헉.]

티우키의 가병들이 수십 톤의 몸무게를 버티지 못하고 무릎을 꿇었다. 다리 힘이 부족한 몇 명은 바닥에 찰싹 널브러졌다. 일부는 땅속으로 허리까지 파고들었다. 늘어난 등껍질의 무게 때문에 뒤로 발랑 누워 버둥거리는 자들이 대다수였다.

중력 증강 마법은 토트 족뿐 아니라 알블—롭 전사들에게도 영향을 미쳤다.

[으으윽.]

[허억? 내 몸이 왜 이래?]

알블—롭의 전사들이 휘청거렸다. 그중 몇 명은 허리가 삐끗하면서 고통스럽게 얼굴을 구겼다. 중력이 무려 열 배로 늘어나면서 다들 제대로 걷기도 힘들었다.

이탄이 으스스하게 뇌까렸다.

[어디 가지 말고 조금만 기다려라. 모두 예쁘게 벗겨줄 테니. 하하하.]

[우헉? 벗기다니 뭘 벗겨?]

이탄의 중얼거림에 토트 족 전사들이 경기를 했다.

심지어 같은 편인 머록의 가병들도 털이 쭈뼛 섰다. 다들 악마를 대하듯이 이탄을 바라보았다.

[이제 네 차례야.]

이탄이 티우키에게 성큼 다가섰다.

[으으윽.]

티우키가 움찔 후퇴했다.

귀족들은 상대적으로 중력 증강의 영향을 덜 받았다. 티우키는 귀족 중에서도 강자인 편이라 중력이 열 배나 늘어났음에도 행동에 큰 제약을 받지 않았다.

이탄이 세 걸음 더 다가왔다.

티우키는 여섯 걸음을 더 후퇴했다.

[오지 마. 이놈. 오지 마라.]

티우키가 시커먼 피부 위로 진땀을 뻘뻘 흘렸다.

이탄이 갑자기 몸을 휙 날렸다.

이탄의 36개 발밑에서 먼지구름이 크게 일었다. 구름 속에서 우르릉 우르릉 우렛소리가 울렸다. 이탄의 신체는 엿가락처럼 쭉 늘어난 것같이 보였다.

옆에서 티우키의 아내가 포탄처럼 날아왔다. 티우키의 아내는 육중한 몸으로 이탄의 옆을 들이받았다.

뻐엉!

폭음과 함께 티우키의 아내가 수백 미터 밖으로 튕겨 났다. 이탄의 몸에서 발현된 100배의 반탄력 때문에 티우키의 아내는 온몸이 피투성이였다.

그나마 토트 족 특유의 등껍질이 반탄력의 상당 부분을 흡수해준 덕분에 티우키의 아내가 목숨을 건진 것이지, 등껍질이 없었다면 그녀는 이미 잘 다져진 어육 꼴이 되었을 것이다.

이탄이 손가락으로 티우키의 아내를 가리켰다.

[넌 네 번째야. 순서대로 벗겨줄 테니까 조금만 기다려.]

경고를 마친 뒤, 이탄은 티우키를 붙잡았다.

[죽어랏.]

티우키가 반사적으로 혀를 쏘았다. 고무줄처럼 촥 늘어난 티우키의 혀가 이탄의 가슴을 때렸다.

이탄은 막지도 않았다.

뼁!

고무풍선 터지는 소리와 함께 티우키의 혀가 박살 났다. 심지어 티우키의 입 안까지 폭발하여 하얀 이빨이 우수수 부서져 내렸다.

이탄의 신체가 지닌 가공할 반탄력 때문이었다.

[크악. 으어어어어.]

티우키는 입안이 얼얼하여 정신을 제대로 차리지 못했다. 티우키의 눈앞에서 불꽃이 번쩍번쩍 뛰놀았다.

이탄이 어느새 티우키의 앞까지 들이닥쳤다.

[우왁?]

깜짝 놀란 티우키가 뒤로 몸을 확 눕혔다.

이탄의 손이 허공만 훑고 지나갔다.

티우키는 가까스로 이탄의 손을 피한 뒤, 땅바닥을 사사삭 기어서 도망쳤다.

아니, 도망치는 것처럼 보였다. 실제로는 이탄의 또 다른 손에 발목이 붙잡혔다. 이탄의 손은 한 개가 아니라 36개였다.

티우키의 실력으로는 그 많은 손들을 전부 피할 수 없었다.

Chapter 8

이탄이 손목에 살짝 스냅을 주었다.

주르륵.

티우키가 그대로 이탄에게 끌려갔다.

[아니야. 안 돼. 크으윽.]

티우키는 열 손가락을 땅속에 콱 박아 넣고 어떻게든 버티려고 애썼다.

이탄은 그런 티우키의 몸에 올라타서 4개의 손으로 팔다리를 잡았다. 다른 손으로는 티우키의 목을 짓눌렀다. 2개 손으로 어깨를, 또 다른 2개 손으로는 상대의 무릎 부위를 고정했다.

[크억.]

티우키가 붉은 흙 속에 코를 처박았다. 티우키의 하얀 눈이 공포로 질렸다.

[우우웁, 안 돼. 안 돼. 제바알—.]

이탄의 손이 티우키의 배 부위를 더듬었다.

티우키의 등골을 타고 소름이 쫙 끼쳤다. 티우키는 난생처음 오줌을 지렸다. 어찌나 무섭던지 티우키의 머릿속이 텅텅 비어버렸다.

지금 이 순간 티우키는 아무런 생각도 할 수 없었다. 그저 본능적으로 이탄의 손에서 벗어나기 위해 발버둥 칠뿐이었다.

이탄 입장에서는 이것이 벌써 세 번째였다. 처음엔 조금 어설펐지만, 이제 이탄은 토트 족의 등껍질 벗기는 요령을 완전히 터득했다.

후두둑.

티우키의 껍질이 배 쪽부터 벗겨지기 시작해서 사타구니까지 단숨에 뜯겼다. 어찌나 놀랐던지 티우키의 새까만 피부가 하얗게 탈색되었다.

[으허헉. 용서하십시오. 으허헉. 제발 살려주십시오. 살려만 주시면 뭐든 바치겠습니다. 제 주인님으로 모시겠습니다.]

티우키는 어떻게든 살기 위해서 별 맹세를 다 했다.

이탄이 히죽 웃었다.

[하하하하. 뭐든 바치겠다고? 좋아. 나는 네 등껍질을 원한다. 그러니 우선 그것부터 바쳐라.]

[아으으으. 그건 안 돼. 안 돼.]

티우키가 눈동자로 도리질을 했다.

이탄은 자비가 없었다. 그는 손가락에 힘을 주어 단숨에 티우키의 등껍질을 위로 들어올렸다.

뿌드드드득.

끔찍한 소리가 수인족들의 귀를 때렸다.

[우아아아악. 아파. 아파. 이 새끼야. 아프다고.]

티우키가 발광을 하다못해 욕까지 퍼부었다.

[이게 어디서 욕질이야.]

이탄의 36개 손 가운데 하나가 날아가 티우키의 뒤통수를 내리찍었다. 퍼석! 소리와 함께 이탄의 주먹은 티우키의 두개골을 부수고 안으로 파고들어 땅속 20센티미터 깊이까지 박혔다.

이탄이 다시 주먹을 빼내자 이번에는 찌이꺽 소리가 들렸다. 티우키의 뇌수가 이탄의 주먹에 끈적끈적하게 달라붙어 함께 딸려 오는 소리였다.

[끄윽.]

티우키가 죽자 티우키의 아내가 부르르 몸서리를 쳤다.

말이 아내이지, 사실 티우키의 아내는 티우키에 의해서 강제로 영혼이 속박을 당한 노예였다.

티우키는 재능이 뛰어난 동족 여자들을 노예로 만들어서 아내로 삼은 뒤, 강도 높은 훈련을 시켜서 귀족으로 만들었다. 그러다 더 재능이 뛰어난 여자를 만나면 이전 아내를 죽이고 그녀의 등껍질을 새로운 아내에게 주었다.

티우키가 죽자 아내의 뇌에 박힌 영혼의 속박도 풀렸다. 그러면서 티우키 아내의 뇌 일부 녹아버렸다.

[끄억. 끄루루룩.]

티우키의 아내는 부르르 몸을 떨다가 결국 입에서 거품을 물었다.

그 사이 이탄은 티우키의 등껍질을 완전하게 벗겨내었다.

직경 수 킬로미터가 넘는 거대한 등껍질이 이탄의 손에 들렸다. 등껍질 표면의 홈을 따라 신비로운 은색 액체가 흘러 다녔다.

[햐아. 괜찮네.]

이탄이 만족스러운 미소를 지었다.

쿠웅.

이탄은 티우키의 등껍질을 일단 땅바닥에 꽂아놓았다. 그 다음 자리를 툭툭 털고 일어섰다. 이제 이탄에게 남은 일은 티우키 아내에 대한 처리뿐이었다.

[으으읏, 이탄 님.]

이탄의 무력에 놀라서 머록이 신음을 흘렸다.

[이게 어찌. 으으으.]

쌍둥이 노인도 잔뜩 겁에 질려 털을 빳빳이 세웠다.

머록의 가병들도 예외일 리 없었다. 다들 손가락 하나 까딱하지 못하고 이탄만 바라보았다. 토트 족 전사들은 더더욱 공포에 질려서 얼음조각처럼 변했다.

저벅, 저벅, 저벅.

이탄이 티우키의 아내에게 다가섰다.

티우키 아내의 뇌는 이미 많이 손상되어 정상적인 활동을 하지 못했다. 그녀는 거의 백치나 다름없는 상태였다.

이탄이 발등으로 상대의 몸을 뒤집었다.

하늘을 보고 누워 있던 티우키의 아내가 이제 땅을 보고 엎드렸다. 이탄은 여러 개의 손으로 티우키 아내의 몸을 고

정했다. 이탄의 손 하나가 티우키 아내의 복부 쪽으로 파고
들어 껍질의 틈을 더듬었다.

백치가 되어도 공포는 느끼는 것일까?

[아우우.]

티우키 아내가 가느다란 신음을 흘렸다.

[금방 끝낼게.]

이탄이 상대의 등을 가볍게 두드렸다.

타우키의 아내는 입을 꾹 다물고 눈을 감았다.

약속한 대로 이탄은 상대의 껍질을 후두둑 뜯어내었다.
그리곤 티우키 아내가 고통을 느낄 새도 없이 재빨리 등껍
질을 위로 들었다.

뿌드드득 힘줄이 끊겼다. 은빛을 발하는 검회색 등껍질
이 곱게 벗겨졌다.

[꾸륵.]

티우키 아내는 혀를 길게 빼어 물고 죽었다.

티우키 아내의 몸에서 떨어져 나온 등껍질은 이번에도
크게 증폭되었다. 이 등껍질은 티우키의 등껍질보다 1킬로
미터나 더 컸다. 등껍질 홈을 타고 흐르는 은색 액체도 영
롱하기 그지없었다.

Chapter 9

[쓸 만해 보이네.]

이탄은 티우키 아내가 남긴 상급 등껍질을 땅바닥에 꽂은 뒤, 그 까마득한 높이를 올려다보며 흐뭇하게 웃었다.

[딸꾹. 딸꾹. 딸꾹.]

멀리서 머룩이 딸꾹질을 했다.

이탄은 용서가 없었다. 그는 티우키와 그의 아내, 땅딸보와 곱슬머리 노인을 죽인 이후에도 쉬지 않았다. 부지런히 손을 놀려 토트 족 42명의 뒤처리에 돌입했다.

원래 처음에 티우키가 데려온 전사들은 46명이었다. 이 가운데 4명은 전투 중에 이미 사망했고, 남은 전사는 42명뿐이었다.

이 일대 수 킬로미터 안에는 이탄의 중력 마법이 여전히 발동 중이었다. 토트 족 전사들은 열 배나 무거워진 몸무게 때문에 제대로 도망도 치지 못했다.

바닥에 드러누워 버둥거리는 자.

모든 것을 포기하고 땅에 엎어져 숨만 헐떡이는 자.

펑펑 울면서 이탄에게 싹싹 비는 자.

공포에 질려서 정신줄을 놓고 헤죽헤죽 웃는 자.

이탄은 그런 적들을 하나하나 붙잡아서 껍질을 벗겼다.

이제 이탄은 등껍질 벗기는 데 선수가 되었다.

이탄은 적들을 땅에 엎어놓고 껍질을 벗기는 것도 아니었다. 그냥 4개의 손으로 토트 족 전사들을 허공에 휙 집어던졌다. 그 다음 엄지와 검지로 상대의 껍질 틈새를 콕 잡았다. 이어서 손목에 스냅을 줘서 껍질을 확 벗겨내면 끝.

토트 족 전사들은 이탄에 의해서 허공으로 던져진 뒤, 갑자기 등껍질이 벗겨지면서 허공에서 핑그르르 회전했다.

그렇게 정신없이 돌다 보면 토트 족 전사들의 숨통은 어느새 끊어져 있었다.

죽은 토트 족 전사가 땅바닥에 쿵 떨어졌다가 회전력에 의해서 데굴데굴 굴러갔다. 이탄의 손에는 토트 족의 하급 등껍질만 고스란히 남았다.

[쉽네. 쉬워.]

이탄은 티우키의 가병 42명을 하나하나 붙잡아서 차례로 등껍질을 벗겼다. 심지어 이탄은 죽은 4명의 시체로부터도 등껍질을 벗겨내었다.

티우키의 가병, 즉 토트 족 전사들이 공깃돌처럼 허공으로 던져졌다가 핑그르르 돌았다. 피투성이로 변한 전사의 시체는 회전력에 의해 저 멀리 굴러갔다. 이탄의 발밑에는 눈 깜짝할 사이에 하급 등껍질 수십 개가 쌓였다.

[끄억.]

마침내 마지막 토트 족의 전사가 숨이 멎었다. 알몸에 피투성이로 변한 마지막 전사가 데굴데굴 굴러가 동족의 시체 옆에 멈춰 섰다.

[마흔넷, 마흔다섯, 마흔여섯. 이제 다 끝났군.]

이탄은 마지막 하급 등껍질을 땅바닥에 꽂은 뒤, 손을 탁탁 털었다. 어느새 괴물수라의 모습은 자취를 감추었다. 이탄은 본래 모습으로 돌아왔다.

[으으으으으.]

머록이 가늘게 신음을 토했다.

이탄이 머록을 힐끗 돌아보았다.

머록이 움찔 놀라 다시 딸꾹질을 시작했다.

이탄은 그런 머록을 향해 빙그레 웃어준 다음, 티우키의 아내가 남긴 아공간 주머니를 챙겼다.

아쉽게도 이 주머니에는 토트 족 특유의 마법이 걸려 있었다. 이탄은 주머니를 열 수가 없었다.

물론 이탄의 힘이라면 주머니를 강제로 찢는 것도 가능했다. 그러다 최상급 등껍질이 상할까 봐 이탄이 손을 쓰지 않는 것뿐이었다.

이탄은 아공간 주머니를 들고 머록에게 다가왔다.

[이탄 님.]

이탄을 올려다보는 머록의 눈동자가 폭풍을 만난 촛불처럼 파르르 흔들렸다.

이탄이 머록을 향해 손을 뻗었다.

[흡.]

머록은 두려움에 질려 두 눈을 꽉 감았다.

[안 돼애—.]

쌍둥이 노인이 깜짝 놀라 비명을 질렀다.

이탄은 어이없다는 듯이 쌍둥이 노인들을 돌아보았다. 그러면서 이탄은 머록을 잘 부축하여 일으켜 세웠다. 그리곤 머록의 옷에 묻은 먼지를 툭툭 털어주었다.

[이탄 님.]

머록이 휘둥그레진 눈으로 이탄을 바라보았다.

이탄은 발아래에 나뒹구는 토트 족의 혀를 잡아 툭 뽑더니, 그것을 채찍처럼 휘둘렀다. 수십 미터 밖, 거래장에 나뒹구는 돌의자 2개가 이탄이 휘두른 혀에 휘감겨 이탄에게로 날아왔다.

이탄은 의자 2개를 마주 놓은 뒤, 그중 한 의자 위에 머록을 앉혀주었다. 이어서 자신은 나머지 의자에 앉았다.

[이탄 님…….]

머록이 멀뚱멀뚱 이탄을 보았다.

이탄이 상대에게 용건을 말했다.

[머록 가주. 이제 정산합시다.]

[네에? 딸꾹. 네에? 딸꾹.]

머록이 놀라서 반문했다.

이탄이 보여준 것은 글자 그대로 압도적인 무력이었다. 그릇된 차원에서 압도적인 무력을 가졌다는 것은 무엇이든 마음 내키는 대로 해도 된다는 뜻이었다. 계약이고 뭐고 상관없이 이탄이 원하는 것은 다 가져도 그만이었다.

실제로 티우키 가문과 싸우면서 머록 일행은 한 일이 없었다.

티우키 부부와 두 귀족들을 해치운 것도 이탄이었다. 티우키의 가병들을 처리한 것도 이탄이었다.

지금 머록은 '혹시라도 이탄이 퍼플 스톤에 욕심을 내지 않을까?' 라는 두려움에 젖어 있었다. 이탄의 입에서 정산 이야기가 나올 줄은 꿈에도 몰랐다.

이탄의 관점은 머록과 달랐다.

이탄의 정신적인 뿌리는 어디까지나 모레툼 교단이었다. 그리고 그 모레툼은 흑이 아닌 백 세력이었다.

비록 모레툼이 고리대금에 최적화되었고, 때로는 잔인한 행동도 서슴지 않지만, 그렇다고 해서 모레툼 교단이 약한 사람들의 것을 함부로 강탈하지는 않았다. 모레툼의 신관들은 정해진 규칙 안에서만 움직였다. 또한 빚을 갚지 않는 자들에게만 잔인했다.

Chapter 10

이탄도 모레툼 교단의 성향에 충실했다.

상대가 계약을 어기면 반드시 보복한다.
상대가 계약을 어기지 않으면 계약을 준수한다.

이상이 이탄의 행동 양식이었다.

[머록 가주. 설마 계약을 무시하고 정산을 하지 않을 셈은 아니겠지요?]

이탄은 삐뚜름한 눈으로 머록을 노려보았다.

머록이 화들짝 놀랐다.

[으헉? 계약 무시라니요? 절대 아닙니다. 그럴 일은 절대 없습니다.]

[그럼 어서 정산합시다.]

[네. 네. 하겠습니다. 해야죠. 정산.]

이탄의 재촉에 머록은 정신없이 고개를 끄덕였다.

양측이 맺은 계약에 따르면, 이탄은 이번 일에 참여하는 것만으로도 토트 족의 상급 등껍질을 하나 받기로 했다.

또한 이탄은 적 귀족 한 명을 죽일 때마다 머룩 가문으로부터 전공 점수 300점씩을 이양받기로 했다.

적 귀족을 물러나게 만들면 전공 점수 100점.

적 귀족을 생포하면 전공 점수 400점.

점수만 따지면 적을 죽이는 것보다 생포하는 편이 이탄에게 더 유리했다.

하지만 이탄은 전공 점수보다 토트 족의 등껍질을 더 원했다. 그래서 적들을 가차 없이 죽였다.

이탄이 죽인 적 귀족이 총 4명이었다.

티우키 부부, 그리고 땅딸보. 곱슬머리 노인.

이 4명에 300점을 곱하면 이탄은 일단 1,200점을 확보한 상황이었다.

이탄은 귀족에 이어서 토트 족 일반 전사들도 42명이나 죽였다. 이탄은 토트 족 전사들의 하급 등껍질에는 딱히 욕심을 내지 않았다. 다만 전사들을 생포했을 때 받는 점수가 별로 없었기에 그냥 다 죽여 버렸다.

토트 족 전사 한 명을 죽일 때마다 이탄이 받는 점수는 3점씩이었다. 이탄은 42명을 죽였으니 126점이 산정되었다.

따라서 이탄이 확보한 점수는 1,326점.

여기에 더해서 전리품은 6대 4로 나누기로 계약했다.

이탄과 머록은 전리품부터 꼼꼼하게 따졌다.

이탄은 티우키와 그의 아내로부터 토트 족의 상급 등껍질 2개를 뜯어냈다. 그 다음 땅딸보와 곱슬머리 노인에게서 중급 등껍질 2개를 얻었다. 토트 족 전사들로부터는 하급 등껍질 42개를 확보했다.

이것만 해도 눈이 돌아갈 만한 재료들이었다.

하지만 티우키의 아공간 주머니에서 쏟아지는 재료들은 그보다 훨씬 더 대단했다. 머록 가문은 토트 족과 오랜 거래를 해왔기에 상대방의 아공간을 열 방법도 갖추었다. 머록이 지켜보는 가운데 쌍둥이 노인이 티우키의 아공간을 조심스레 개방했다.

아공간 속에서는 티우키가 언급한 재료들이 술술 흘러나왔다.

토트 족의 하급 등껍질 900개.

중급 등껍질 18개.

상급 등껍질 2개.

최상급 등껍질 2개.

상급 음혼석 8개.

중급 음혼석 125개.

피처럼 붉은 적금 800킬로그램.

정체불명의 파란 액체 한 병.

아공간 속 수확물들은 머록 일행의 입이 쩍 벌어질 만큼 훌륭했다. 특히 표면에 황금색 액체가 흐르는 최상급 등껍질은 알블―롭 일족이 오랫동안 접하지 못했던 극상의 보물이었다. 물론 그 옛날 신왕 프사이는 토트 족의 최상급 등껍질도 여러 개 가지고 있었다고 전한다. 하나 그것은 전설로만 전해지는 일일 뿐이었다.

[머록 가주.]

머록이 멍하게 물품들을 보자 이탄이 머록의 이름을 불렀다.

[아 네. 이탄 님, 죄송합니다.]

머록이 정신을 차리고는 빠르게 정산을 시작했다.

[우선 최상급 등껍질부터 나누겠습니다. 이것을 6대 4로 정확하게 쪼개는 것은 어려우니 우선 이탄 님과 저희 가문이 하나씩 나눠 가지면 어떻겠습니까? 대신 다른 쪽에서 이탄 님이 양보를 해주시고요.]

말을 하면서 머록은 이탄의 눈치를 살폈다. 머록은 혹시라도 이탄이 최상급 등껍질에 욕심을 부려서 무력을 사용할까 봐 걱정이었다.

다행히 이탄은 막무가내가 아니었다.

[그럽시다.]

이탄이 머룩의 제안에 선선히 동의했다.

[휴우.]

머룩은 겨우 가슴을 쓸어내렸다.

[상급 등껍질은 4개가 있습니다. 아공간 주머니에서 나온 2개와 이탄 님이 벗겨내신 것 2개입니다. 이것도 우선 반반으로 나누겠습니다.]

머룩은 현명한 수인족이었다.

'비록 우리 가문이 조금 더 손해를 보는 한이 있더라도 이탄 님의 신경을 건드려서는 안 돼. 괜한 욕심을 부렸다가 이탄 님이 화를 내면 끝장이야.'

이렇게 생각한 머룩은 계속해서 이탄의 표정을 살피면서 정산을 해나갔다.

[마침 토트 족의 중급 등껍질은 20개가 있군요. 하하하. 이것은 편하게 6대 4로 나눌 수 있겠습니다. 저희가 12개를 갖고, 이탄 님께서 중급 등껍질 8개를 챙기시면 됩니다.]

[좋소.]

이탄이 또 동의했다.

머룩은 이제 하급 등껍질의 분배를 시작했다.

[이어서 하급 등껍질입니다. 총 900개의 하급 등껍질 가운데 이탄 님이 40퍼센트, 즉 360개를 가지시면 됩니다.]

이탄이 머록의 말을 끊었다.

[나는 하급은 필요 없소.]

[그러시면 하급은 모두 저희가 챙기지요. 대신 상급 등껍질을 6대 4로 나누기로 하였는데, 그에 대한 보충으로 생각하겠습니다.]

사실 이것은 머록이 크게 양보한 바였다. 하급 등껍질 360개의 가치는 상급 등껍질의 100분의 1에도 미치지 못했다.

이탄도 그 점을 염두에 두었다.

[음혼석도 모두 머록 가주가 가지시오.]

상급 음혼석 8개, 중급 음혼석 125개면 결코 만만한 양이 아니었다. 그렇다고 해서 최상급 등껍질과 가치를 비교할 수는 없었다.

물론 머록은 이 점을 꼬치꼬치 따질 만큼 어리석지 않았다.

Chapter 11

머록이 시원시원하게 대답했다.

[좋습니다. 음혼석을 모두 제가 갖는 대신 최상급 등껍질

의 짜투리 계산을 없던 것으로 하시지요. 대신 제가 손해를
본 것 같으니 적금 800킬로그램은 모두 저희에게 넘기시지
요. 그리고 제가 이탄 님께 드려야 할 전공 점수 1,326점
가운데 우수리 326점도 털겠습니다. 이탄 님께는 1천점만
드린다는 말씀입니다. 괜찮으시겠습니까?]

[알겠소. 그렇게 합시다.]

이탄은 머록의 제안에 순순히 응했다.

솔직히 이탄은 적금 800킬로그램은 조금 아까웠다. 그래
도 적금에 욕심을 부리는 것보다 최상급 등껍질을 온전히
얻는 편이 더 나았다.

여기에 머록이 이탄에게 상급 등껍질을 하나 더 얹어주
었다.

[처음 맺은 계약서를 보면, 저희는 이탄 님께서 이번 거
래에 참여만 해주셔도 상급 등껍질을 하나 드리기로 하지
않았습니까? 여기 그 대가를 드리겠습니다.]

이로써 이탄은 토트 족의 최상급 등껍질 1개, 상급 등껍
질 3개, 중급 등껍질 8개를 받았다. 전공 점수도 1천점을
획득했다.

이제 남은 것은 정체불명의 파란색 병뿐이었다.

머록이 손에 병을 들었다.

[이 액체는 알블―롭의 나무 군락에 복귀하는 즉시 40

퍼센트를 분리하여 이탄 님께 보내드리겠습니다. 괜찮으시
겠습니까?]

[그렇게 하시오.]

이탄도 파란 액체에 호기심을 느낀 터라 머록에게 그냥
양보하지는 않았다.

이탄과 머록이 정산을 하는 사이, 머록의 가병들은 거래
장 주변에 나뒹구는 적의 시체들을 모두 땅에 파묻었다.

티이키와 그의 아내. 곱슬머리 노인, 땅딸보의 시체는 묻
지 않고 따로 챙겼다. 강자의 시체는 따로 쓸 곳이 있는 법
이었다.

이탄도 시체까지 정산하자고 요구하지는 않았다.

머록의 가병들은 아군의 시체도 잘 챙겼다. 적들과 싸우
다가 죽은 아군이 총 12명이었다. 부상이 심한 전사들까지
합치면 20명 정도가 심각한 상태였다. 머록의 가병들은 이
지긋지긋한 행성을 떠나서 서둘러 고향으로 돌아가고 싶은
마음뿐이었다.

어쨌거나 붉은 행성에서의 거래는 모두 종료되었다. 할
일이 끝났으니 이제 머록 일행은 알블―롭의 행성으로 돌
아갈 차례였다.

[이탄 님, 가시죠.]

머록이 손으로 플래닛 게이트를 가리켰다.

이탄을 대하는 머록의 태도는 처음 그가 이탄을 만났을 때보다 한결 조심스러웠다.

그렇다고 해서 머록이 조금 전처럼 이탄에게 겁을 먹고 딸꾹질을 하지는 않았다. 머록은 이번 사태를 겪으면서 이탄의 성향에 대해서 제법 파악했다.

무력의 끝을 가늠할 수 없는 강자.

무자비한 파괴자.

하지만 계약에 충실하며 신뢰할 만한 거래 상대임.

이상 세 줄이 이탄에 대한 머록의 평가였다.

일행이 붉은 행성을 떠나 알블—롭의 고향으로 돌아오는 길은 순탄하였다. 머록과 이탄 등은 플래닛 게이트를 통해서 행성 간 이동을 했다. 그 다음 날개 달린 늑대를 타고 알블—롭의 나무 군락으로 비행했다.

머록은 이동 중에 이탄에게 이것저것 말을 걸었다.

이탄은 귀찮아하면서도 머록의 질문에 꼬박꼬박 답을 주었다.

쌍둥이 노인들은 그런 머록을 기특하다는 듯이 바라보았다. 그러면서도 막상 쌍둥이 노인은 머록처럼 이탄에게 말을 붙일 엄두를 내지 못했다. 쌍둥이 노인들은 이탄을 보는 것만으로도 심장이 터질 것 같고 말문이 턱 막혔다.

3월의 마지막 날.

이탄은 6일간의 여정을 마치고 1번 나무 군락으로 복귀했다. 머록은 손수 이탄을 1번 나무 군락까지 배웅해주었다.

머록은 어떻게든 이탄과 좋은 관계를 유지하고 싶어 했다. 힘든 여정에 지쳤을 법도 한데 머록이 자신의 나무 군락을 떠나서 이곳까지 배웅을 한 것도 바로 이러한 의도 때문이었다.

이탄도 머록이 싫지는 않았다. 이탄은 머록의 현명함과 자제력이 마음에 들었다.

[이탄 님, 그럼 다음에 또 뵙겠습니다. 푹 쉬십시오.]

머록이 이탄의 집 앞에서 정중하게 인사를 했다.

[그러죠. 또 봅시다.]

이탄은 머록에게 손을 내밀었다.

머록이 조심스레 이탄과 악수했다.

머록이 자리를 뜨자 이탄은 나무 구멍 속으로 들어왔다. 며칠 만에 돌아와서 그런지 이탄은 자신의 집이 무척 아늑하게 느껴졌다.

이탄은 기지개를 쭈욱 켰다.

"어우웅. 찌뿌둥하다."

이탄은 모처럼 샤워실에 들어가 뜨거운 물로 자신의 몸을 적셨다.

쏴아아아—.

알블—롭의 샤워기에서는 나무향이 풍기는 물이 콸콸 쏟아졌다. 이탄은 이 향긋한 물에 몸을 적시는 것을 좋아했다.

물론 목에 두른 혈적에 직접 물이 닿는 것은 사양이었다.

이탄은 혈적을 조심스럽게 벗겨낸 다음, 머리통을 몸에서 딸깍 분리했다. 그 다음 거품을 내어 머리를 감고 얼굴도 박박 씻었다. 몸도 꼼꼼히 닦았다.

마지막으로 이탄은 목의 절단 부위를 씻었다.

다 씻었으면 이제 물기를 말릴 차례였다. 이탄은 깔끔하게 몸을 건조한 다음, 거울을 보면서 몸과 머리를 다시 붙였다.

딸깍.

머리가 몸에 장착되는 소리가 경쾌하게 울렸다. 이탄은 목을 시계방향으로 빙글빙글 돌렸다. 반시계 방향으로도 회전했다.

이음새가 말끔하게 돌아갔다. 걸리적거림은 일절 느껴지지 않았다. 이제 이탄은 듀라한의 신체에도 익숙해졌다.

이탄은 목에 혈적을 둘러 흉터를 감췄다. 이탄이 동차원에서 혈적을 구매한 이후부터는 굳이 목도리를 두르고 다니지 않아도 괜찮았다.

"혈적의 효과는 정말 대만족이야."

이탄은 거울을 보면서 씨익 웃었다.

제5화
흐나흐 일족

Chapter 1

샤워를 마친 뒤, 이탄은 아공간을 열어서 지금까지 얻은 성과들을 정리했다.

"루꼴이라는 노파에게서 빼앗은 눈알 달린 지팡이 하나, 상급 수프리 나무의 뿌리 세 가닥, 적린석 한 개, 흑금 100킬로그램, 백금 100킬로그램, 청금은 4천 킬로그램 받을 것이 남아 있지."

이게 끝이 아니었다. 이탄이 또 읊조렸다.

"여기에다가 상급 음혼석 7개, 중급 음혼석 5개, 토트족의 최상급 등껍질 한 개, 상급 등껍질은 3개, 중급 등껍질 8개가 있어. 전공 점수는 총 1,100점이 있고."

지금까지 이탄이 읊은 것 이외에도 머록에게 받을 것이 또 남았다. 정체불명의 파란 액체 5분의 2병이 조만간 이탄의 손에 들어올 예정이었다.

"와아아. 이만하면 나도 꽤 부유해졌잖아? 조만간 시간을 내서 시장에 한 번 다녀와야겠다. 쓸 만한 게 또 들어왔나 봐야지."

기분이 좋아진 탓일까? 이탄의 입가가 씰룩씰룩 움직였다.

일주일 뒤.

이탄은 집을 떠나 2번 나무 군락을 방문했다.

이탄이 굳이 이 먼 곳까지 날아온 이유는 하나였다. 지난 일주일 동안 이탄은 1번 나무 군락의 시장을 모두 돌았다. 그런데도 원하는 물건을 하나도 발견하지 못했다.

"아무래도 다른 시장들도 돌아봐야겠구나."

이탄은 이런 생각으로 2번 나무 군락으로 향했다.

길을 떠나기 전, 이탄은 1번 나무 군락의 현자를 찾아갔다. 현자로부터 날개 달린 늑대 한 마리를 분양받기 위함이었다.

알블―롭 족이 위기에 빠졌을 때, 혹은 현자나 대모가 이탄에게 원하는 바가 있을 때, 그들은 이탄에게 흔쾌히 날개 달린 늑대를 빌려주었다.

이탄은 이것만으로는 성이 차지 않았다.

"나만의 탈 것이 필요해."

이것이 이탄의 생각이었다.

물론 이탄은 비행 법보를 이용해서 날아가도 그만이었다. 여차하면 백팔수라 제2식 수라군림을 사용하는 방법도 있었다.

"하지만 내가 가진 신발형 비행 법보는 날개 달린 늑대보다 느린걸. 그리고 수라군림을 이동에 써먹는 것은 닭 잡는 데 소 잡는 칼을 쓰는 격이잖아."

이렇게 생각한 이탄이 현자에게 날개 달린 늑대를 살 수 있는지 물었다.

[당연히 분양해드려야지요. 누구의 요청인데요.]

현자는 이탄의 요청에 선뜻 응했다. 그녀는 이탄의 전공 점수 300점을 차감하는 대신 날개 달린 늑대를 하나를 내주었다.

덕분에 이탄의 전공 점수는 이제 800점으로 쪼그라들었다.

'하아. 전공 점수가 또 줄었구나.'

이탄은 아쉬움에 입맛을 다셨다.

그래도 이탄은 날개 달린 늑대를 구매한 것을 후회하지

는 않았다. 오히려 빠른 탈 것이 생겨서 기뻤다.

"전공 점수야 또 얻으면 그만이지."

이탄은 이왕이면 좋게 생각하기로 마음먹었다.

게다가 날개 달린 늑대가 생겨서 좋은 점이 하나가 더 있었다.

지금까지는 이탄이 새로운 나무 군락을 방문하려면 수비병들에게 신분을 증명할 나무패를 보여줘야만 했다.

날개 달린 늑대를 타고 다니면서부터 이탄에게는 이런 귀찮은 일이 생략되었다. 각 나무 군락의 수비병들은 날개 달린 늑대만 보고도 이탄을 기꺼이 통과시켜 주었다.

그도 그럴 것이, 날개 달린 늑대를 타고 다니는 이들은 모두 알블—롭 일족의 귀족들이거나 그 귀족들의 후손들, 혹은 높으신 분들로부터 명을 받고 움직이는 정예병들뿐이었다. 다시 말해서 알블—롭 일족에게는 날개 달린 늑대가 곧 신분의 증명인 셈이었다.

"이건 간씨 세가 세상에서 클럽들이 고급 외제차를 타고 온 손님을 무사통과 시켜주는 것과 비슷한 경우인가?"

이탄은 실없는 농담을 했다. 그리고 그 농담이 스스로 재미있다고 생각했는지 홀로 히죽거렸다.

2번 나무 군락은 이탄의 나무 군락보다 규모가 조금 더 컸다. 시장도 1번 나무 군락의 시장보다 더 발달했다.

"너는 잠시 소매에 들어가 있어."

시장 입구에서 내린 뒤, 이탄은 날개 달린 늑대를 손가락으로 가리켰다. 그러자 날개 달린 늑대가 동그란 나무 수액으로 변해서 이탄의 소매에 쏙 들어왔다.

이탄은 성큼 걸어서 시장 안으로 진입했다.

이탄이 들어오자마자 소년 한 명이 쪼르르 달려왔다.

[지도 팝니다. 상세하게 그려진 시장 지도 팔아요.]

[얼마지?]

[5페일이요.]

소년이 손가락 5개를 펼쳐 보였다.

이탄은 대꾸도 없이 소년을 지나쳤다.

얼마 전 이탄은 1번 나무 군락의 시장통에서 지도팔이 소년에게 바가지를 썼다. 깎고 또 깎아서 지도 한 장에 3페일에 샀는데, 알고 보니 그것도 바가지였다.

별것은 아니었으나 이탄은 모레툼의 신관으로서 바가지를 쓴 것에 대해 민망함을 느꼈다. 그리고 많이 반성했다.

이탄이 휙 지나치자 소년이 당황했다.

[잠시만요 손님. 4페일. 4페일만 주세요. 인상이 좋으시니까 특별히 싸게 드릴게요.]

[……]

이탄은 소년을 거들떠도 보지 않았다.

소년의 얼굴이 붉게 달아올랐다.

[손님. 손님. 3페일. 이건 어디에도 없는 가격이에요. 제가 이 가격에 지도를 판매한다는 사실이 알려지면 저는 죽어요.]

소년이 다급하게 속삭였다.

이탄은 단호하게 고개를 가로저었다.

마침내 소년이 바가지 씌우는 것을 포기했다.

[하아. 미치겠네. 2페일만 내요. 아 놔 진짜. 요새는 왜 이렇게 빠끔이들만 만나는 거야.]

이탄이 고개를 갸웃했다.

[빠끔이?]

[가격을 빠하게 알고 있는 빠끔이 말이에요. 손님이 바로 빠끔이시잖아요.]

이탄이 쉽게 넘어오지 않자 소년의 태도가 불량하게 변했다.

Chapter 2

딱!

이탄은 손가락으로 소년의 이마에 딱밤을 날렸다.

[아악!]

소년이 이마를 잡고 주저앉았다. 소년의 눈가에 눈물이 핑 돌았다.

다른 한편으로 소년은 겁이 덜컥 났다.

'헉! 일반인이 아니라 전사구나. 아니면 혹시 귀족?'

소년과 같은 일반인이 귀족에게 불량하게 굴었다면 그 자리에서 극형에 처해져도 할 말이 없었다. 악독한 귀족이라면 소년뿐 아니라 그의 일가족 모두를 처벌할 수도 있었다. 소년은 두려움에 벌벌 떨었다.

[자.]

이탄은 그런 소년 앞에 나뭇잎 모양의 화폐 두 장을 던져주었다.

소년은 영문을 몰라 이탄을 멍하니 올려다보았다.

이탄이 한숨을 푹 쉬고는 화폐를 던져준 이유를 말했다.

[지도가 2 페일이라며? 한 장 다오.]

[헉. 지도를 사시겠습니까? 여기 있습니다. 나으리.]

소년이 벌벌 떨리는 손으로 지도를 바쳤다. 그리고는 나뭇잎 모양의 화폐를 부지런히 주웠다.

이탄이 입꼬리를 살짝 끌어올렸다.

[네 얼굴은 기억해 두었다. 나중에 기회가 되면 네게도 모레툼 님을 만나 뵐 영광을 안겨주마.]

[네에? 누구요? 모레툼 님이요? 그게 누구신데요? 혹시 귀족이신가요?]

소년이 두려움에 질려 물었다.

[하하하.]

이탄은 모레툼에 대한 설명 대신 한 줄기 웃음만 남겨두었다.

얼마 후, 이탄은 지도에 표시된 바에 따라 재료상들이 모인 거리로 이동했다.

2번 나무 군락은 알블―롭의 근거지들 중에서도 상업 활동이 활발하기로 유명했다. 당연히 시장도 크고 상가의 개수도 1번 나무 군락보다 두 배는 더 많았다. 특히 재료 도매상들이 많은 것도 이곳 시장의 특징이었다.

이탄의 지도에는 2번 나무 군락의 유명 도매상들이 인지도 순으로 표시되었다. 이탄은 그 순서에 따라 도매상들을 방문했다.

유바의 털, 뻘브의 눈물, 구아로의 발톱, 구아로의 이빨, 리노의 뿔, 리노의 비늘, 적금, 흑금, 백금, 적린석, 틸트 스톤, 수프리 나무의 뿌리에 이르기까지.

이탄이 원하는 재료는 이전과 똑같았다. 다만 재료들 가운데 토트 족의 등껍질과 청금만 빠졌을 뿐이었다.

이 두 가지 재료는 이미 이탄이 손에 넣을 방도를 따로 찾았다. 어느 정도 수량도 이미 확보한 상태였다.

이탄은 도매상을 방문하여 원하는 재료들이 있는지 문의했다. 만약 원하는 재료를 구할 수만 있다면 이탄은 음혼석으로 값을 지불할 생각이었다.

아쉽게도 이탄의 희망은 쉽게 충족되지 않았다. 도매상들은 이탄이 나열한 목록을 듣고는 고개만 절레절레 저었다.

이탄은 여섯 번을 내리 허탕을 친 뒤, 일곱 번째 도매상을 방문했다. 이번에도 이탄은 그리 큰 기대는 품지 않았다.

'그동안 계속 구하지 못하던 물건이 여기서 갑자기 튀어나올 확률은 희박하지. 괜히 헛된 기대를 하면 속만 쓰릴 뿐이야.'

이탄은 반쯤 포기한 상태에서 도매상의 여자 점주에게 말을 붙였다.

한데 의외로 솔깃한 답변이 이탄의 귀에 들려왔다. 이탄이 눈을 번쩍 떴다.

[허어. 그게 정말인가?]

[정말이고말고요. 손님께서 아시고 방문하셨는지 모르겠

으나, 사실 저희 상단은 12번 나무 군락의 고위 귀족 가문이 직접 운영하는 직할상단이랍니다.]

수다스럽게 생긴 중년의 여점주가 또박또박 대답했다.

이탄이 되물었다.

[12번 나무 군락의 귀족 가문에서 조만간 타 종족과 대규모 거래를 한다고? 그 거래가 완료되면 귀한 물품들이 이곳 도매상을 통해서 풀릴 예정이라고?]

[그렇습니다. 저희 상단에서 물건들을 풀 예정이지요.]

여점주는 자부심 넘치는 표정이었다.

이탄은 따로 생각에 잠겼다.

최근 이탄은 3번 나무 군락의 머록 가문을 도와서 토트 일족과 등껍질 거래를 마쳤다. 그런데 12번 나무 군락의 귀족도 타 종족과 대규모 거래를 할 예정이란다.

'타 종족과 거래가 생각보다 흔한 일인가 보지? 꽤 자주 거래가 이루어지네.'

이탄이 이런 생각을 할 때였다.

여점주가 이탄의 뇌에 조그맣게 속삭였다.

[이건 손님께서 하도 희귀한 물건들만 찾으시니까 귀띔해 드리는 건데요, 사실 타 종족과 거래가 쉬운 일은 아니거든요. 우리 알블—롭보다 약한 종족과 거래하면 좋은 재료를 구하기 어렵고, 우리보다 강한 종족과 거래하면 위험

한 일이 발생할 확률이 높거든요. 그래서 힘 있는 귀족 가문들도 최대한 조심스럽게 거래에 나서곤 하지요.]

[음.]

여점주의 설명은 선뜻 이해가 되었다. 이탄은 속으로 '그럴 법하네.'라고 생각하며 고개를 끄덕였다.

듣는 이의 반응이 호의적이자 여점주는 더욱 신이 나서 속닥였다.

[그런데 얼마 전에 엄청난 일이 벌어졌지 뭐예요.]

[엄청난 일?]

[아직 소문만 은밀하게 돌고 사실 관계가 명확하게 밝혀지지는 않은 일이에요. 다만 제가 들은 소문에 따르면……]

[따르면?]

이탄은 대화를 할 때 추임새를 넣을 줄 알았다. 이러한 추임새가 여점주의 속 이야기를 끄집어내는 촉매제가 되었다.

여점주가 빠르게 말을 이었다.

[최근 3번 나무 군락의 머룩 가문이 토트 족과의 거래에서 큰 이득을 보았다더군요. 이때 머룩 가문이 초빙한 귀족이 아주 강해서 거래에 큰 도움이 되었다는 소문이에요.]

[허.]

이탄이 뜻 모를 탄식을 내뱉었다.

'이런. 이제 보니 내가 소문의 주인공이었구나.'

이탄은 쓰게 입맛을 다셨다.

Chapter 3

그러는 동안에도 여점주의 수다는 계속되었다.

[저희 상단의 웃전인 코벨 가문에서도 이번 흐나흐 일족과 거래를 위해서 그 귀족을 초빙할 예정이라고 해요.]

[뭣이?]

이탄이 흠칫했다.

'코벨 가문에서 나를 초빙한다고? 흐나흐 일족과 거래를 위해서?'

코벨이라면 이탄도 아는 이름이었다. 얼마 전 플라모 족이 알블―롭 일족의 10번 나무 군란과 11번 나무 군락을 공습했을 때 지원을 왔던 귀족 중 한 명이 바로 코벨이었다.

'잿빛 머리카락에 진중하게 생기고, 영력늑대 서른여섯 마리를 소환하여 적을 공격하던 귀족이 코벨이라고 했지?'

이탄은 코벨의 모습을 머릿속에 떠올렸다.

이어서 이탄은 거래 상대, 즉 흐나흐 일족에 대한 정보도 찾아내었다. 이탄이 기억의 바다에서 건진 기억에 따르면, 흐나흐 족은 지금의 알블―롭 일족보다 열 배, 아니 스무 배는 더 강맹한 종족이었다.

알블―롭이 나무늘대 일족이라면, 흐나흐는 대표적인 여우형 수인족이었다.

그런데 이 두 종족은 오랜 세월 동안 친구와 라이벌 사이를 오가면서 애증의 관계를 맺어 왔다.

한때는 알블―롭 일족이 흐나흐 족들을 압도했다. 특히 신왕이 다스리던 시절에는 흐나흐가 알블―롭 일족에게 완전히 굴복하여 신하 부족처럼 지내기도 했다.

지금은 전세가 역전되었다.

현재 알블―롭 일족은 고작 3개의 행성도 다 차지하지 못하고 세력이 볼품없이 쪼그라들었다.

반면 흐나흐는 무려 52개의 행성을 온전히 차지하고 있으며, 그릇된 차원 전체를 좌우하는 초거대 종족과도 우호적인 외교관계를 구축한 상황이었다.

세력에 격차가 커지자 흐나흐 족은 알블―롭 일족을 집적거렸다.

[이참에 오랜 라이벌이었던 알블―롭들을 우리의 신하

부족으로 굴복시키자.]

[원래 알블―롭은 우리 흐나흐의 부속 부족으로 지내는 편이 더 좋아. 그들을 계몽시킨 것이 바로 우리 흐나흐 족이거든.]

흐나흐의 지도부들은 공공연하게 이런 주장을 펼쳤다.

알블―롭은 자존심이 팍 상했다.

그래도 힘이 부족하니 별 수 없었다. 알블―롭은 흐나흐 족의 망언에 제대로 반박하지도 못했다. 그저 알블―롭의 삼신녀와 대모들은 안으로 문을 꽁꽁 걸어 잠그고 흐나흐 일족에게 일절 대응하지 않을 뿐이었다.

이런 상황에서 흐나흐 일족이 알블―롭 일족에게 오히려 우호적 손길을 내밀었다.

[우리 흐나흐와 알블―롭은 한 때 아옹다옹하기도 하였지만, 때로는 친구 사이기도 하지 않았나.]

[알블―롭은 고슴도치처럼 가시만 곤두세우지 말고 마음을 열어라. 그 다음 우리와 대규모 거래를 하자.]

[흐나흐에서 보유한 희귀한 재료들과 약재들을 공개하겠다. 알블―롭도 귀한 나무 재료들을 가져와라.]

[양측이 중립지대에서 만나서 한번 허심탄회하게 흉금을 터놓고 이야기를 나눠 보자. 그게 서로에게 도움이 될 게다.]

흐나흐 족의 몇몇 귀족들이 스스로 '친 알블―롭파'를 자청하고 나섰다. 그들은 알블―롭과 흐나흐 족 사이에 새로운 우호관계를 맺자고 주장했다.

알블―롭의 현자들이 머리를 맞댔다.

12명의 대모들은 연일 대책회의를 했다.

타 행성으로 피신했던 삼신녀도 대책회의에 의견을 내었다.

알블―롭의 수뇌부들은 긴 회의 끝에 다음과 같은 결론을 내렸다.

첫째, 교활한 흐나흐 족이 이번 거래에 함정을 팠을 수도 있다. 따라서 삼신녀와 열두 대모, 열두 현자는 거래장에 나가지 않는다.

둘째, 혹시 흐나흐 족이 진심으로 우리와 우호관계를 맺고자 할 수도 있다. 따라서 힘 있는 귀족들로 거래단을 만들어서 흐나흐 족과 만나볼 필요는 있다.

셋째, 이번 거래단의 단주로 12번 나무 군락의 코벨을 임명한다.

넷째, 거래단의 규모는 300명으로 한정한다. 흐나흐 족에게도 딱 300명만 거래장에 나오도록 요구한다.

다섯째, 거래단에 참여할 귀족의 숫자도 제한한다. 알블

―롭과 흐나흐 모두 거래단에 참여하는 귀족의 수는 10명을 넘기지 않는다.

여섯째, 거래단의 구성은 전적으로 코벨에게 맡긴다. 거래에 참여할 귀족들의 선발도 코벨이 결정한다.

일곱째, 각 나무 군락의 대모들은 코벨이 선정한 귀족이 가능한 이번 거래에 참여할 수 있도록 독려한다.

이상의 일곱 가지 결론이 한 장의 문서로 만들어졌다. 12명의 대모들은 이 문서를 각 나무 군락의 귀족 가문에 골고루 전파했다.

귀족 가문의 가주들은 문서를 회람한 뒤, 깊은 고민에 잠겼다.

귀족 가문 입장에서 이번 흐나흐 일족과의 거래는 위기이자 곧 기회였다.

만일 강대한 흐나흐 족이 이번 거래에 함정을 팠다면?

그럼 거래에 참여한 귀족들은 살아나오기 힘들 것이다. 그렇게 귀족이 죽고 나면, 그 가문은 몰락할 가능성이 다분했다.

이건 위기였다.

하지만 만약 흐나흐 족의 우호적 손길이 진심이라면?

그럼 거래에 참여한 가문은 큰 이득을 볼 것이다. 희귀한 재료와 질 좋은 약재를 바탕으로 가문이 날개를 달고 비상할 가능성도 충분했다.

이건 기회였다.

위기와 기회가 교차하는 가운데 각 귀족 가문의 가주들은 마음의 결정을 내렸다.

상당수의 가주들은 거래단 참여 쪽으로 마음이 기울었다. 코벨이 자신들을 선정해주기만 한다면 기꺼이 참여하겠다는 것이 가주들의 생각이었다. 이러한 가주들은 대모가 보내준 문서에 서명을 했다.

반대의 경우도 있었다. 몇몇 가주들은 대모를 직접 찾아가 거래단에 참여하지 않겠노라고 거부 의사를 밝혔다.

이들 가주들은 가문 내부에 귀족이 본인 한 명뿐인 경우가 대부분이었다.

[만에 하나 내가 잘못되면 우리 가문은 그것으로 끝입니다. 그래서 말입니다, 죄송하지만 저는 거래단에 참여하기 힘들 것 같습니다.]

가주들이 이렇게 밝혔다.

대모들도 가주들의 뜻을 꺾을 수는 없었다.

12명의 대모들은 참여 가능한 귀족들만 뽑은 뒤, 그 명단을 코벨에게 보내주었다.

코벨은 신중하게 명단을 검토했다. 그러면서 중얼거렸다.

[혹시라도 가문이 통째로 멸망하면 곤란하지. 한 가문에서 딱 한 명의 귀족만 차출하자. 그리고 흐나흐 녀석들에게 얕잡아 보이면 안 되니까 가능하면 강자를 데려가야겠지. 또한 열두 나무 군락에서 골고루 귀족들을 선발하는 편이 좋겠어.]

Chapter 4

가문에 대한 안배.

강자 우선 선발.

나무 군락에 대한 안배.

코벨은 이상 세 가지 원칙에 따라서 귀족 10명을 선발했다.

코벨 본인은 거래단의 단장이니까 우선 한 자리를 차지했다.

이어서 코벨은 1번 나무 군락에서 아일라 가모를 거래단의 구성원으로 선택했다.

[타룬도 물론 뛰어난 강자야. 하지만 아일라가 더 강하지.]

마침 아일라의 가문에서는 최근 로바라는 신입 귀족을

배출했다. 따라서 만에 하나 이번에 아일라가 잘못되더라도 그녀의 가문이 통째로 몰락하는 일은 없을 것이다.

코벨은 2번 나무 군락은 건너뛰었다. 그곳은 스피네 족과 싸우다가 큰 피해를 입는 바람에 마땅한 대상자를 고를 수가 없었다.

코벨이 또 중얼거렸다.

[3번 나무 군락에는 머록이 있지. 머록은 아직 젊은 귀족이지만 충분히 거래단에 들어올 자격이 있어. 또한 그의 가문에는 2명의 숙부들이 있으니까 안심이야.]

3번 나무 군락에서는 머록이, 4번 나무 군락에서 티핀 가모가 코벨의 선택을 받았다. 티핀 가모는 쌍검을 주무기로 사용하는 여걸이었다.

대부분의 알블―롭 귀족들이 정이나 추, 해머와 같은 중병기를 사용하는 데 반해 티핀은 날렵한 검술로 유명했다.

[게다가 티핀은 어쌔신(Assassin: 암살자)처럼 은밀한 움직임에 능하니까 도움이 될 게야.]

코벨은 티핀의 민첩성과 은신 능력을 높이 평가했다. 이어서 코벨은 5번 나무 군락에서 카이림을 골랐다.

카이림은 6번 나무 군락의 슈이림과 사촌 사이였다. 카이림의 머리카락이 회색이고 키가 훤칠하게 크다는 점도 슈이림과 같았다.

[6번 나무 군락은 볼 것도 없어. 무조건 슈이림이지.]

코벨은 별 고민도 하지 않고 슈이림을 명단에 올렸다. 슈이림은 코벨을 제외하면 알블—롭 일족의 최강자에 가까웠다. 1번 나무 군락의 아일라도, 4번 나무 군락의 티핀도 슈이림보다는 무력이 약했다.

이어서 7번 나무 군락에서는 비토가 선택되었다.

비토는 알블—롭의 귀족들 가운데 가장 덩치가 크고 방어력이 뛰어난 자였다. 비토의 피에는 늑대의 피뿐 아니라 백곰 수인족의 혈통이 섞여 있기 때문이었다.

코벨은 8번 나무 군락에서 구르토를 선택했다.

구르토의 가문 또한 비토와 뿌리가 같았다. 두 귀족 모두 백곰 수인족의 혈통을 일부 물려받았고, 그에 따라 방어에 특화되었다.

[비토와 구르토가 나란히 서면 방어는 걱정하지 않아도 돼. 공격은 나와 슈이림이 맡으면 되고.]

코벨은 자신이 짠 진영이 점점 더 마음에 들었다.

9번 나무 군락에도 적임자가 존재했다. 코벨은 기시항이라는 이름 옆에 점을 찍었다.

기시항 가주는 알블—롭 귀족들 가운데 가장 나이가 많은 원로였다. 그런 만큼 기시항은 무력도 뛰어나지만 노련함과 현명함을 고루 갖추었다.

[기시항 님은 타 종족과 거래 경험이 풍부하시지. 흐나흐 녀석들에 대해서도 많이 알고 계시고. 이번 거래에 기시항 님의 경험이 꼭 필요해.]

코벨은 기시항을 거래단의 부단장으로 책정했다.

9명의 선발을 마친 뒤, 코벨은 명단을 새로 작성했다. 각 귀족의 이름과 역할을 표시한 명단이 완성되었다.

코벨(12번 나무 군락) : 단장, 유사시 중앙 공격

기시항(9번 나무 군락) : 부단장, 유사시 후방으로 빠져서 지휘

아일라(1번 나무 군락) : 유사시 적진을 우회하여 좌측면 공격

머록(3번 나무 군락) : 유사시 적진을 우회하여 우측면 공격

티핀(4번 나무 군락) : 유사시 기습적으로 적의 후방을 공략

카이림(5번 나무 군락) : 유사시 전진의 우측 공격

슈이림(6번 나무 군락) : 유사시 전진의 좌측 공격

비토(7번 나무 군락) : 유사시 우중앙 방어

구르토(8번 나무 군락) : 유사시 좌중앙 방어

9명의 자리가 모두 찼으니 이제 남은 것은 한 자리였다. 코벨은 명단을 처음부터 다시 한번 쭉 읽어보고는 자리에서 일어났다.

[나머지 한 자리를 어찌한다?]

뒷짐을 진 코벨이 방안을 서성거렸다. 코벨의 머릿속에는 알블—롭 일족의 여러 귀족들의 얼굴이 떠올랐다. 코벨은 그 얼굴들을 일거에 허물어뜨린 다음, 명단에 없던 새로운 인물을 떠올렸다.

[이탄……. 이탄.]

이탄은 이방인이었다.

'일족의 명운이 걸린 중요한 거래에 이방인을 활용해도 될까?'

코벨은 우선 이 점을 고민했다.

'흐나흐 녀석들이 우호적이라면 굳이 이방인을 데려갈 필요는 없지. 하지만 만약 흐나흐 놈들이 적대적으로 나온다면? 그럼 이탄의 무력이 필요해.'

코벨은 이탄이 혼자 힘으로 플라모 족의 신녀 에리스를 박살 내는 모습을 목격했다. 비록 에리스가 가까스로 도망치기는 했지만, 그때 이탄이 보여준 무력은 가공할 만했다.

이어서 코벨은 이탄이 플라모 족의 최강자인 길타, 세타, 루꼴을 단숨에 죽여 버리는 장면도 보았다.

그때 이탄이 어찌나 무서웠던지 지금도 그 생각만 하면 코벨의 등판에 식은땀이 주르륵 흘렀다.

'나는 단장으로서 최악의 경우를 예측하고 또 대비해야 해. 최악의 경우가 발생한다면, 이탄이 정답이야.'

마침내 코벨이 열 번째 자리를 채웠다. 코벨은 명단의 마지막 줄에 '이탄'이라는 이름을 꾹꾹 눌러 기입했다.

완성된 명단이 코벨의 손을 떠나 12명의 대모들에게 전달되었다.

[끄으음.]

1번 나무 군락의 대모가 명단을 보자마자 앓는 소리를 내뱉었다.

[코벨 님이 이탄의 이름을 명단에 올렸다? 이것은 결국 나에게 이탄을 설득해달라는 소리구나.]

1번 나무 군락의 대모는 곧바로 행동에 나섰다.

Chapter 5

그 날 오후.

이탄이 대모에게 불려와 한 시간 정도 면담을 가졌다. 그 자리에서 대모는 이탄에게 [흐나흐 일족과 거래에 참석해 줘요.]라고 요청했다.

이탄은 이미 이럴 것을 예상했다.

[대모님, 그 전에 이것 좀 봐주시죠.]

이탄이 대모에게 종이를 한 장 내밀었다.

[이탄 님, 이게 뭔가요?]

대모가 어리둥절해서 물었다.

이탄이 종이에 대해서 설명했다.

[거래를 하자면 우선 계약서가 필요하지 않을까요? 그래서 계약서를 한번 써봤소.]

[계약서라고요?]

[대모님께서도 이미 보고를 받았겠지만, 나는 최근에 아일라 가문, 그리고 머룩 가문과 계약을 맺고 도움을 드렸소. 그때의 기억을 되살려서 계약서를 만들어 왔으니 대모님께서 한 번 봐주쇼.]

계약서의 내용은 이탄이 머룩 가문과 맺었던 것과 유사했다.

—— 계 약 서 ——

1. 거래 성사 여부와 상관없이 이탄은 거래단에

참여하는 것만으로도 상급 수프리 나무의 뿌리 두 가닥을 제공받는다.

2. 거래 중에 흐나흐 족의 변심으로 인하여 분쟁이 발생할 경우, 다음의 방법에 따라 전공 점수를 산정한다.

— 흐나흐 족 귀족 한 명을 죽이면 전공 점수 300점, 물리치면 100점, 생포하면 400점.

— 흐나흐 족 전사 한 명을 죽이면 전공 점수 3점, 물리치면 1점, 생포하면 4점.

3. 전쟁이 끝난 뒤 전리품 분배 비율은 다음과 같다.

— 이탄 주도로 획득한 전리품의 분배 비율 = 5(알블―롭) : 5(이탄)

— 이탄이 보조하여 획득한 전리품의 분배 비율 = 7(알블―롭) : 3(이탄)

— 기타 전리품의 분배 비율 = 9(알블―롭) : 1(이탄)

4. 이번 거래와 관련되어 발생하는 비용 일체는 알블―롭 일족이 부담한다. 이탄은 개인 생필품만 챙긴다.

계약서 아래 부분에는 오늘 날짜와 서명할 자리 두 곳이
기입되었다.

대모가 이탄을 멀뚱멀뚱 보았다.

[이탄 님, 아일라 가문과 이렇게 계약을 하셨나요? 머록
가문과도요?]

이건 아니었다. 다른 내용들은 이 계약서와 비슷했지만,
3번 항목에서 차이가 났다. 이탄은 자신이 주도하여 획득
한 전리품의 분배 비율을 5대 5로 높였다.

이탄이 그 점을 명확히 말하지 않고 구렁이 담 넘어가듯
어물쩍 넘어갔다.

[처음에 내게 이런 계약서를 제시한 분은 아일라 가모님
이셨소. 그 후 머록 가주께는 내가 먼저 계약서를 내밀었
고.]

[흐음. 그래요?]

대모가 손으로 자신의 통통한 볼을 조몰락거렸다.

이탄이 물었다.

[왜요? 계약서 내용이 불합리합니까?]

대모가 손사래를 쳤다.

[아뇨. 아뇨. 아일라 님은 합리적인 분이시죠. 그분이 만
든 계약서가 불합리할 리 있나요. 다만……]

[다만?]

[한 가지 이탄 님께서 양해해줄 점이 있어요. 이번 거래 단의 단장은 어디까지나 코벨 님이거든요. 그리고 다른 귀족 가문들도 거래에 참여 중이고요. 그러니까 먼저 그분들의 동의를 받아야 계약을 할 수 있겠네요.]

[그 동의를 대모님께서 받아주시죠. 그래야 나도 흔쾌히 거래에 참여하지요. 만약 그분들이 이 계약을 하지 못하겠다고 하면, 나도 참여하기 어렵소.]

이탄의 태도는 단호했다.

[네에?]

대모의 눈이 화들짝 커졌다.

그날 저녁, 12명의 대모가 나무뿌리를 통해 서로의 영혼을 연결했다. 그리고 다시 그 대모들을 통해서 9명의 알블—롭 귀족들이 가상의 공간에 모였다.

나무와의 연결을 통해서 공간을 뛰어넘고 서로의 영혼을 한 자리에 모으는 것은 알블—롭 일족의 주특기 가운데 하나였다.

[먼저 여기 이 계약서 좀 봐주시죠.]

1번 나무 군락의 대모가 이탄의 뜻을 다른 이들에게 전달했다.

11명의 대모들과 9명의 귀족들은 이탄의 계약서를 읽었다.

[크험.]

카이림의 영혼이 날카로운 눈빛을 내뿜었다. 카이림의 얼굴에는 불쾌함이 가득했다. 이탄의 계약서가 못마땅하다는 뜻이었다.

1번 나무 군락의 대모가 카이림에게 물었다.

[카이림 님, 계약서의 어느 부분이 불편한가요?]

[대모님, 이탄이라는 이방인이 너무 오만하지 않습니까?]

[오만이요?]

[그렇습니다. 그 이방인이 대체 무슨 자격으로 이런 황당한 계약서를 내민단 말입니까?]

[구체적으로 계약서의 어느 부분이 황당한가요?]

대모가 꼬치꼬치 물었다.

카이림은 이탄의 계약서를 활짝 펴서 손가락으로 가리켰다.

[대모님, 여기 이 3번 문항 좀 보십시오. 이게 말이 됩니까? 이 계약서대로라면 그 녀석이 살짝 거들기만 해도 우리는 녀석에게 전리품을 30퍼센트나 챙겨줘야 합니다. 예를 들어서 제가 적을 해치울 때 이탄이라는 자가 옆에서 슬쩍 한 스푼만 얹어도 30퍼센트를 내줘야 한단 말입니다. 나 원 참!]

[그건 확실히 문제군.]

덩치 큰 비토가 카이림의 말에 동의했다.

[만약에 이탄 녀석이 내 공로에 스푼을 얹으려고 한다면, 나는 당장에 녀석의 스푼을 부숴버릴 테야. 크우우.]

구르토도 거칠게 씩씩거렸다.

카이림이 불만을 덧붙였다.

[또 있습니다. 계약서 3번 문항 중에 기타 전리품 분배 비율. 이건 또 뭡니까? 이 계약대로라면, 녀석은 빈둥거리 기만 해도 우리가 얻은 전체 전리품 중 10퍼센트를 가져가 게 됩니다. 이게 말이나 됩니까?]

[카이림 님은 그런 의견을 가지고 계시는군요.]

1번 나무 군락의 대모가 고개를 주억거렸다. 그 다음 그 녀는 코벨의 의견을 구했다.

[이에 대해서 코벨 님은 어떻게 생각하시나요?]

Chapter 6

[음.]

코벨은 심사숙고하다가 다른 이들에게 공을 넘겼다.

[저는 다른 세 분의 의견을 듣고 싶군요. 기시항 선배님,

그리고 일찍이 이탄과 거래를 했던 아일라 님, 그리고 머록 님. 세 분은 어떤 의견인가요?]

기시항은 쉽게 입을 열지 않았다.

아일라도 신중했다.

결국 머록이 먼저 대답했다.

[3번 나무 군락의 머록입니다. 제가 감히 여러 대모님들, 그리고 선배님들 앞에서 의견을 내도 될지 모르겠습니다. 하지만 지난번 토트 족과의 일화를 말씀드리지요. 당시에 이런 일들이 있었습니다.]

머록은 토트 족의 티우키 가주와 거래할 당시에 벌어졌던 일들을 요약하여 설명했다. 특히 머록은 이탄의 무지막지한 무력에 대해서 공들여 묘사했다. 알블─롭의 귀족들이 이탄을 섣불리 판단하여 일을 치르지 않도록 하기 위함이었다.

물론 머록은 마음에 걸리는 바가 따로 있었다.

'이탄 님이 예전에 나와 계약하면서 불쾌하셨나? 3항의 첫 번째 부분이 예전에는 6대 4의 비율이었는데 지금은 5대 5로 고치셨네?'

머록은 이런 속내를 다른 귀족들 앞에서 드러내지 않았다. 그저 이탄의 활약상에 대해서 모두에게 설명했을 뿐이었다.

이 자리에 모인 귀족들은 이탄이 토트 족의 귀족 4명을 눈 깜짝할 사이에 제압하고 그들의 등껍질을 생으로 벗겨 내었다는 내용을 듣자 표정이 돌변했다.

[허어. 그 정도로 강하단 말인가?]

기시항이 낮게 중얼거렸다.

열두 대모들의 안색도 딱딱하게 굳었다.

머록이 마지막으로 덧붙였다.

[코벨 님께서 제 의견을 물으셨으니 답을 드립니다. 저는 이탄 님이 주도적으로 획득한 전리품은 5대 5로 나누는 것에 무리가 없다고 생각합니다. 이탄 님이 보조적으로 획득한 건도 7대 3의 비율이 괜찮다고 봅니다. 솔직히 저도 마지막 항목이 마음에 조금 걸리긴 합니다. 하지만 우리가 흐나흐 족과 전쟁을 벌이고, 이탄 님이 그 전쟁에서 큰 공을 세운다면? 저는 이탄 님은 전체 전리품의 10퍼센트를 가져갈 자격이 있다고 생각합니다.]

[음.]

코벨이 고개를 살짝 숙였다.

이번엔 아일라가 말문을 열었다.

[나도 머록 가주의 의견에 찬성이에요.]

[아일라 님.]

귀족들과 대모들의 이목이 아일라에게 집중되었다.

사실 아일라도 이탄이 전리품의 배분 비율을 5대 5로 고친 부분이 마음에 걸렸으나, 내색은 하지 않았다.

아일라가 차분하게 말을 이었다.

[얼마 전 우리 가문이 플라모 족을 상대로 청금 광산을 수복했거든요. 이제 와 드리는 말씀인데, 당시에 우리 가문은 한 게 별로 없어요. 이탄 님이 거의 혼자서 플라모 놈들을 해치웠지요. 저는 이탄 님이 충분히 이런 계약서를 내밀 수 있다고 봐요.]

6번 나무 군락의 슈이림이 아일라의 말을 가만히 듣고 있다가 불쑥 끼어들었다.

[나는 솔직히 우리 알블—롭 일족이 이방인의 무력에 의존해야 하는 상황이 싫소. 그리고 솔직히 이탄이라는 녀석도 마음에 들지 않소. 하지만 플라모 족이 10번 나무 군락을 습격할 당시, 이탄 혼자서 플라모의 세 귀족들, 즉 길타와 세타, 루꼴을 전멸시켰소.]

[헉! 그 소문이 사실이었소?]

[진짜?]

비토와 구르토가 동시에 헛바람을 집어삼켰다.

슈이림이 고개를 끄덕였다.

[사실이외다. 나와 코벨 님이 두 눈으로 똑똑히 목격했소이다. 대체 길타가 누구요? 플라모 족에서 살아 있는 재앙

이라 불리던 귀족이요. 루꼴은 또 누구요? 그 늙은 마녀가 얼마나 막강한지는 다들 잘 알 거요. 지금 이 자리에서 길타나 루꼴을 상대할 분이 계시오? 아마도 코벨 님은 되어야 그들을 상대할 수 있을까? 솔직히 나는 자신 없소. 그런데 이탄은 그런 길타와 루꼴을 어린아이의 팔목을 비틀 듯이 간단하게 해치웠소.]

[으으음.]

알블─롭의 귀족들이 일제히 신음을 흘렸다.

슈이림은 더 이상 말을 잇지 못했다. 이탄이 길타를 찢어 죽이고 루꼴을 해치우던 장면을 떠올리는 것만으로도 슈이림의 말문이 막혔다. 질끈 움켜쥔 그의 주먹이 가늘게 떨렸다.

[기시항 선배님, 어떻게 생각하십니까? 선배님의 의견을 듣고 싶습니다.]

코벨이 기시항의 의견을 청했다.

기시항이 주름 진 얼굴을 손으로 쓸어내렸다. 그리고 물었다.

[여러 분들의 설명대로라면 이탄이라는 이방인은 귀족 대여섯 명의 몫은 충분히 하겠소. 아니 그렇소?]

[그 정도 몫은 충분히 합니다.]

머록이 냉큼 대답했다.

[저희도 동의합니다.]

아일라와 슈이림, 코벨도 머록의 말에 동의했다.

기시항이 꾸부정한 어깨를 으쓱했다.

[그런 강자를 초빙하는데 우리가 이 정도 조건을 들어주지 못할 게 뭐가 있겠소? 이탄 없이 거래장에 나갔다가 흐나흐 놈들이 딴 마음을 먹는다면? 그래서 이 자리에 모인 귀족들 가운데 절반이 죽게 생겼다면? 그 피해에 비하면 이 정도 계약은 아무것도 아니지.]

듣고 보니 그러했다.

최악의 경우엔 거래에 참여한 귀족 전원이 전멸할지도 몰랐다.

'그런 위기 상황에서 이탄과 같은 강자는 분명히 큰 도움이 될 게야.'

'그렇지. 이방인에게 전리품을 좀 더 챙겨주는 게 문제가 아니야. 강자가 참여해야 위험이 줄어든다고.'

귀족들의 생각이 바뀌었다.

1번 나무 군락의 대모가 다시 한번 물었다.

[이 계약서에 다들 동의하나요? 반대자가 없으면 이 조건으로 이탄을 거래단에 합류시키겠어요.]

이번에는 아무도 반대하지 않았다. 이탄에게 불만이 많던 카이림과 비토, 구르토도 입을 꾹 다물었다.

결국 이탄의 계약서는 귀족들의 동의를 얻는 데 성공했다.

거래단 참여자들이 결정되었으니 이제 물품을 준비할 차례였다. 열두 나무 군락의 대모들은 흐나흐 일족과 거래를 위해서 희귀한 물품들을 모았다. 귀족 가문들도 창고를 개방하여 온갖 물건들을 꺼내놓았다.

그러는 사이 알블—롭 일족과 흐나흐 일족은 서로 외교 사절단을 주고받았다. 어떤 물품들을 거래할 것인지 미리 조율하기 위해서였다.

Chapter 7

알블—롭 일족은 원래 나무 관련 재료가 주 생산품이었다.

대모들은 상급 수프리 나무의 뿌리와 상급 우드 스톤을 선별했다. 양이 적기는 하지만 퍼플 스톤도 챙겼다.

중급의 물건들은 아예 목록에도 올리지 않았다.

다른 종족이라면 모를까, 흐나흐는 알블—롭 일족의 오랜 라이벌이었다. 대모들은 일족의 라이벌 앞에서 질이 떨어지는 중급 물품을 내놓았다가 망신을 당하기는 싫었다.

대모들 모두 실용적인 성격이었으되, 상대가 흐나흐인 만큼 자존심도 중요했다.

이어서 대모들은 귀한 약재들을 잔뜩 준비했다.

상급 음혼석도 당연히 챙겼다.

사실 음혼석 자체는 거래의 대상이 아니었다.

하지만 그릇된 차원의 부족들은 A라는 물건과 B라는 물건을 물물거래를 할 때 가격에 차이가 날 경우 음혼석으로 이 차이를 메꾸는 것이 일반적이었다.

대모들은 이 점을 염두에 두고 상급 음혼석을 준비했다.

대모들만 발 벗고 나서지 않았다. 이번 거래에 참여하는 9개 귀족 가문에서도 각자 물물교환할 물품들을 챙겼다.

1번 나무 군락의 대모는 이탄에게도 기회를 주었다.

[이탄 님도 직접 거래에 참여해 보는 게 어떤가요?]

[내가요?]

[물량이 많지는 않으시겠지만 이탄 님도 나름 보유한 물품들이 있잖아요. 그걸 거래 목록에 올리는 거죠. 혹시 알아요? 이탄 님이 내놓은 물건이 괜찮은 가격에 거래될지?]

[호오?]

이탄이 직거래에 관심을 보였다.

이탄은 최근 알블─롭의 귀족 가문들을 도우면서 조금 부유해졌다.

'그런데 이번 거래를 통해서 필요한 물건들을 한 층 더 확보할 수 있단 말이지? 그거 쏠쏠하겠는데.'

이탄은 흐나흐 족과 물물교환을 통해 재산을 불릴 생각을 하자 기분이 유쾌했다.

물론 이탄에게 꼭 필요한 물건들은 거래 목록에 올릴 수 없었다. 예를 들어서 수프리 나무의 뿌리나 적린석, 흑금, 백금, 토트 족의 등껍질은 이탄에게도 필요했다.

'대신 청금은 많으니까 조금 팔아도 돼. 음혼석도 팔아도 되고. 토트 족의 중급 등껍질도 필요 없지. 아! 또 있구나. 루꼴의 지팡이도 이참에 팔아버려야지.'

이게 다가 아니었다. 이탄은 동차원의 법보와 단약도 조금 가지고 있는데, 여차하면 이것들도 팔 생각이었다.

'이왕이면 잘 팔리면 좋겠는데. 히히히.'

이탄은 자신의 물건이 날개 돋친 듯이 팔리는 상상을 하며 히죽히죽 웃었다.

알블─롭과 흐나흐 족이 세 차례에 걸쳐서 외교사절단을 주고받았다. 거래할 품목도 큰 틀에서 조종했다.

물론 이렇게 주고받은 목록은 그저 참고자료일 뿐이었다. 똑같은 상급 수프리 나무의 뿌리도 하나하나 살펴보면 품질이 제각각이었다. 어떤 뿌리는 온전하고, 또 어떤 뿌리는 일부가 상했다.

그러니 목록은 큰 의미가 없었다. 실제 거래는 현장에서 물건을 직접 보고 가격 흥정을 해야만 했다.

그런 면에서 기시항 부단장의 역할이 중요했다. 기시항은 알블―롭의 귀족들 가운데 가장 나이가 많고 노련했다.

하여 코벨은 기시항에게 협상의 전권을 맡겼다.

'만약 아무 일도 터지지 않고 무탈하게 거래가 진행된다면, 기시항 선배님이 모든 것을 다해낸 셈이지.'

코벨은 일이 이렇게 순탄하게 풀리기를 기원했다.

한데 이게 가능하려면 무력이 뒷받침되어야 했다. 알블―롭이 상대에게 얕잡혀 보인 순간 협상은 끝이었다. 흐나흐 족은 본성을 드러내고 알블―롭의 물품들을 강탈하려 들 것이었다.

'원래 평화라는 것은 무력이 뒷받침되어야 얻을 수 있지. 힘이 중요한 세상에서 무력이 없으면 아무것도 아니야.'

코벨은 자신의 역할을 이곳에 자리매김했다.

'그러니까 내가 잘 해내야 해. 비토와 구르토를 방패로 삼고, 아일라와 티핀, 머룩을 화살로 삼으며, 슈이림과 카이림을 주무기로 휘둘러서 흐나흐 놈들이 오판을 하지 못하도록 압박해야 한다고. 그래야 기시항 선배님이 협상에서 본 실력을 발휘할 수 있어.'

여기에 한 가지 더.

이탄은 코벨의 숨겨놓은 패였다.

'최악의 사태가 벌어졌을 때, 이탄이 그 굉장한 무력을 선보여서 흐나흐의 귀족 3명만 상대해 준다면?'

그럼 코벨은 승리할 자신이 있었다.

[한번 해보자.]

꽉!

코벨이 자신의 두 손을 힘껏 맞잡았다.

이제 결전의 순간이 다가왔다.

봄꽃이 활짝 만개한 4월 19일, 하늘은 청명하였다.

알블―롭의 전사 290명.

귀족 10명.

총 300명의 거래단이 코벨 단장의 지휘 아래 플래닛 게이트를 향해 출발했다. 300마리의 날개 달린 늑대가 우렁찬 울음과 함께 하늘로 날아올랐다.

흐나흐 족과 약속된 거래 장소는 D—3,451이라 불리는 행성이었다.

이 행성은 생명체가 살 수 없는 곳이었다. 대지엔 온통 검은 암석으로 이루어진 평야만 가득했다. 숲이나 산, 계곡이 없는 곳이라 엄폐나 매복도 힘들었다. 어쩌면 거래를 하는 데 안성맞춤인 장소가 D—3,451 행성일지도 몰랐다.

나흘 뒤인 4월 23일.

알블—롭의 거래단은 플래닛 게이트를 통해서 D—3,451 행성으로 이동했다.

플래닛 게이트에서 벗어나자마자 코벨 일행은 숨이 턱 막혔다.

[흡.]

일반 전사들 가운데 몇 명이 헛바람을 집어삼켰다.

기시항이 재빨리 일행 모두에게 뇌파를 보냈다.

[다들 숨을 참아라. D—3,451의 대기는 그 자체가 독이다.]

기시항의 말은 사실이었다. 대신 이 독은 폐로 흡입했을 때만 위험하지 피부를 상하게 만들지는 않았다.

알블—롭의 전사들은 신체적 특성상 48시간 이상 숨을 쉬지 않아도 지장이 없었다. 동료와의 대화도 뇌파로 나누면 되니까 괜찮았다.

　코벨이 손가락으로 전면을 가리켰다.

　[기시항 선배님, 저기 저 앞에 미리 준비한 협상 테이블이 있군요.]

제6화
순조로운 거래

Chapter 1

코벨이 가리킨 곳은 3킬로미터 전방이었다.

D—3,451 행성에는 먼지나 안개가 없기에 먼 곳까지도 시야가 잘 확보되었다. 코벨의 말처럼 3킬로미터 밖에는 하얀 테이블이 설치되어 있었다. 의자는 총 20개였다. 저 의자에 양 종족의 귀족 10명이 앉으면 될 것 같았다.

한편 6킬로미터 밖에는 흐나흐 일족의 모습이 보였다. 하얀 바탕에 붉은색 여우 머리가 그려진 깃발이 흐나흐 일족을 상징했다.

[여우족 녀석들, 시간 한번 정확하게 맞추는군.]

슈이림이 낮게 투덜거렸다.

흐나흐 족은 무척 철저한 성격이었다. 알블―롭 일족이 100미터를 전진하면 그들도 딱 100미터를 다가왔다. 알블―롭 일족이 1킬로미터를 전진하면 그들도 딱 그만큼 접근했다.

그리하여 알블―롭 일족과 흐나흐 일족은 똑같은 시간에 테이블 앞에서 서로를 마주 보게 되었다.

양 종족 사이에 터질 듯한 긴장감이 감돌았다.

코벨이 한 걸음 앞으로 나섰다.

[알블―롭의 코벨이오.]

코벨이 먼저 인사했다.

그러자 흐나흐 족에서도 한 명이 나섰다.

[흐나흐의 시칸이오.]

스스로를 시칸이라고 밝힌 흐나흐 족 사내는 눈처럼 새하얀 복장을 입고서, 뒷머리를 위로 틀어 올렸다가 다시 아래로 둥글게 퍼트린 모습이었다.

시칸뿐 아니라 흐나흐 족의 귀족들은 모두 하얀 옷을 입었다. 반면 흐나흐 족의 전사들은 붉은색 옷을 입고 있어 귀족과 전사의 구별이 뚜렷했다. 아마도 흐나흐 족은 복장의 색깔로 계급을 구분하는 모양이었다.

코벨은 흐나흐 족 귀족들을 슥 훑어보았다.

'얼핏 보기에는 이들의 강함이 잘 느껴지지 않는구나.

누가 강자인지 모르겠어.'

코벨은 그래서 더더욱 경계하는 마음이 들었다.

한편 시칸도 알블―롭의 귀족들을 한눈에 스캔했다. 시칸은 일정한 속도로 알블―롭 일행을 훑어보는 듯했지만, 사실 그의 눈동자가 머무는 시간은 대상에 따라 조금씩 차이가 났다. 시칸의 눈동자는 코벨에게 가장 오래 머물렀다. 그 다음이 슈이림이었다. 시칸은 티펜에게도 제법 관심을 두었다.

나머지 수인족들은 시칸의 관심사는 아니었다. 다만 시칸은 기시항과 비토, 구르토에게 한 번씩 더 시선을 주었다.

그러다가 무엇을 느꼈는지 시칸의 눈이 이탄에게 고정되었다.

이탄은 딱히 시칸의 눈길을 의식하지 않았다.

시칸이 이탄에게서 이상함을 느낀 듯 고개를 살짝 갸웃했다.

그때 코벨이 흐나흐 일족 귀족들에게 자리를 권했다.

[앉으시지요.]

[그러겠습니다.]

시칸이 중앙에 앉았다.

맞은편에선 코벨이 중앙에 착석했다.

기시항 부단장은 코벨의 옆자리를 차지했다.

나머지 귀족들도 미리 약속된 자리를 하나씩 꿰찼다. 이탄은 오른쪽 끝 자리였다.

흐나흐의 귀족들도 알블—롭의 귀족들이 착석하는 것과 타이밍을 맞춰서 맞은편에 앉았다.

이탄의 앞자리는 젊고 매혹적인 여인의 차지였다. 여인이 붉은 입술을 팽팽하게 끌어올렸다. 그러면서 남몰래 이탄에게 윙크를 날렸다.

이탄은 전혀 표정의 변화가 없었다.

[자, 그럼 양측 목록에 적힌 물건들을 하나씩 선보일까요?]

시칸이 대화를 주도했다.

코벨이 고개를 끄덕였다.

[그럽시다. 흐나흐 일족부터 먼저 보여주시지요.]

[알겠습니다. 우리가 거래하고 싶은 품목 1번입니다.]

시칸이 손뼉을 쳤다.

시칸의 바로 뒤에 시립해 있던 흐나흐 족의 전사가 아공간의 박스를 열었다. 시칸은 그 박스 속에 손을 넣어 1번 거래 품목을 꺼냈다.

둥그런 구슬이 시칸의 손에 이끌려 나왔다.

스르르륵—.

구슬은 하얀 바탕에 붉은 뇌전이 번쩍거리는 모습이었다. 시칸의 손바닥 위 10센티미터 허공에서 하얀 구슬이 천천히 회전했다.

[헛? 파이브 스피어(Five Sphere: 다섯 구슬)?]

구슬을 목격한 즉시 코벨의 눈동자가 파르르 떨렸다. 코벨뿐 아니라 다른 알블―롭의 귀족들도 모두 동요했다.

[파이브 스피어가 진짜로 흐나흐 일족의 손에 있었구나.]

[아아아, 선조시여.]

알블―롭 일족이 크게 격동할 만했다. 파이브 스피어는 신왕 프사이가 죽은 뒤 알블―롭 일족을 지키고 보호했던 벨린다의 유품이기 때문이었다.

한편 이탄은 다른 시각으로 파이브 스피어를 바라보았다.

'벨린다의 오행주다. 저 법보의 원래 명칭은 파이브 스피어가 아니라 오행주야. 벨린다가 북명에서 가져온 법보지.'

이탄은 기억의 바다에서 벨린다의 오행주에 대한 정보도 획득했다.

벨린다의 최강 무기는 어디까지나 만랑회진이었다. 그러나 만랑회진은 법력과 마나의 소모가 극심하여 벨린다로서도 쉽게 펼칠 수가 없었다. 그래서 벨린다는 만랑회진을 가급적 자제하고, 대신 오행주를 주무기로 삼았다.

벨린다가 그릇된 차원에서 활동할 당시, 그녀는 서로 다른 속성을 가진 5개의 구슬을 몸 주변에 위성처럼 띄워놓고 적과 싸웠다. 이 다섯 구슬이 불과 물, 나무와 금속, 그리고 흙의 기운을 지닌 드래곤의 모습으로 변신하여 적들을 휘몰아쳤다.

일단 다섯 마리 드래곤이 등장하면 그것으로 끝.

어지간한 수준의 적들은 다섯 드래곤의 힘을 견디지 못하고 혼비백산하여 죽음을 맞이하게 되었다.

흐나흐 족이 알블—롭 일족에게 통보한 거래 목록 1번에는 '파이브 스피어 한 알' 이라는 문구가 똑똑히 박혀 있었다.

알블—롭의 대모와 귀족들은 그 문구를 읽고서도 쉽게 믿지 못하였다.

Chapter 2

[오래 전 알블—롭 일족이 쇠약해졌을 당시 유실되었던 벨린다의 유품이 어떻게 라이벌인 흐나흐 족의 손에 들어

갈 수가 있단 말인가요?]

[아마도 이건 간교한 흐나흐 놈들이 우리를 흔들어보려는 수작 같아요.]

열두 대모들은 모두 이렇게 주장했다.

한데 흐나흐 족의 통보는 사실이었다. 시칸의 손바닥 위에서 우아하게 회전 중인 저 구슬은 벨린다의 유품인 파이브 스피어가 분명했다. 알블—롭의 귀족들은 영혼을 통해 구슬에서 풍기는 선조의 그윽한 향기를 맡을 수 있었다.

시칸이 빙그레 웃었다.

[아시다시피 이 파이브 스피어는 알블—롭의 유산이지요. 그러니 어찌 제가 여러분들에게 제값을 요구하겠습니까? 원래는 더 많이 받아야 하지만, 이것이 알블—롭의 유산임을 알고 있기에 여러분들에게만 특별한 가격에 넘기겠습니다. 자, 코벨 님. 이제 이것과 교환할 물건을 보여주시지요.]

코벨이 신중하게 기시항을 불렀다.

[부단장님. 부탁드립니다.]

기시항이 자리에서 일어나 아공간의 문을 열었다. 이번 거래단의 단장은 코벨이지만, 거래를 주관하는 것은 기시항이 맡기로 약속이 되었다.

[알블—롭의 기시항이오. 미흡하나마 부단장인 이 늙은 이가 오늘 협상을 담당하기로 하였소이다. 흐나흐 일족의 시칸 님께서는 부디 코벨 단장님 대신 이 늙은이가 나서는 것을 용서하시구려.]

시칸은 대답 대신 고개만 살짝 끄덕였다.

상대의 동의가 떨어지자 기시항은 아공간 안에 손을 쑥 집어넣어 물건을 하나 불러왔다. 그리곤 그것을 꺼내어 시 칸에게 보여주었다.

직경 50센티미터 크기의 보라색 돌이 기시항의 손바닥 위에 떠올랐다. 울퉁불퉁한 돌로부터 음차원의 마나가 스 멀스멀 피어올랐다.

기시항이 설명했다.

[퍼플 스톤이외다. 음차원의 마나를 스스로 생산해내는 신비로운 돌.]

퍼플 스톤은 그릇된 차원의 모든 종족들이 눈에 불을 켜 고 찾는 보물이었다. 얼마 전 머룩이 토트 족과 거래를 할 때도 직경 30센티미터 크기의 퍼플 스톤을 꺼냈다가 상대 가 탐욕에 눈이 뒤집혀서 사달이 났었다.

퍼플 스톤은 그만큼 귀중한 물건이었다.

특히 기시항의 손에 들린 퍼플 스톤은 직경 50센티미터 나 되었다. 지금까지 세상에 알려진 그 어떤 퍼플 스톤도 이 정도로 크지는 않았다.

퍼플 스톤을 바라보는 시칸의 눈이 묘하게 변했다.

[호오? 훌륭하군요.]

기시항이 앞으로 내밀었던 퍼플 스톤을 다시 뒤로 당겼다.

[파이브 스피어는 우리 알블—롭 일족에게 아주 중요한 의미가 있소. 선조의 유산이 어쩌다가 흐나흐 일족의 손에 들어갔는지 모르겠으나, 우리는 그것을 되찾기를 원하외다.]

[아마도 오늘 그 소원을 이룰 수 있을 겁니다.]

시칸이 긍정적으로 대꾸했다.

기시항의 의도는 그게 아니었다.

[하지만 파이브 스피어는 역사적인 의미 외에 그 자체가 효능을 발휘하지는 못하외다. 파이브 스피어가 위력을 발휘하려면 5개의 스피어가 모두 모여야 하는데, 안타깝게도 오래 전에 파이브 스피어 가운데 하나가 깨져버렸소이다.]

이것은 숨겨진 역사였다. 시칸도 이런 정보는 알지 못했다.

기시항이 씁쓸하게 뇌까렸다.

[깨진 것을 다시 붙일 수는 없지. 이제 파이브 스피어의 전설은 한낱 전설로만 남은 셈이오. 후우우.]

[그 말씀은, 이제 알블─롭 일족에게는 파이브 스피어가 필요 없다는 뜻입니까?]

시칸이 기사항을 빤히 쳐다보았다.

기사항은 고개를 가로저었다.

[아니오. 솔직히 말씀드려서 우리 알블─롭 일족은 어떻게든 시칸 님이 갖고 계신 그 파이브 스피어를 손에 넣고 싶소이다. 고귀한 선조의 유산을 어찌 다른 종족의 손에 남겨두겠소이까? 그래서 가급적이면 그걸 거래하고 싶소이다. 다만…….]

[다만?]

[다만, 우리 입장에서는 오로지 역사적 의미만 남은 파이브 스피어를 이 귀중한 퍼플 스톤과 맞바꿀 수는 없지 않겠소이까?]

기시항은 과연 노련했다. 그는 말 몇 마디만으로 파이브 스피어의 가치를 낮추고 퍼플 스톤의 가치를 높였다.

한편 기시항을 상대하는 시칸도 노련한 협상가였다. 시칸은 웃음을 잃지 않았다.

[기시항 님, 그럼 어떻게 거래하면 좋겠습니까?]

[시칸 님께서 2번과 3번 거래 품목들을 계속 보여주시지요. 그렇게 쏟아져 나온 물품들의 가치가 퍼플 스톤과 비슷해졌다 싶을 때 제가 스톱을 외치겠습니다. 그 다음 양쪽 물

건들을 저울질한 다음 최종 결정을 내리면 어떻겠소이까?]

이건 일방적으로 알블─롭에게 유리한 방식이었다. 알블─롭의 귀족들은 시칸이 이 제안에 응할 리 없다고 생각했다.

의외로 시칸은 기시항의 제안을 받아들였다.

[그거 좋은 아이디어군요. 그럼 저희가 준비한 두 번째 품목을 보여드리겠습니다.]

시칸이 뒤를 돌아보았다.

시칸의 뒤에 시립해 있던 흐나흐 족 전사가 다시 아공간 박스를 열었다.

이번에 튀어나온 것은 단검 크기의 뿔이었다.

시칸이 뿔을 받아 허공으로 던졌다.

부와악─.

단검 크기이던 뿔이 눈 깜짝할 사이에 산맥처럼 거대하게 변했다. 무려 수십 킬로미터가 넘는 뿔 표면에는 신비로운 기운이 넘실거렸다. 뿔 표면에 돋아 있는 상어의 이빨들이 딱딱딱 소리를 내었다.

[헉! 최상급 리노의 뿔.]

코벨이 헛바람을 집어삼켰다.

흐나흐 일족이 알블─롭에게 통보한 목록 2번에는 '리노의 뿔'이라는 문구만 있었다. 등급은 적혀 있지 않았다.

그런데 이제 보니 최상급이었다. 이건 정상적으로는 거래도 되지 않는 희귀품 중의 희귀품이었다.

리노 일족은 그릇된 차원 전체를 통틀어서 다섯 손가락 안에 꼽히는 최강의 지배 종족이었다. 그 리노 일족에서도 귀족을 뛰어넘어 왕의 재목이라 불릴 정도는 되어야 최상급의 뿔을 연마해낼 수 있었다.

이렇게 만들어진 최상급 뿔은 오직 리노 일족의 후손들에게만 전수되었다. 리노들은 최상급 뿔을 절대 타 종족에게 내주지 않았다.

따라서 타 종족이 최상급 리노의 뿔을 가지는 경우는 딱 하나뿐이었다.

전쟁을 통해 왕급 리노 족을 죽이고 강제로 뿔을 빼앗은 경우.

이것 외에는 최상급 리노의 뿔이 밖으로 나돌 수가 없었다.

'흐나흐 족이 이토록 강성해졌단 말인가? 왕급 리노 족을 죽이고 최상급 뿔을 빼앗을 정도로 대단해졌어?'

'우리와 격차가 더 벌어졌구나.'

알블―롭의 귀족들은 가슴이 철렁했다.

Chapter 3

한때 흐나흐는 알블―롭의 지배를 받던 종족이었다. 때로는 흐나흐가 알블―롭을 압도하기도 하였지만, 곧이어 알블―롭이 전세를 다시 역전하곤 했다. 양 종족은 역사적으로 늘 엎치락뒤치락했다.

'그러던 라이벌이 이제는 우리가 바라볼 수도 없는 곳으로 날아올랐구나. 반면 우리 알블―롭은 땅바닥으로 추락했어.'

코벨은 속이 쓰렸다.

코벨뿐 아니라 알블―롭의 다른 귀족들도 모두 자존심이 상했다.

시칸이 검지를 위로 들어 하늘에 떠 있는 거대한 뿔을 가리켰다. 그러면서 그는 기시항에게 물었다.

[기시항 님, 어떻습니까? 파이브 스피어에 최상급 리노의 뿔을 얹으면 퍼플 스톤과 균형이 맞겠습니까?]

기시항이 꿀꺽 침을 삼켰다.

물론 퍼플 스톤은 세상에 둘도 없는 보물이었다.

하지만 그것은 최상급 리노의 뿔도 마찬가지였다. 이 가운데 어느 것이 더 값비싼 물건인지는 개인마다 의견이 갈렸다.

결국 기시항이 시칸의 말에 수긍했다.

[파이브 스피어와 최상급 리노의 뿔이라면 저희가 준비한 퍼플 스톤에 못지않지요. 이 늙은이가 보기에는 균형이 맞는 듯한데, 흐나흐 일족의 의견은 어떻소이까?]

시칸이 동료들을 둘러보았다.

흐나흐 족의 귀족들은 모든 협상을 시칸에게 일임했다는 듯이 미동도 하지 않았다.

짝짝짝.

시칸이 손뼉을 쳤다.

[좋습니다. 이것으로 첫 거래를 하십시다. 우리는 파이브 스피어와 최상급 리노의 뿔을 드리겠습니다. 그리고 퍼플 스톤을 대가로 받겠습니다.]

시칸의 말이 떨어지기 무섭게 허공에 둥실 떠 있던 산맥 크기의 뿔이 단검처럼 조그맣게 줄어들었다.

상아색 뿔과 하얀 구슬이 기시항을 향해 스르륵 날아왔다.

기시항도 마주 손을 뻗었다. 그러자 보라색 퍼플 스톤이 시칸을 향해 부드럽게 날아갔다.

시칸은 퍼플 스톤을 받아서 뒤로 넘겨주었다. 흐나흐 족의 전사가 퍼플 스톤을 아공간 박스 속에 잘 보관했다.

기시항도 파이브 스피어와 최상급 리노의 뿔을 아공간의

문 안에 집어넣었다.

시칸이 살짝 웃었다.

[후후훗. 이제 첫 거래를 했으니 이 다음부터는 더욱 수월하겠지요. 이제 알블―롭 일족에서 먼저 물건을 보여주시지요. 거래 목록의 두 번째 항에 기록된 물건 말입니다.]

[그럽시다.]

기시항이 지체 없이 손을 뻗었다. 기시항은 아공간의 문 속에서 나무뿌리를 하나 꺼내었다. 거무튀튀한 뿌리는 마치 살아 있는 산낙지처럼 꿈틀거리며 기시항의 손등과 팔뚝을 휘감았다.

기시항이 설명을 했다.

[최상급 수프리 나무의 뿌리외다. 이 늙은이가 알기로 상급 수프리 나무의 뿌리는 여러 행성에 제법 퍼져 있지요. 하지만 최상급 뿌리는 거의 알블―롭 일족의 밖으로 나간 적이 없소이다. 최상급과 상급의 차이는 흐나흐 일족에서도 잘 알고 계실 것으로 생각됩니다만.]

시칸이 기시항의 말에 동의했다.

[그렇지요. 상급 수프리 나무의 뿌리야 사실 쓸모가 뭐가 있겠습니까? 그것들은 그저 최상급 뿌리를 만들기 위해 모으는 재료에 불과하지요. 하지만 최상급 뿌리부터는 전혀 다르지 않습니까? 최상급 뿌리로는 스스로 결함을 메우고

영역을 확장해가는 살아 있는 방어구를 만들 수 있지요. 또한 직경 수백 킬로미터에 달하는 걸어 다니는 나무 성채를 만들 수도 있고요. 잘만 하면 나무로 가득 찬 행성을 만드는 것도 가능하다지요?]

[허헛. 역시 시칸 님은 해박하시구려. 시칸 님의 말씀이 죄다 맞소이다.]

기시항이 시칸을 추켜세웠다.

시칸이 뒤를 향해 턱짓을 했다.

[꺼내라.]

[네. 시칸 님.]

흐나흐의 전사가 아공간의 박스 속에서 세 번째 물건을 꺼냈다. 이건 이탄에게도 익숙한 물건이었다.

부와악—.

검은 등껍질이 아공간 박스에서 튀어나왔다. 등껍질은 등장과 동시에 수십 킬로미터 크기로 확장되어 하늘을 가득 채웠다. 등껍질의 표면 홈을 따라서 황금빛 액체가 신비롭게 흘렀다.

기시항이 감탄했다.

[허어. 이건 토트 일족의 최상급 등껍질이로군요.]

[그렇습니다. 제가 볼 땐 최상급 수프리 나무의 뿌리와 교환하기에 알맞을 듯한 물품입니다. 혹시 기시항 님의 생

각은 어떠십니까?]

최근 알블—롭 일족은 방어력 증강이 반드시 필요했다. 물론 최상급 수프리 나무의 뿌리도 좋은 방어도구가 될 수 있겠지만, 방어력만 놓고 보면 토트 족의 최상급 등껍질에 비할 바가 아니었다.

다시 말해서 이 최상급 등껍질은 알블—롭에게 꼭 필요한 재료였다. 만약 시칸이 이 점을 집요하게 공략하면 알블—롭 일족은 한 수 양보할 수밖에 없었다.

한데 시칸은 약점을 공략하지 않았다.

'왜 그러지? 정말로 흐나흐 족이 우리 알블—롭과 우호적 관계를 맺기를 원하나? 그래서 통 크게 양보를 하는 겐가?'

코벨이 의문을 품었다.

'이상하네?'

알블—롭의 다른 귀족들도 모두 비슷한 생각을 했다.

기시항이 선뜻 고개를 주억거렸다.

[좋습니다. 시칸 님의 말씀처럼 이 두 가지 물건을 서로 맞바꿉시다.]

[역시 기시항 님은 말이 잘 통하는군요. 후훗.]

시칸이 손을 앞으로 뻗었다.

스르륵~.

하늘에 떠 있던 거대한 등껍질이 1미터 크기로 줄어들어 기시항에게 날아왔다.

기시항의 손에 찰싹 달라붙어 꿈틀거리던 최상급 수프리 나무뿌리는 반대로 시칸에게 날아갔다.

Chapter 4

짝짝짝.

시칸이 또 다시 박수를 쳤다.

[자, 이제 두 번째 거래도 이루어졌네요. 다음 세 번째는 제가 먼저 물건을 보여드리겠습니다. 후후훗.]

촤악!

흐나흐 족의 전사가 아공간 박스 속에서 꺼낸 것은 한 줌의 검은 모래였다. 전사는 모래를 두려워하는 듯이 황급히 허공에 뿌리고 뒤로 물러섰다. 허공에 퍼진 검은 모래가 살아 있는 생명체처럼 서로 뭉쳐서 꿈틀꿈틀 움직였다.

'헉! 다크 샌드(Dark Sand: 어둠의 모래).'

코벨이 자리에서 벌떡 일어났다.

알블—롭의 다른 귀족들은 영문을 몰라 코벨만 쳐다보았다.

코벨은 소매로 진땀을 훔치며 다시 자리에 앉았다.

[송구합니다. 제가 그만 못난 꼴을 보였군요.]

다크 샌드는 세상에 거의 그 존재가 알려져 있지 않은 물질이었다. 하지만 코벨은 일찍이 이 해괴한 모래의 무서움에 대해서 배운 바가 있었다.

다크 샌드는 생명체의 살 속으로 파고들어 꼭두각시로 만들어 버린다. 상대 생명체가 제아무리 강자라고 해도 다크 샌드의 침투를 막을 수는 없었다. 귀족은 물론이고 신녀나 왕급 존재들도 다크 샌드에 노출되면 즉시 꼭두각시로 변했다.

그것도 다크 샌드 알갱이 하나하나가 생명체 하나씩을 꼭두각시로 만들었다. 한 줌의 다크 샌드라면 왕급 존재 수만 명을 꼭두각시로 만들 수도 있는 양이었다.

코벨은 흐나흐 족이 두려웠다.

'대체 무슨 의도야? 저 분량의 다크 샌드를 뿌리면 이 자리에 나온 우리 10명을 모두 꼭두각시로 만들어 버릴 수도 있잖아? 그런데 저 다크 샌드를 거래 품목으로 내놓는다고?'

가능성은 두 가지였다.

흐나흐 족이 뭔가 노리는 바가 있던가.

아니면 다크 샌드의 진정한 가치를 알지 못하고 거래 품목에 올렸던가.

'만약 후자라면? 그렇다면 어떻게든 다크 샌드를 손에 넣어야 해. 우리가 가진 모든 물품들을 다 내놓더라도 다크 샌드를 얻어야 한다고.'

코벨은 흐나흐 족이 통보한 거래 목록을 빠르게 훑었다.

4번 항목에 적힌 문구는 다음과 같았다.

블랙 샌드(Black Sand: 검은 모래).

블랙 샌드는 곤충떼처럼 허공에 퍼져서 적들을 몰살시키는 무서운 공격 무기였다. 블랙 샌드 한 줌이면 10명이 넘는 귀족들도 상대할 만했다.

이처럼 블랙 샌드는 가치가 높은 물질이지만, 감히 다크 샌드에 비할 바는 아니었다. 코벨의 눈동자가 파르르 흔들렸다.

'저게 블랙 샌드라고? 아니야. 저건 분명 전설 속의 다크 샌드야. 그런데 왜 흐나흐 족이 다크 샌드를 블랙 샌드라고 표시했지? 설마 저들이 다크 샌드의 정체를 알아보지 못한 것일까?'

코벨의 심장이 갑자기 두근두근 뛰었다.

이것도 가능성은 충분했다. 다크 샌드는 세상에 등장한 적이 거의 없는 전설적인 물질이었다. 당연히 다크 샌드를 감별할 수 있는 자도 전무하다시피 했다.

심지어 알블—롭의 귀족들 가운데 최고 연장자인 기시항도 다크 샌드에 대해서 모르는 눈치였다.

코벨은 비로소 이 상황이 이해가 되었다.

'이거 참. 내가 너무 새가슴이 되었구나. 오래 전에 내가 기억의 바다에서 획득한 정보가 아니었다면 나도 다크 샌드에 대해서 알지도 못했겠지. 그러면 나도 저 검은 모래를 블랙 샌드라고 착각했을 게야.'

그렇다면 이것은 더더욱 좋은 기회였다. 전설의 물질 다크 샌드를 블랙 샌드의 가격에 살 수 있는 절호의 찬스 말이다.

기시항이 시칸과 협상을 시작했다.

[에헴헴. 블랙 샌드는 분명 뛰어난 물질이지요. 공격용으로 쓰기에 딱 적합하외다. 하면 우리가 준비한 물건을 보여 드리리다.]

기시항이 아공간의 문에서 새장을 하나 꺼냈다. 유리로 만들어진 새장 안에는 시뻘겋게 타오르는 불새가 한 마리 날아다녔다. 불새의 크기는 불과 30센티미터 정도였다.

삐이류류류—.

불새가 유리 새장 안에서 구슬프게 울었다.

시칸이 불새의 정체를 알아보았다.

[이건 플라모의 귀족이로군요.]

[맞소이다. 플라모의 귀족을 생포하여, 그 지능을 빼앗고 오로지 새의 모습으로만 존재하도록 가공을 했소이다.]

기시항은 잔인한 이야기를 서슴지 않고 내뱉었다. 그리곤 부연설명을 덧붙였다.

[아시다시피 플라모의 불새는 결코 쉽게 구할 수 있는 게 아니외다. 일단 이 불새를 한번 길들이기만 하면 공격용 펫(애완동물)으로 쓰기에 둘도 없지요. 흐흐흐.]

이탄이 새장 속의 불새를 힐끗 보았다.

얼마 전 이탄은 아일라를 도와서 플라모 족의 귀족을 사로잡은 적이 있었다. 헤메라라는 이름의 여귀족이었다.

한데 그 여귀족이 지능을 잃은 채 새장 속에 갇힌 불새가 되어버렸다. 1,501살이나 먹은 고고한 여귀족이 타 종족의 애완동물이 될 처지에 빠진 것이다.

시칸이 눈을 반짝 빛냈다.

[블랙 샌드와 불새를 맞바꾸시겠습니까?]

기시항은 고개를 가로저었다.

[허헛. 이 늙은이도 생각 같아서는 그리 바꿔드리고 싶구려. 하지만 블랙 샌드보다는 불새의 활용도가 더 높지 않겠

소? 저울추가 한쪽으로 기운 듯하니 조금만 더 뭔가를 얹어서 균형을 맞춰주시구려. 허허헛.]

기시항은 과연 노련했다.

이쯤 되면 시칸도 슬슬 부아가 치밀 법도 했다. 그런데 시칸은 순순히 기시항의 요구에 응했다.

[흐으음. 그러시다면 음혼석으로 한 번 균형을 맞춰볼까요? 블랙 샌드에 상급 음혼석 2개를 얹으면 어떻겠습니까?]

흐나흐 족의 전사가 아공간 박스 속에서 상급 음혼석 2개를 꺼냈다. 음혼석 속에서 노란 전하가 힘차게 뛰놀았다.

기시항이 한 발짝 더 요구했다.

[허헛. 그것도 좋습니다만, 거기에 음혼석 하나만 더 얹어주시면 안 되겠소? 허허헛.]

[에이. 그럽시다.]

시칸이 또다시 양보했다.

블랙 샌드 한 줌과 상급 음혼석 3개가 기시항에게 날아왔다.

그에 맞서서 알블—롭 일족은 불새 헤메라를 새장째 시칸에게 내주었다.

Chapter 5

이제 양 종족은 네 번째 거래에 돌입했다.

기시항이 먼저 아공간의 문 속에서 여우의 두개골을 꺼냈다. 머리 양쪽에 2개의 뿔이 멋들어지게 돋아난 두개골이었다.

[흐나흐 일족 선조님의 유골이외다.]

기시항은 조심스럽게 말을 꺼냈다. 흐나흐 족의 입장에서는 선조의 두개골이 거래 품목에 올라온 것이 기분 나쁠 수도 있었다.

시칸이 쿨하게 답했다.

[알고 있습니다. 알블—롭에서 통보한 목록 중에 우리 선조님의 유골이 들어 있더군요. 우리 흐나흐 일족의 입장에서 이것은 어떻게든 받아내야 하는 품목입니다.]

말은 이렇게 덤덤하게 하였지만, 시칸의 눈빛 속에는 가공할 만한 열망이 이글거렸다. 하지만 그 눈빛은 나타나자마자 곧바로 다시 사라졌다.

짝! 짝! 짝!

시칸이 손뼉을 세 번 쳤다.

흐나흐 족의 전사가 아공간의 박스 속에서 두 가지 물건을 꺼냈다.

하나는 검붉은 해머.

다른 하나는 흑금 한 궤짝이었다.

시칸이 이 물건들에 대해서 설명했다.

[이 해머는 알아보는 분도 계실 겁니다. 오래 전 알블—롭의 왕급 재목이었던 선조가 아끼던 병기지요. 해머의 핵은 구아로 일족의 뼈로 만들었고, 거기에 흑금과 청금을 잔뜩 입혀서 제련한 물건입니다. 알블—롭의 귀족이라면 이무기를 손에 드는 것만으로도 무력이 급증할 겁니다.]

시칸의 말은 사실이었다. 사실 이 해머는 알블—롭의 유력 가문인 오스트 가의 선조가 만든 무기였다.

그 선조는 살아생전 왕급 재목이라 칭송을 받았다. 그런만큼 무력도 뛰어났고 무기를 만드는 재능도 뛰어났다.

그 선조가 죽은 이후로 그의 해머는 오스트 가문의 가보로 전해져 내려왔다. 그러다 알블—롭이 타 종족과의 전쟁에서 크게 패퇴했을 때 해머도 유실되었다.

바로 그 해머가 시칸의 손바닥 위에 둥실 떠서 빙글빙글 회전하고 있었다.

[오스트의 해머. 으으음.]

기시항이 해머를 바라보며 신음을 흘렸다.

흐나흐 족의 통보한 목록에는 이것이 그저 '알블—롭 선조의 유품 해머'라고만 기술되었다. 그래서 알블—롭의 귀족들은 이 거래 품목이 그 유명한 오스트의 해머일 거라고는 미처 생각하지 못했다.

알블—롭의 귀족들이 놀라거나 말거나 시칸은 흑금 궤짝의 뚜껑을 활짝 열어젖혔다.

[자. 이 궤짝 안에는 흑금 1천 킬로그램이 담겨 있습니다. 해머와 흑금 1천 킬로그램으로 저희 선조님의 유골을 돌려받기를 원합니다.]

[허어?]

[진짜로?]

알블—롭의 귀족들이 일제히 탄성을 흘렸다.

누가 봐도 이것은 알블—롭에게 일방적으로 유리한 거래였다. 흐나흐 족 선조의 유골이 정서적으로 중요하다고 하지만, 오스트의 해머는 그보다 더 큰 의미를 지녔다. 이 두 가지를 그냥 맞바꾸어도 흐나흐 족이 큰 손해였다. 그런데 흐나흐 족은 거기에 흑금을 무려 1천 킬로그램이나 덧붙였다.

기시항이 냉큼 거래를 받았다.

[좋소이다. 시칸 님은 정말 시원시원하시구려. 허허헛. 우리 알블—롭 일족은 시칸 님이 말씀하신 조건으로 거래하리다.]

기시항의 말이 떨어지기 무섭게 뿔 달린 여우의 두개골이 시칸에게 날아갔다.

시칸은 오스트의 해머와 흑금 한 궤짝을 기시항에게 보내주었다.

'이게 웬 횡재냐?'

'허어. 그 귀한 오스트의 해머를 이렇게 쉽게 되찾을 줄이야.'

'흐나흐 족이 정말 물건 볼 줄 모르는구나. 오스트의 해머를 알아보지도 못하네.'

알블―롭의 귀족들은 표정 관리를 하느라 바빴다. 억지로 웃음을 참느라 귀족들의 입가가 움찔움찔 씰룩거렸다.

그러느라 알블―롭의 귀족들은 보지 못했다. 뿔 달린 여우의 두개골을 손에 넣은 순간, 시칸의 눈빛이 강한 이채를 뿌렸다.

'멍청한 것들. 이 유골이 무엇인지 알지도 못하겠지? 후후훗.'

시칸은 속으로 알블―롭의 귀족들을 비웃었다.

다섯 번째 거래를 맞아 시칸이 제안을 하나 했다.

[자, 이제 다섯 번째 거래를 할 차례군요. 목록을 보아하니 이번 거래 이후로는 양쪽 모두 아주 귀한 물건은 없는 듯합니다. 그러니 여섯 번째 거래부터는 물건 하나씩 거래하지 말고 여러 물품들을 우르르 쌓아놓은 다음 뭉텅이로

시원시원하게 교환을 하면 어떻겠습니까?]

시칸의 말대로였다. 알블—롭 일족은 이제 최상급의 물건들은 거의 동이 났다. 그 이후 상급 물건들은 일일이 하나하나 거래를 하기에는 양이 너무 많았다.

기시항이 시칸의 제안에 응했다.

[좋소. 시칸 님의 뜻에 따르겠소.]

[그럼 이제 다섯 번째 거래를 합시다. 우리 흐나흐 일족이 준비한 물건은 바로 이것입니다.]

원래 흐나흐 족이 알블—롭에 통보한 목록에는 '토템'이 적혀 있었다.

흐나흐 족의 전사가 아공간 박스에서 꺼낸 물건도 토템이 맞았다. 최상급 수프레 나무의 뿌리를 깎아 늑대의 모양을 잡고, 표면에 각종 영험한 문양들을 새겨 넣었으며, 그 속에 수천 수만의 늑대 혼백을 불어넣은 토템.

놀랍게도 이 토템은 신왕 프사이가 남긴 유품이었다. 신왕이 전설의 천랑회진을 펼칠 때 사용하던 그 토템 말이다.

[헉! 신왕님의 토템이라니!]

코벨이 벌떡 일어났다.

[신왕님의 토템?]

[오오오, 어찌 이것이!]

[이럴 수가.]

[말도 안 돼.]

이탄을 제외한 알블―롭의 아홉 귀족들이 모두 자지러졌다.

그도 그럴 것이, 신왕의 토템은 그 자체가 값을 매길 수 없는 보물 중의 보물이었다. 이 토템을 손에 넣을 수만 있다면 알블―롭 일족은 그 어떤 희귀 재료도 모두 내놓을 것이다.

사실 알블―롭의 삼신녀들은 기억의 바다 속에서 이미 천랑회진의 비법을 찾아낸 상태였다. 다만 천랑회진에 필요한 늑대 토템을 어떻게 만드는 것인지, 오직 그 부분만이 공백이었다.

'만약 오늘 우리가 저 늑대 토템만 손에 넣으면 삼신녀 님들께서 전설 속의 천랑회진을 재현하실 수 있어. 그러면 우리 알블―롭은 추락을 멈추고 다시 화려하게 비상할 게다. 오오오오오!'

코벨은 가슴이 벅찼다.

슈이림의 눈가가 감격으로 푸들푸들 떨렸다.

아일라는 아예 눈물을 주르륵 흘렸다.

Chapter 6

협상을 할 때 이렇게 감정을 드러내는 것은 바보짓이었다. 알블—롭의 귀족들은 그 사실을 잘 알면서도 감정을 추스르지 못했다. 알블—롭의 귀족들에게 있어서 신왕의 토템은 그 자체가 하나의 신앙이었다.

시칸이 배시시 웃었다.

[후훗. 아시다시피 이것은 신왕 프사이 님이 남기신 늑대 토템입니다.]

지금까지 시칸은 알블—롭 일족과 거래를 하면서 많이 양보했다. 다크 샌드나 오스트의 해머와 같은 것들은 가치를 제대로 파악하지 못하고 헐값에 넘긴 것처럼 보였다. 그래서 알블—롭의 귀족들은 시칸이 무척 허술하다고 여겼다.

하지만 그런 시칸이 신왕의 토템을 언급할 때는 전혀 허술하지 않았다. 시칸은 신왕의 토템이 알블—롭 일족에게 어떤 의미가 있는지 확실하게 꿰뚫어 보았다.

[다들 알아보시겠지요? 알블—롭 일족에게 이 토템이 얼마나 중요한 것인지를 말입니다. 저는 이 토템을 결코 헐값에 넘길 마음이 없습니다. 제가 그런 짓을 한다면, 그것은 위대한 신왕 프사이 님의 명성에 먹칠을 하는 셈이기도

하니까요.]

[으으음.]

시칸의 말에 알블─롭의 귀족들이 침을 꿀꺽 삼켰다.

시칸이 여유롭게 협상을 개시했다.

[자. 이제 알블─롭 일족의 뜻을 물어보겠습니다. 무엇으로 이 토템과 거래를 하시겠습니까? 당연히 한두 가지 물건 만으로 이 토템의 가치를 감당하기는 힘들 겁니다. 알블─롭 일족은 계속해서 물건을 협상 테이블에 올려놓으시기 바랍니다. 그러다 제가 느끼기에 균형이 맞다 싶으면 스톱을 하겠습니다.]

이것은 맨 처음 기시항이 퍼플 스톤을 거래할 때 사용했던 방법이었다. 시칸은 기시항의 방법을 그대로 다시 되돌려주었다.

[끄으으음.]

기시항의 표정이 굳었다.

코벨의 얼굴은 하얗게 질렸다.

'무엇을 내놓는단 말인가? 과연 우리가 무엇으로 신왕님의 토템을 산단 말인가?'

이윽고 무언가를 결심한 듯 코벨이 입술을 꽉 깨물었다.

'그래도 사야 해. 다른 것도 아니고 신왕님의 토템이라고. 저건 무조건 사야 해. 그 어떤 대가를 치르더라도.'

코벨은 머릿속이 복잡했다. 그는 여러 가지 생각을 한 끝에 기시항과 슈이림의 뇌에만 들리도록 속삭였다.

[기시항 선배님, 단장으로서 내린 결정입니다. 이번 거래에 모든 것을 다 쏟아부으십시오. 지금까지 우리가 거래한 모든 것들, 최상급 리노의 뿔이나 토트 족의 등껍질, 블랙샌드, 심지어 오스트의 해머와 파이브 스피어까지 내주셔도 됩니다. 신왕님의 토템은 무조건 잡아야 하는 물건입니다.]

[알겠네, 단장. 우리가 가진 모든 것을 내주는 한이 있더라도 저건 잡겠네.]

기시항이 남몰래 대답했다.

코벨은 슈이림에게도 몰래 의견을 전달했다.

[슈이림. 내가 자네에게 묻겠네. 만약에 우리가 모든 것을 내주었는데도 상대가 만족을 못 하면? 그럼 자네는 이대로 신왕님의 토템을 포기하겠는가?]

코벨의 말이 천둥이 되어서 슈이림의 뇌에 꽂혔다.

[그 말씀은?]

슈이림이 눈을 번쩍였다.

기시항도 놀란 듯 코벨을 보았다.

코벨이 테이블 밑에서 주먹을 꽉 움켜쥐었다.

[우선은 기시항 선배님을 믿고 거래를 해봐야지. 그리고

나도 숨겨둔 한 수가 있다네. 그런데 만약 흐나흐 족이 끝까지 만족을 못 하고 과욕을 부린다면? 그래서 거래를 거부한다면? 그럼 자네는 신왕님의 토템을 포기할 수 있겠는가?]

[그건!]

슈이림은 쉽게 대답하지 못했다.

코벨이 확고하게 자신의 의사를 피력했다.

[나는 그리는 못하겠네. 신왕님의 토템은 우리 일족의 희망이자 신앙이야. 우리가 그걸 놓칠 수는 없어.]

[단장님, 무슨 말씀인지 이해했습니다.]

슈이림이 짧게 고개를 끄덕였다.

기시항도 코벨의 말에 침묵으로 동의했다.

이들의 작당 모의를 아는지 모르는지 시칸은 묘한 표정을 지었다. 시칸이 기시항을 재촉했다.

[기시항 님, 자 제안을 해보시지요. 알블―롭 일족에서는 무엇으로 신왕 프사이 님의 토템을 구매하시렵니까?]

기시항은 자신의 아공간 문 속에 두 손을 다 집어넣었다. 그 다음 물건을 한 꾸러미나 끄집어내었다.

[퍼플 스톤 3개.]

기시항의 손에서 30센티미터 크기의 퍼플 스톤이 3개나 나왔다.

사실 이 퍼플 스톤들은 거래 목록에 없는 것들이었다. 그 저 만약의 경우 상대가 아주 귀한 물건을 내놓았을 때 필요할 것 같아 가지고 온 것뿐이었다.

시칸이 검지를 좌우로 까딱였다.

[후훗. 설마 퍼플 스톤 3개로 신왕 프사이 님의 토템을 살 수 있다고 믿으시는 것은 아니겠지요?]

기시항이 희미하게 미소를 뿌렸다.

[설마 그럴 리가 있겠소? 여기에 최상급 토트 족의 등껍질 2개를 얹으리다.]

최상급 등껍질 2개 가운데 하나는 조금 전 거래를 통해 알블—롭 족이 획득한 물품이었다. 다른 하나는 머론 가문에서 제출한 것이었다.

[그리고 또요?]

시칸은 아직 만족하지 않았다.

[최상급 수프리 나무의 뿌리 2개.]

기시항은 최상급 수프리 나무의 뿌리를 2개 더 꺼냈다. 이것 또한 목록에는 없던 비상용 물건들이었다.

[그리고 또요?]

[후우—.]

기시항이 한숨을 내쉬었다. 그 다음 조금 전 거래에서 얻은 최상급 리노의 뿔을 다시 그 위에 얹었다.

[하아. 최상급 리노의 뿔이외다.]

[그리고 또요?]

시칸은 탐욕스러웠다.

아니, 시칸이 탐욕스럽다기보다는 신왕의 토템이 그만큼
가치가 높았다.

제7화
파국

Chapter 1

기시항이 좀 더 물건을 보탰다.

[청금 1,500킬로그램과 흑금 1,000킬로그램이외다. 여기에 블랙 샌드와 흑금 한 궤짝, 그리고 이 해머도 다시 얹겠소.]

기시항은 오스트의 해머까지 내놓았다.

그래도 시칸은 고개를 가로저었다.

[그리고 또요? 아직은 부족합니다. 많이 부족합니다.]

[상급 음혼석 360개.]

[에이. 기시항 님도 참. 벌써 음혼석이 나옵니까? 알블—롭의 재산이 고작 이것뿐입니까? 더 보여주시지요.]

시칸이 기시항의 자존심을 긁었다.

기시항이 눈을 찌푸렸다.

[커험. 시칸 님, 그 밖의 것들은 잡다할 뿐이외다. 적린석도 있고 중급 음혼석도 있고, 플라모 족의 깃털 수천 개, 상급 수프리 나무의 뿌리도 일곱 가닥이 있소. 하지만 이런 것들을 죄다 얹어도 시칸 님은 만족하지 못하시겠지?]

기시항이 말을 꺼낼 때마다 그의 아공간 문 속에서 무수히 많은 물건들이 튀어나왔다. 기시항이 앞에 얹은 것들에 비해서 이런 것들은 양은 많지만 가치는 떨어졌다.

심지어 기시항은 알블—롭의 9개 귀족 가문의 물건들까지 모두 꺼내놓았다. 이탄이 투자한 것들, 즉 눈알 달린 지팡이와 음혼석도 여기에 포함되었다. 한 마디로 말해서 기시항은 호주머니 속의 세세한 것까지 탈탈탈 털었다.

[흐음.]

시칸이 눈앞에 산더미처럼 쌓인 물건들을 냉랭하게 쳐다보았다.

'제발. 제바알—.'

코벨이 조마조마한 마음으로 시칸을 응시했다.

시칸이 툭 내뱉었다.

[혹시 더 없습니까? 이것만으로는 균형을 맞추기에 부족합니다.]

[시칸 님.]

기시항이 안타깝게 시칸을 불렀다.

시칸이 냉정하게 고개를 가로저었다.

[더 없으면 다섯 번째 품목은 거래하지 않겠습니다. 기시항 님, 꺼내놓으신 물건들을 다시 거두시지요.]

[시칸 님.]

기시항이 다시금 목청을 높였다. 기시항의 주름 진 목살이 푸들푸들 흔들렸다.

시칸은 눈 하나 깜짝하지 않았다.

[기시항 님, 굳이 다섯 번째 거래가 무산되었다 하더라도 오늘 이미 우리는 네 번의 거래를 성공적으로 마쳤습니다.]

[끄응.]

[저는 그것만으로도 양 종족은 큰 이득을 보았다고 생각합니다. 이어서 나머지 잡다한 물건들을 거래하면 되겠지요. 다섯 번째 거래가 하나 무산되었다고 해서 무엇이 문제입니까? 아니 그렇습니까?]

이것은 시칸의 말이 옳았다. 앞의 네 번의 거래를 통해서 알블—롭은 충분히 대단한 성과를 거두었다. 이어서 나머지 잡다한 물건들을 거래하면 알블—롭 일족의 이익은 더더욱 커질 것이다.

하지만!

하지만 신왕 프사이의 토템을 눈앞에서 보고 어찌 포기한단 말인가? 알블—롭 일족에게 신앙과도 같은 그 토템을 보고 어떻게 마음을 접는단 말인가? 알블—롭 귀족들의 눈에 핏발이 곤두섰다.

[크으으읏.]

코벨의 얼굴이 푸들푸들 떨렸다.

[우흐흑. 흐흐흑. 안 돼.]

아일라는 늑대 모양의 토템을 바라보면서 하염없이 눈물을 흘렸다.

슈이림과 카이림은 두 주먹을 불끈 쥐었다. 그들의 주먹에 힘줄이 투두둑 돋았다.

머록이 치를 떨었다. 머록의 얼굴에는 늑대의 털이 솟구치기 시작했다. 입도 점점 튀어나오고 수인화를 할 기미가 보였다.

티핀도 어쩔 줄 몰라서 얼굴이 붉으락푸르락 변했다.

마침내 시칸이 부하에게 턱짓을 보냈다.

[토템을 다시 넣어.]

[넵. 시칸 님.]

흐나흐 족의 전사는 시칸의 명에 따라 신왕의 토템을 다시 아공간 박스 속에 넣었다.

바로 그때였다.

[잠깐만.]

코벨이 손바닥을 들었다.

시칸이 고개를 갸웃했다.

[코벨 님. 왜 그러십니까?]

[시칸 님. 잠깐만. 잠깐만 기다려 주십시오.]

코벨은 잠시 시간을 번 뒤, 기시항의 뇌에 속닥였다.

기시항이 흠칫했다.

[뭣? 그게 정말인가? 코벨 단장. 정말 삼신녀님께서 그 것을 내주셨다고? 아니, 그 전에 그것을 삼신녀님께서 복원해 내셨다고?]

[제가 선배님께 굳이 왜 거짓말을 하겠습니까? 이곳으로 출발하기 전 날, 삼신녀님께서 급하게 보내주신 물건이 제게 도착했습니다. 물론 이것은 거래를 위한 물건은 아닙니다. 다만 아주 긴급하게 구매해야 할 물건이 나타났을 때 혹시라도 필요할까 봐 비상용으로 가져온 겝니다.]

코벨이 신중하게 대답했다.

기시항이 서운함을 표시했다.

[코벨 단장, 그런 사실을 왜 내게도 숨겼나? 허어어.]

[기시항 선배님, 죄송합니다. 이건 삼신녀님께서 신신당 부하신 일이라 저도 어쩔 수 없었습니다.]

[삼신녀님께서 특별히 당부하셨다고? 그렇다면 할 수 없

지. 그런데 과연 그 물건을 삼신녀님께서 가지고 계셨단 말인가? 나는 진즉에 유실된 줄 알았는데.]

[원래 반쪽만 남아 있었다고 합니다. 그것을 역대 삼심녀님들께서 기억의 바다를 뒤져가면서 간신히 복원하셨고요. 복원이 된 것도 아주 최근이라고 들었습니다.]

[허어. 그랬구먼. 그랬어.]

기시항은 비로소 고개를 주억거렸다.

Chapter 2

시칸이 둘의 대화에 끼어들었다.

[무슨 대화를 그리 재미나게 나누십니까?]

기시항이 코벨을 붙잡고 물었다.

[코벨 단장. 단장이 결정하시게. 그 물건을 이번 거래에 내놓을 셈인가?]

[끄으응. 어쩔 수 없지 않습니까? 신왕님의 토템은 무조건 얻어야지요.]

코벨이 몇 번을 망설이다가 대답했다.

기시항도 고개를 주억거렸다.

[으으으음. 그건 그렇지.]

[기시항 님? 코벨 님? 대체 무슨 일입니까?]

시칸이 한 번 더 물었다.

기시항은 코벨과의 대화를 멈추고 시칸을 정면으로 바라보았다.

[시칸 님.]

[왜 그러십니까? 기시항 님.]

[우리 알블―롭에서 새로 내놓을 물건이 있습니다. 우리는 그것으로 신왕님의 토템과 거래하고자 합니다.]

[무슨 물건인데 그러십니까? 어지간한 것으로는 균형을 맞출 수 없습니다.]

시칸이 도도하게 팔짱을 끼었다.

기시항이 코벨에게 시선을 돌렸다.

코벨은 자신의 목덜미 안쪽 털 속에서 조그만 통을 하나 꺼냈다.

아공간의 통이었다.

코벨이 통을 열고 돌돌 말린 종이뭉치를 꺼냈다. 종이뭉치를 움켜쥔 코벨의 손이 덜덜덜 떨렸다.

그 순간 시칸의 눈이 반짝 빛났다.

[코벨 님 그 종이가 대체 뭡니까?]

코벨은 잠시 망설였다.

시칸은 코벨이 입을 열 때까지 침착하게 기다렸다.

마침내 코벨이 결심을 굳혔다. 코벨의 입이 천천히 열렸다.

[이건……. 이것은…… 천랑회진이오.]

[헉?]

슈이림의 눈이 더할 나위 없이 확대되었다. 아일라도 해머로 뒤통수를 세게 얻어맞은 표정이었다. 표정이 별로 없는 티핀도 몸을 휘청였다. 비토와 구르토, 머록은 말할 것도 없었다. 심지어 이탄마저도 눈을 번뜩였다.

'천랑회진이라고? 코벨이 그걸 가지고 있었어?'

이탄은 흥미진진하다는 듯이 돌아가는 상황을 지켜보았다.

시칸은 손가락으로 턱을 긁적였다.

[호오? 혹시 신왕 프사이 님의 천랑회진 말씀이십니까? 알블—롭 일족이 그 전설을 복구했을 줄이야. 이거 정말 흥미롭군요.]

시칸의 눈동자 속에서 한 줄기 불꽃이 타올랐다. 그 불꽃은 나타남과 동시에 다시 빠르게 사라졌다.

코벨이 당당하게 선포했다.

[알블—롭의 명예를 걸고 말하는데, 이 종이에 적힌 것은 천랑회진이 분명합니다. 시칸 님, 이것이면 균형이 다시 우리 쪽으로 기울겠지요?]

신왕의 늑대 토템.

신왕의 천랑회진.

두 가지 물건 모두 값어치는 무한대였다. 그리고 둘의 값어치를 직접적으로 비교하는 것은 무의미했다. 신왕의 천랑회진을 재현하려면 늑대 토템과 천랑회진 두 가지가 다 필요하기 때문이었다.

다른 한편으로, 이 두 가지는 서로가 없으면 무의미했다. 둘 중 하나만 없어도 천랑회진은 재현이 불가능했다.

알블—롭 일족은 천랑회진은 복구하였으나 늑대 토템의 제작 방법을 아직 얻지 못하였다.

흐나흐 일족은 늑대 토템은 가지고 있으나 천랑회진은 구할 길이 없었다.

두 종족 모두 반쪽짜리 보물만 가진 셈이었다. 보물이 제 가치를 발휘하려면 반쪽과 다른 반쪽이 서로 합쳐져야만 했다.

슈이림이 남몰래 코벨에게 뇌파를 보냈다.

[코벨 님. 어쩌려고 그러십니까? 흐나흐 놈들에게 천랑회진을 주시겠다니요?]

[이건 복사본이네. 삼신녀님께서 이미 천랑회진을 한 부 더 가지고 계시네.]

[아무리 그래도 그렇지요. 만약에 이 거래로 인해 흐나흐

놈들이 천랑회진을 재현하면 어떻게 합니까?]

슈이림의 우려는 당연했다.

흐나흐 족은 오랫동안 늑대 토템을 연구했을 것이다. 그러니 알블—롭 일족에게 늑대 토템을 내준 이후에도 새로운 토템을 얼마든지 만들 수 있다.

게다가 흐나흐 족이 보유한 늑대 토템이 하나뿐이라는 보장도 없었다.

코벨이 손으로 자신의 얼굴을 쓸어내렸다.

[후우우. 그래서 내가 망설이고 또 망설였지 않은가. 하지만 늑대 토템의 제작 방법을 모르고는 안 돼. 이 종이만으로 우리 알블—롭 일족도 신왕님의 천랑회진을 재현할 수 없어. 오늘 우리는 늑대 토템을 반드시 가져가야 한다네.]

오늘 거래를 무사히 마치면, 알블—롭 일족은 천랑회진을 재현할 기회를 얻는다.

대신 흐나흐 일족도 천랑회진을 손에 넣게 된다.

만약 거래가 무산되면?

그럼 알블—롭 일족도, 흐나흐 족도 당분간은 천랑회진을 재현하지 못할 것이다.

'이중 어느 편이 더 나은가?'

코벨은 깊은 고민 끝에 전자를 선택했다.

'비록 흐나흐 놈들과 공유를 하는 한이 있더라도 할 수 없어. 지금의 우리 일족은 천랑회진을 재현해내야만 해. 그래야 추락해가는 알블―롭 일족을 다시 일으켜 세울 수 있다고.'

이것이 코벨의 판단이었다.

물론 알블―롭에게는 기억의 바다가 있었다. 삼신녀는 지금 이 순간에도 저 방대한 기억의 바다를 뒤져서 토템의 제작 방법을 찾는 중이었다.

하지만 기억의 바다는 너무 넓었다.

'어느 세월에 토템의 제작 방법을 찾게 될지는 알 수가 없잖은가. 천 년 뒤, 만 년 뒤, 혹은 천만 년 뒤에나 찾게 될 수도 있다고. 그 전에 우리 알블―롭 일족은 위세가 쪼그라들어 결국엔 기억의 바다마저 외적들에게 빼앗길 수도 있다고.'

코벨은 마음이 급했다.

코벨이 목청을 높여 시칸에게 외쳤다.

[역사책을 보면, 신왕님께서 사용하시던 늑대 토템은 여러 개였소. 반면 천랑회진은 오직 하나뿐이오. 그러니 이제 거래의 균형이 다시 우리 쪽으로 기운 것 같소. 시칸 님. 공평한 거래를 위해서 무엇을 더 얹어주시겠소?]

코벨은 어떻게든 흐나흐 족으로부터 많은 것을 얻어낼

생각이었다. 그래야 이 귀한 천랑회진 복사본을 거래에 내건 의미가 있었다.

Chapter 3

시칸이 기분 나쁘게 히죽 웃었다.

[후훗. 거 무슨 되도 않는 소리입니까? 코벨 님이 들고 계신 그 종이쪼가리야말로 몇 개의 복사본이 있는지 제가 알게 뭡니까? 후후훗.]

[뭐요?]

코벨의 얼굴이 하얗게 질렸다.

반면 시칸의 얼굴에는 미소가 가득했다.

[그렇지 않습니까? 코벨 님의 말씀처럼 이 세상에는 신왕 프사이 님의 토템이 여러 개가 남아 있을 수도 있습니다. 하지만 그 종이의 복사본도 무수히 많이 존재할 수 있지요. 아니 그렇습니까?]

[시칸 님.]

코벨이 버럭 소리쳤다.

시칸이 두 손가락으로 자신의 귓구멍을 막았다.

[아이, 깜짝이야. 후훗. 왜 그렇게 소리를 지르십니까?

제가 깜짝 놀랐지 뭡니까. 후훗.]

[후우읍. 후읍. 후우우욱.]

코벨은 수차례에 걸쳐서 심호흡을 했다. 그리곤 다시 흥분을 가라앉혔다.

[시칸 님, 좋습니다. 그럼 뭔가를 더 얹지 맙시다. 그냥 신왕님의 토템과 이 천랑회진을 1대 1로 맞바꿉시다. 그럼 공평하겠습니까?]

코벨은 시칸이 당연히 이 거래를 받을 거라고 생각했다.

이유는 두 가지였다.

첫째, 지금까지 시칸은 알블―롭 일족에게 여러 번 양보를 했다. 그래서 코벨은 시칸을 다소 물렁하게 보았다.

둘째, 천랑회진과 토템을 맞바꾸면 알블―롭과 흐나흐 양쪽 모두에게 이득이었다. 거래가 이루어지면 두 종족 모두 신왕의 천랑회진을 재현하게 될 것이다.

코벨의 예상이 산산이 깨졌다.

시칸은 미소 띤 얼굴로 고개를 가로저었다.

[싫습니다. 1대 1로 맞바꾸자고요? 신왕 프사이 님의 유품인 토템과, 후대에 겨우 복원한 종이의 복사본이 서로 같다고 생각하십니까? 저는 그렇게 불공평한 거래는 하지 못하겠습니다. 후후훗.]

[시칸 님! 이건 우리 알블―롭의 유산입니다. 토템은 우

리 알브—롭의 선조님께서 남긴 유품이란 말입니다.]

코벨이 사납게 으르렁거렸다. 코벨의 눈에서는 눈물이 쏟아질 것 같았다.

시칸이 손가락으로 귀를 막았다.

[아이 깜짝이야. 왜 자꾸 소리를 지르십니까? 이러다 제 뇌가 아주 곤죽이 되겠습니다.]

[시칸 님이야말로 자꾸 왜 이러십니까. 대체 어떻게 해야 토템을 거래하실 겁니까?]

코벨은 애간장이 닳았다.

시칸이 빙그레 웃었다.

[후훗. 저기 기시항 님께서 산더미처럼 쌓아놓은 물건들이 있지 않습니까? 그 물건들 전부에다가 코벨 님이 들고 계신 종이뭉치를 다 합치시지요.]

[뭐요?]

코벨이 인상을 잔뜩 썼다.

시칸은 코벨이 인상을 쓰건 말건 신경 쓰지 않았다.

[어디 보자. 그렇게 다 합치고도 균형추가 좀 기운 것 같네요. 거기에 뭘 더 얹어야 균형이 맞을까요? 에라 모르겠다. 그럼 이리 하시지요.]

[뭘 어떻게 하자는 말씀입니까?]

코벨이 성을 내었다.

시칸은 진지하게 세 가지 조건을 걸었다.

[첫째, 저기 쌓인 물건 전부. 둘째, 천랑회진을 설명한 종이뭉치. 그런데 그 종이뭉치만 보고서 저희 흐나흐 일족이 천랑회진을 펼칠 수 있을까요? 저희는 자신이 없는데요. 그래서 셋째가 필요합니다. 저희 일족에게 천랑회진을 잘 설명해주실 수 있는 분. 이를테면 삼신녀 가운데 한 분을 넘겨주시지요. 그럼 저는 기꺼이 신왕님의 토템을 넘겨드리겠습니다. 후후훗.]

[뭐요?]

코벨이 벌떡 일어났다.

저 물건들을 다 내놓고 거기에 삼신녀 가운데 한 명을 달라니. 이건 도저히 받아들일 수 없는 조건이었다.

삼신녀는 알블─롭 일족을 지탱하는 구심점이었다. 더군다나 삼신녀의 지혜가 모두 모여야 비로소 천랑회진의 재현도 가능했다. 그러니 알블─롭이 흐나흐 족에게 삼신녀를 내준다는 것은 말도 안 되는 소리였다.

[이런 미친 새끼.]

결국 코벨이 육두문자를 내뱉었다.

시칸이 또 다시 기분 나쁘게 웃었다.

[후후훗. 싫으면 관두세요. 굳이 다섯 번째 거래는 하지 않아도 좋습니다. 아까 기시항 님께도 말씀드렸습니다만,

굳이 다섯 번째 거래가 무산되었다 하더라도 오늘 우리는 이미 네 번의 거래를 성공적으로 마쳤지 않습니까? 그것만으로도 알블—롭 일족은 큰 이득을 보았을 겁니다. 이제 신왕 프사이 님의 토템 이야기는 그만둡시다. 그리고 나머지 잡다한 물건이나 거래하시지요. 후후훗.]

시칸의 말이 결정타가 되었다. 코벨의 눈이 이글이글 타올랐다. 코벨뿐 아니라 알블—롭 귀족들의 뇌 속에서는 무언가가 투툭 끊어지는 소리가 들렸다.

시칸이 부하에게 명했다.

[닫아.]

[넵. 시칸 님.]

흐나흐 족의 전사는 보란 듯이 아공간의 박스를 닫았다.

코벨이 슈이림에게 뇌파를 날렸다.

[슈이림.]

그게 신호였다. 슈이림이 벼락처럼 테이블을 뛰어넘었다.

[이 노옴. 그 아공간 박스는 놔두고 가랏.]

콰콰콰콰콰!

의자를 박찬 순간 슈이림은 이미 회색 소용돌이로 변했다. 날카롭게 회전하는 소용돌이가 흐나흐 귀족들 한복판으로 떨어졌다.

시칸이 눈을 동그랗게 떴다.

[호오? 이렇게 나오시겠다는 겁니까?]

말이 떨어지기 무섭게 시칸은 뒤로 100미터나 물러섰다. 흐나흐 족 전사가 들고 있던 아공간 박스는 어느새 시칸의 손으로 옮겨 갔다.

그렇게 후퇴를 하면서도 어딘지 모르게 시칸의 얼굴은 기뻐 보였다. 그는 마치 이 모든 일을 계획했던 것처럼 진득한 미소를 뿌렸다.

슈이림도, 코벨도, 그리고 알블―롭의 다른 귀족들도 시칸의 미소를 보지 못했다.

Chapter 4

[이 노옴!]

슈이림은 회색 소용돌이를 몰아쳐 시칸을 추격했다.

흐나흐 족 귀족들이 슈이림을 맞아 맞대응을 했다. 귀족들 가운데 2명은 붉은 바람으로 변해 슈이림을 뒤쫓았다. 나머지 7명은 알블―롭 귀족들을 상대했다.

알블―롭 귀족들도 그냥 있지 않았다.

코벨이 기다렸다는 듯이 명을 내렸다.

[카이림. 티핀, 아일라. 머룩.]

이들 4명이 미리 연습해 두었던 위치로 움직였다. 카이림은 사촌인 슈이림과 마찬가지로 회색 소용돌이로 변하여 적진으로 뛰어들었다. 콰콰콰콰! 회전하는 소용돌이에 휘말려 거래장 테이블이 박살 났다.

티핀은 어느새 자취를 감추었다. 투명화와 은신이 티핀의 주특기였다. 티핀은 자신의 특기를 살려서 아무도 모르게 적의 후방으로 돌아갔다.

아일라는 크게 반원을 그리며 적의 왼쪽을 공격했다. 아일라의 속도가 어찌나 빨랐던지 한 줄로 길게 딴 아일라의 머리카락이 허공에 일직선으로 휘날렸다. 아일라의 두 눈이 새파란 빛을 뿌렸다.

머룩은 아일라와 대조 되게 우측으로 움직여 적의 측면을 때렸다.

촤악!

아일라가 물안개로 변해 흐나흐의 귀족 한 명을 덮쳤다.

[흥. 어림도 없다.]

흐나흐의 귀족은 해골이 잔뜩 달라붙은 울퉁불퉁한 지팡이를 휘둘러 검은 연기를 뿜어내었다.

아일라의 물안개와 해골 지팡이의 검은 연기가 중간지역에서 엎치락뒤치락 뒤섞였다. 물안개 속에서 아일라의 안

광이 새파랗게 번뜩였다. 해골 지팡이는 시커멓게 물들었다.

반대쪽에서는 머록이 적을 공략했다. 머록은 뭉툭한 정을 사선으로 휘둘렀다. 머록의 정에서 튀어나간 파란 빛망울이 유령처럼 꾸불텅 움직여 적의 허리를 끊었다.

코가 큰 흐나흐 귀족이 둥그런 방패로 머록의 공격을 막았다. 이것은 토트 족의 등껍질로 만든 방패라 머록의 공격에도 끄떡하지 않았다. 코 큰 귀족은 그렇게 머록의 일격을 막아낸 다음, 방패의 모서리로 반격했다.

[치잇. 크으윽.]

머록은 자신의 실력 부족을 통감해야만 했다.

한편 티핀은 적진 후방으로 우회한 뒤 시칸의 뒤를 잡았다.

스걱! 사삭!

티핀이 텅 빈 허공에서 불쑥 튀어나오더니 갑자기 시칸의 등을 향해 쌍검을 휘둘렀다.

[옳거니. 티핀 가모. 잘하셨소.]

슈이림이 시칸을 몰아붙이다 말고 쾌재를 불렀다. 슈이림과 티핀은 알블—롭의 귀족들 가운데 당당히 상위권에 꼽히는 강자들이었다.

시칸은 그들의 협공을 받고도 눈 하나 깜짝하지 않았다.

오히려 시칸은 가느다란 완드(Wand: 길이가 짧은 마법 지팡이)를 꺼내 마법으로 반격했다.

시칸이 소환한 하얀색 마법구들이 연속적으로 날아가 슈이림의 회색 소용돌이를 때렸다. 마법구들은 티핀의 쌍검도 막아냈다. 하얀 마법구와 회색 소용돌이가 무수히 부딪치면서 허공에서 불똥이 수백 차례나 튀었다. 하얀 마법구와 티핀의 쌍검이 충돌하면서도 충돌의 여파가 사방을 뒤집어 놓았다.

[강하구나.]

티핀이 시칸의 실력에 깜짝 놀랐다.

슈이림도 시칸의 강력한 마법에 가슴이 철렁했다.

시칸은 그런 적들을 냉랭하게 노려보았다.

[흥! 정말 이렇게 더럽게 굴 겁니까? 거래를 하면서 내가 많이 양보를 했건만, 결국 늑대 새끼들의 고약한 습성을 버리지 못하였습니다.]

시칸의 말이 맞았다. 슈이림은 부끄러움에 얼굴을 붉혔다.

'그래도 어쩌란 말인가? 신왕 님의 토템은 도저히 포기할 수 없잖은가.'

슈이림이 이빨을 악물었다.

쿠콰콰콰콰!

슈이림이 일으킨 회색 소용돌이는 이제 하늘 끝에 닿을 정도로 규모가 커졌다.

티핀도 미친 듯이 쌍검을 휘둘렀다. 그녀의 쌍검에 어린 파란 빛이 공간을 가로세로로 썽둥썽둥 베었다. 쌍검에서 뿜어진 파란 빛은 무려 100미터도 넘게 확장되었다. 그 빛이 한 번 훑고 지나가면 잘리지 않는 것이 없었다.

슈이림과 티핀에 맞서서 시칸도 하얀 마법구를 끊임없이 소환했다. 눈송이처럼 새하얀 마법구들이 시칸의 주변을 떠돌면서 방어와 공격을 동시에 해냈다. 놀랍게도 시칸은 알블─롭의 두 강자 슈이림과 티핀을 동시에 상대하고도 밀리지 않았다.

한편 코벨의 지휘는 계속되었다.

[비토. 구르토.]

코벨이 두 귀족을 불렀다.

[예엡. 코벨 님.]

[저희가 갑니다.]

비토와 구르토가 육중한 몸을 날려 기시항의 앞을 가로막았다.

기시항은 산더미처럼 쌓인 알블─롭의 보물들을 다시 아공간 문 속에 쓸어 담는 중이었다. 흐나흐의 귀족과 전사들은 그런 기시항을 노리고 접근해왔다.

비토가 육중한 철퇴로 땅을 쿠웅 찍었다.

[쿵! 기시항 님을 넘보려거든 우리부터 먼저 넘어야 할 게다.]

[맞다. 우리가 있는 한 어림도 없다.]

구르토는 거대한 양날도끼를 어깨에 척 걸쳤다.

비토와 구르토가 내뿜는 기세는 철벽과 같았다.

그에 맞선 흐나흐 귀족들이 눈을 날카롭게 벼렸다. 흐나흐의 전사들도 무기를 꼬나들고 비토와 구르토를 노려보았다.

[와아아아—.]

흐나흐 일족의 전사들이 성난 파도가 되어 비토와 구르토를 덮쳤다.

[요 여우 새끼들아, 얼마든지 덤벼라.]

비토와 구르토가 자신들의 손바닥에 침을 퉤퉤 뱉었다. 그 다음 씨익 웃으며 해일처럼 밀려드는 적들을 상대했다.

한편 코벨은 이탄도 불렀다.

[이탄 님.]

이탄이 코벨을 향해 고개를 한 번 끄떡했다. 그 다음 자세를 바짝 낮추고 적진으로 뛰어들었다.

슈와악—.

순간적으로 이탄의 몸이 엿가락처럼 늘어나는 것처럼 보

였다. 이탄은 땅에 바짝 달라붙어 S자를 그리며 나아갔다.

이제 코벨이 움직일 차례였다.

코벨은 이탄과 다른 방향으로 몸을 날렸다. 흐나흐의 귀족들이 코벨을 우선적으로 노렸다.

[저놈이 늑대 새끼들의 우두머리다.]

[우선 저놈부터 족쳐라.]

흐나흐 귀족들 3명이 동시에 코벨을 덮쳤다.

Chapter 5

코벨에게 덤비는 귀족들 가운데 2명은 마법 완드를 휘저어 허공에 수 미터 크기의 거대한 붉은 발톱을 소환했다.

6개의 날카로운 발톱이 공간을 찢으며 코벨을 몰아쳤다.

그러는 사이 나머지 한 명의 귀족이 꼬리가 7개 달린 거대 여우로 변신했다.

일곱 꼬리 여우는 어깨 높이만 150미터가 넘었다. 몸통은 붉은 털이 나 있었다. 배 부위에는 하얀 털이 빼곡했다. 거대 여우의 풍성한 꼬리는 그 하나하나가 120미터 길이였다.

콰앙!

거대 여우의 발이 코벨의 머리를 내리찍었다.

[이크.]

코벨이 앞으로 전진하다 말고 갑자기 직각으로 몸을 피했다. 여우의 발이 찍은 자리엔 암석이 거미줄처럼 쩍쩍 깨졌다. 수 미터 깊이의 구덩이가 팼다. 거대 여우의 파괴력은 장난이 아니었다.

코벨은 몸을 옆으로 날려 거대 여우의 공격을 피하는 것과 동시에 서른여섯 마리의 영력늑대를 소환했다.

워우우우—.

혼백만 남은 늑대들이 유령처럼 나타나 거대 여우를 물어뜯었다.

그러자 거대 여우의 몸 전체가 주홍빛으로 확 밝아졌다. 여우의 몸 주변에는 주홍빛 뇌전들이 그물망처럼 쩌저적 퍼져나갔다.

영력늑대들은 감히 뇌전의 그물망에 가까이 접근하지 못하고 이빨만 사납게 드러내었다. 그러면서 서른여섯 마리의 늑대가 기세를 합쳐서 거대 여우를 둘러쌌다.

흐나흐의 귀족 2명이 다시 한번 완드를 휘둘렀다. 붉은 발톱이 수 미터 크기로 일어나 코벨을 공격했다.

영력늑대들 가운데 일부가 코벨을 보호하기 위하여 붉은 발톱에게 달려들었다.

324 이탄

영력늑대들이 포위망을 풀자 거대 여우가 기다렸다는 듯이 점프하여 코벨을 노렸다.

쩌저저저적.

주홍빛 뇌전의 그물망은 무려 300미터 크기로 확장되어 광범위 영역을 통째로 지져버렸다. 물론 그 영역 안에는 코벨도 포함되었다.

[이런. 보통 공격이 아니구나.]

주변에서 싸우던 귀족들이 주홍색 뇌전의 그물망을 피해서 멀찍이 물러났다.

코벨도 영력으로 몸에 보호막을 두른 다음, 재빨리 뇌전의 그물망을 돌파했다. 영력늑대들이 코벨의 주변을 감싸며 뇌전을 대신 맞아주었다.

빠지직, 빠카카카캉!

강력한 뇌전이 영력늑대를 태웠다. 코벨의 영력늑대들은 쏟아지는 뇌전 속에서 서서히 몸이 흐려졌다. 그렇게 소환이 강제로 취소된 영력늑대가 무려 여섯 마리나 되었다.

영력늑대가 무너지자 그 타격이 고스란히 코벨에게 전해졌다.

[크와악.]

코벨은 한 모금의 검붉은 피를 토했다.

붉은 발톱들이 집요하게 코벨을 쫓아왔다.

나머지 서른 마리의 영력늑대들이 붉은 발톱을 우선적으로 물고 늘어졌다. 그 사이 코벨은 안전지역까지 몸을 피신했다.

쩌저저저적.

거대 여우가 다시 한번 온몸에서 주홍색 뇌전을 내뿜었다. 그 뇌전들이 서로 연결되면서 커다란 그물망을 이루었다.

이번 뇌전의 그물망은 범위가 아까보다 더 늘어나서 400미터 이상의 영역을 한꺼번에 지져버렸다. 거대 여우는 몸 주변에 뇌전의 그물망을 두른 채 코벨을 뒤쫓았다.

영력늑대들이 허공을 헤집으며 거대 여우를 들이받았다. 영력늑대들은 뇌전의 그물도 두렵지 않은지 육탄돌격하여 거대 여우를 저지했다.

덕분에 코벨은 한 번 더 몸을 피할 시간을 얻었다.

[대체 저 거대 여우가 누구란 말인가? 흐나흐 족의 귀족들 중에 정말 무서운 자가 있었구나.]

코벨이 부르르 몸서리를 쳤다.

코벨의 말처럼 7개의 꼬리를 가진 거대 여우는 보통 실력자가 아니었다. 오늘 이 자리에 등장한 흐나흐 족의 귀족들 가운데 그가 최강자였다. 시칸보다도 오히려 이 거대 여우가 더 강했다.

코벨은 결국 견디다 못해 전장에서 멀리 이탈했다.

거대 여우는 코벨을 끝까지 뒤쫓지 않았다. 그보다는 더 급한 일이 있어서였다. 거대 여우가 갑자기 방향을 틀었다. 그리곤 곧장 전장으로 뛰어들어 카이림을 위에서 찍어 눌렀다.

마침 카이림은 흐나흐 귀족들을 무섭게 몰아붙이던 중이었다. 거대 여우는 우선 알블―롭의 주력 가운데 한 명인 카이림부터 공격했다.

카이림의 회색 소용돌이와 거대 여우의 뇌전 그물망이 정면으로 충돌했다.

콰쾅! 쩌저저적!

주홍색 그물망이 소용돌이의 힘에 찢어지면서 사방으로 뇌전이 흩뿌려졌다. 대신 하늘 꼭대기까지 솟구쳤던 회색 소용돌이 힘을 잃고 불과 3미터 크기로 쪼그라들었다.

[크왁.]

회색 소용돌이 속에서 답답한 신음이 터졌다. 카이림이 내지른 비명이었다.

거대 여우도 제법 타격을 받았지만 카이림보다는 괜찮았다. 거대 여우는 벼락처럼 앞발을 휘둘러 조그맣게 줄어든 회색 소용돌이를 옆에서 후려쳤다.

이 연속 공격에 회색 소용돌이가 결국 와해되었다. 거대 여우의 앞발에 얻어맞은 카이림이 피투성이가 된 채 수십 미터 밖으로 날아갔다. 카이림은 바닥을 수십 번이나 구른 끝에 겨우 몸을 가눴다. 카이림의 온몸은 엉망진창이었다.

이번엔 거대 여우가 또 다른 적을 공격했다. 거대 여우는 한달음에 수 킬로미터를 뛰어넘더니 단숨에 슈이림을 노렸다.

그즈음 슈이림은 티핀과 함께 흐나흐 족의 우두머리인 시칸을 공격하던 중이었다.

지금 슈이림의 머릿속에는 '어떻게든 시칸을 쓰러뜨리고 그의 아공간 속에 들어 있는 신왕의 토템을 빼앗겠다.'는 생각만 가득했다. 슈이림은 눈앞의 목표에만 골몰하느라 자신의 뒤쪽을 전혀 신경 쓰지 못했다.

갑자기 뒤에서 들이닥친 거대 여우가 두 발로 슈이림, 즉 회색 소용돌이를 연달아 할퀴었다.

깨개갱!

거대 여우의 앞발이 곧 피투성이가 되었다. 거대 여우의 입에서 비명이 흘렀다.

대신 슈이림의 회색 소용돌이도 옆으로 크게 튕겨져 나갔다가 무너질 듯 휘청거렸다.

거대 여우는 한 번 더 회색 소용돌이 속으로 뛰어들면서 전력을 다해 주홍색 뇌전을 내뿜었다.

쩌저적, 빠카카카캉!

무시무시한 소리와 함께 불똥이 튀었다. 회색 소용돌이
가 흩어지면서 슈이림의 본 모습이 드러났다.

다시 수인족의 모습으로 돌아온 슈이림은 완전히 상처투
성이였다. 그의 털은 잔뜩 타들어 갔고, 온몸에선 피가 철
철 흘렀다.

Chapter 6

[이제 그만 죽어주시지요.]

시칸이 그런 슈이림을 향해 하얀 마법구들을 날렸다.

주먹 2개를 합쳐 놓은 크기의 마법구들은 슈이림 앞에서
펑펑 폭발하며 무서운 파괴력을 내뿜었다.

[크왁.]

슈이림이 피를 토하면서 멀리 날아갔다. 슈이림의 몸 곳
곳에 수십 개의 구멍이 뚫렸다.

[안 돼.]

티핀이 파란 검을 십자로 휘둘렀다. 강력한 검의 기운이
시칸과 거대 여우를 동시에 베었다.

[이런. 아직도 이 정도의 힘이 남으셨습니까?]

시칸은 하얀 마법구를 몸 앞으로 끌어당겨 티핀의 검을 막았다.

거대 여우도 이를 악물고 피투성이가 된 앞발을 휘둘러 티핀의 검으로부터 자신을 보호했다.

시칸은 하얀 마법구를 거의 소모하고 나서야 겨우 티핀의 검을 막는 데 성공했다. 시칸의 이마를 타고 땀 한 방울이 주르륵 흘러내렸다.

거대 여우는 더 처참했다. 여우의 앞발은 뼈가 훤히 드러나 보일 정도로 상처를 입었다.

하지만 그뿐.

이 정도 상처로 쓰러질 거대 여우가 아니었다. 오히려 거대 여우는 화가 잔뜩 난 듯 온몸에서 주홍빛 뇌전을 방전시키며 티핀에게 달려들었다.

[치잇.]

티핀이 입술을 꽉 깨물었다. 그녀는 조금 전까지 슈이림과 힘을 합쳐 2대 1로 싸웠다. 그런데도 시칸을 제압하지 못했다.

한데 지금은 상황이 반전되었다. 적은 거꾸로 2명으로 늘었으며, 아군이었던 슈이림은 전투불능 상태였다.

티핀은 불리함을 느끼자마자 몸을 빼냈다. 그녀의 몸이 공기 중으로 녹아들어 자취를 감추었다.

[요망한 년. 감히 어딜 도망치려고?]

거대 여우가 분통을 터뜨렸다. 거대 여우는 주홍빛 뇌전을 광범위하게 퍼뜨렸다.

[큭.]

300미터 밖 허공에서 신음이 터졌다. 티핀이 몸을 투명화하여 도망치다가 주홍빛 뇌전에 가격을 당하면서 흘린 신음이었다.

[요년. 게 섰거라.]

거대 여우가 신음이 들린 곳을 향해 질주했다.

[으헉?]

티핀은 죽을힘을 다해 도망쳤다.

전반적인 전력은 흐나흐 일족이 더 뛰어났다.

그래도 알블―롭은 이만하면 잘 싸웠다. 알블―롭의 귀족들은 시칸이 당초에 예상했던 것보다 훨씬 더 강했다.

'코벨도 강하지만 슈이림과 카이림 형제, 그리고 티핀이라는 여자가 아주 사납군. 후훗. 그래 봤자 소용없지만 말이야.'

시칸이 속으로 히죽 웃었다. 시칸에게는 아직도 남겨둔 수가 2개나 더 있었다.

흐나흐 일족이 알블―롭 일족에게 대규모 거래를 제안한 것은 원래 두 가지 목적 때문이었다.

첫째. 흐나흐 족은 이번 거래를 통해서 쓸데없이 자존심만 강한 알블—롭 일족에게 굴욕을 안겨주기를 원했다. 흐나흐 일족의 강성함과 부유함을 내세워서 알블—롭 일족이 주눅 들게 만드는 것이 흐나흐 족의 첫 번째 목적이었다.

둘째. 흐나흐 족의 수뇌부들은 알블—롭 일족이 혹시라도 신왕의 유산을 재현해 내었을까 우려했다.

흐나흐 족이 알블—롭 일족에게 심어놓은 고위급 첩자의 편지에 따르면, 알블—롭의 삼신녀들이 최근 무언가 성과를 이룬 것 같다고 했다.

흐나흐의 수뇌부들은 혹시라도 그 성과가 천랑회진이 아닐까 우려했다. 그리곤 알블—롭 일족이 천랑회진을 얼마나 재현했는지 진도를 체크하기를 원했다.

그걸 확인할 방법은 하나뿐이었다.

[알블—롭 놈들에게 달콤한 거래를 제안하자. 그리곤 그 늑대놈들이 도저히 거부할 수 없는 상황을 만들어서 놈들 스스로 성과를 밝히게끔 만들자.]

흐나흐 족의 수뇌부들은 이렇게 주장했다.

시칸이 수뇌부의 명을 받들어 작금의 이 상황을 만들었다. 시칸은 처음에 어수룩한 듯 계속 양보하여 알블—롭의 귀족들을 안심시켰다. 그 다음 갑자기 신왕의 토템을 보여

주어 알블—롭 귀족들을 바짝 달아오르게 만들었다.

알블—롭 귀족들의 행동은 역시나 시칸의 계산을 벗어나지 못했다. 알블—롭의 귀족들은 어떻게든 신왕의 토템을 가지고 싶어서 안달이 났다. 시칸의 눈에는 그 안달복달하는 모습이 훤히 들여다보였다.

타인의 감정을 가지고 노는 것은 시칸의 오랜 취미 중 하나였다. 시칸은 상대를 살살 약 올렸다. 그러면서 알블—롭 일족이 과연 어떤 보물들을 가지고 있는지 낱낱이 파악했다.

코벨이 시칸의 덫에 걸려들었다.

어리석게도 코벨은 스스로 밝혔다. 최근 삼신녀가 기억의 바다에서 건져 올린 천랑회진이라는 엄청난 보물을 스스로 꺼내어 시칸 앞에 보여준 것이다.

'후훗. 마침내 물고기가 미끼를 물었구나.'

시칸이 속으로 쾌재를 불렀다.

이제 시칸에게 남은 업무는 알블—롭 일족으로부터 천랑회진을 빼앗고, 거래장에 올라온 나머지 물건들도 모조리 회수하는 것이었다.

알블—롭 일족이 먼저 거래의 규칙을 어기고 무력을 사용했으니 그들의 보물을 모두 빼앗고 그들을 참살하는 것은 승자의 당연한 권리였다.

'아니지. 그것만으로는 부족해. 이 질긴 늑대 새끼들에게 처절한 패배감을 안겨주려면 여기에 두 가지가 더해져야 해. 후후훗.'

시칸은 휘청거리는 알블—롭 귀족들의 등짝에 이 두 가지를 추가로 얹어서 알블—롭 일족을 완전히 절망의 구렁텅이에 빠트릴 요량이었다.

그 첫 번째가 막 시작되었다. 시칸은 갑자기 두 손을 높이 들고 쩌렁쩌렁하게 뇌파를 방출했다.

[8개의 팔에 저울을 들고 우주의 균형을 잡으시며, 8개의 팔로 세상의 거래를 주관하시는 위대한 뻘브 일족께 아룁니다. 오늘 우리 흐나흐 일족은 알블—롭 일족과 정정당당한 거래를 하고자 이 자리에 나왔습니다. 하오나 저 알블—롭의 늑대들은 거래 중에 우리를 먼저 공격하여 신성한 거래의 규칙을 훼손하였습니다. 이는 오늘 이 거래를 중재하시는 뻘브 일족의 명예를 더럽히는 행위입니다. 부디 위대한 뻘브 일족께서는 저 무도한 알블—롭 일족을 벌하여 주소서.]

콰콰쾅!

시칸의 말이 천둥이 되었다.

Chapter 7

[헉? 뽈브 일족이라니?]

코벨이 몸을 떨었다.

[중재? 오늘 거래에 중재자가 있었다고?]

슈이림이 황망히 두 눈을 껌뻑였다.

뽈브 일족.

이 독특한 종족은 '탐욕'과 '공정'이라는 두 가지 상반된 개념을 동시에 추구하는 것으로 유명했다.

뽈브 족은 그릇된 차원 내에서 다섯 손가락 안에 꼽힐 정도로 강성한 종족이었다. 이 세계를 지배하는 초거대 종족을 이야기할 때 뽈브 족은 항상 그 안에 들어갔다.

뽈브 족은 그 엄청난 힘을 바탕으로 탐욕과 공정을 동시에 추구했다.

타 종족들이 거래를 할 때 상대방을 믿지 못하겠다면? 그런 이들은 뽈브 족에게 중재를 요청하는 방법이 있었다.

그럼 뽈브 족에서 중재자를 파견하여 거래가 공정하게 이루어지는지 판정해주었다. 대신 뽈브 족은 거래 물량의 10퍼센트를 중재료로 받았다.

이때 뽈브 족이 추구하는 개념은 '공정'이었다.

한데 만약 거래 중에 뽈브 족마저 탐을 낼 정도로 귀한 보물이 등장한다면?

이때 뽈브 족의 중재자는 거래를 중단시키고 그 귀한 보물을 뽈브 족의 소유로 빼앗아 갔다. 대신 보물을 빼앗긴 종족에게는 뽈브 족이 판단하여 적당한 값을 치러주었다.

이때 뽈브 족이 추구하는 개념은 '탐욕'이었다.

그릇된 차원의 종족들은 뽈브 족의 양면성을 잘 알고 있었다. 그래서 어지간한 경우가 아니면 뽈브 족에게 중재를 요청하지 않았다. 중재료 10퍼센트도 아깝지만, 뽈브 족의 중재자가 갑자기 돌변하여 자신들의 보물을 빼앗아 갈까 봐 두려운 탓이었다.

그 뽈브 족이 오늘 이 자리에 중재자를 파견했단다. 흐나흐 족이 그릇된 차원의 초거대 종족인 뽈브 족에게 중재를 요청했단다.

[아니, 이럴 수가.]

코벨은 해머로 뒤통수를 쾅 얻어맞은 기분이었다. 슈이림도 뭐가 어떻게 돌아가는 상황인지 파악하지 못해서 주변만 두리번거렸다.

그때였다. 흐나흐 족의 병사로 위장하고 있던 대머리 사내 한 명이 갑자기 엄청난 기세를 뿜어내었다.

콰앙!

대머리 사내의 주변으로 강력한 폭풍이 몰아쳤다. 사내

의 등 뒤에는 수십 개의 팔을 꿈틀거리는 거대한 문어형 괴물이 홀로그램처럼 떠올라 지상을 굽어보았다. 이 문어의 환상은 그 크기가 거대 여우보다 더 컸다. 수백 미터 이상 하늘 꼭대기까지 솟구쳐서 무한한 힘을 발산했다.

[허억? 진짜 뿔브 족이다.]

[놈의 말이 사실이었어. 저건 진짜 뿔브 족이야.]

알블―롭의 귀족들이 당황했다.

뿔브 족은 그릇된 차원 최강의 종족 중 하나였다. 오랜 옛날 신왕이 활약했던 시절을 제외하면 알블―롭 일족은 지금까지 단 한 번도 뿔브 족을 상대할 엄두를 내지 못했다. 그릇된 차원의 여러 종족들에게 뿔브 족이란 하늘 위의 하늘이나 다름없었다.

게다가 지금 등장한 뿔브 족의 중재자는 평범한 귀족의 수준을 뛰어넘었다. 대머리 사내가 내뿜는 기세만으로도 알블―롭의 귀족들은 등골이 오싹해졌다. 팔다리가 저절로 후들거렸다.

시칸이 대머리 사내를 향해 정중하게 머리를 숙였다.

[위대한 뿔브 족의 중재자시여. 조금 전 저 무도한 늑대 족이 저희 흐나흐 일족을 무고하게 핍박하는 모습을 똑똑히 보셨을 것입니다. 또한 저희 흐나흐 일족은 이러한 경우를 대비하여 조금 전 알블―롭 놈들이 선제공격하는 영상

을 이 크리스털 매체 안에 기록해놓았습니다. 저 시칸은 이 크리스털 기록매체를 증거물로 제시합니다.]

시칸이 손에 든 크리스털을 자랑스럽게 흔들었다.

[이런 쌍!]

슈이림이 얼굴을 구겼다.

시칸의 말은 틀림없는 사실이었다. 알블—롭의 귀족인 슈이림이 신왕의 토템에 눈이 멀어 흐나흐 족을 먼저 공격했다.

그래도 억울했다. 슈이림은 뭐라고 꼭 집어서 설명할 수는 없지만 지금 이 상황이 무척 억울했다.

코벨이 이 상황을 한 마디로 정의해 주었다.

[함정이다. 이 교활한 여우 새끼들이 함정을 파고 우릴 유인했어.]

[맞아. 함정. 이 교활한 여우 새끼들.]

슈이림이 맞장구를 쳤다.

대머리 사내는 그 말을 무시했다.

[함정이라는 말로 어물쩍 넘어갈 수 있을 것 같으냐? 거래의 공정함을 깨뜨린 것은 어디까지나 알블—롭이다. 위대한 뻘브의 이름으로 명하노니 알블—롭의 귀족과 전사들은 모두 투항하라. 그리고 신왕의 유산을 내놓아라. 그렇지 않으면 너희뿐 아니라 너희 일족들이 모두 죽을 것이다.]

대머리 사내의 뇌파가 이 자리에 있는 모든 수인족들의 뇌를 짓이겨 놓을 것처럼 웅웅웅 퍼졌다.

[크윽.]

알블—롭의 귀족들이 대머리 사내의 뇌파를 감당하지 못하고 휘청거렸다. 귀족들 중 몇 명은 손으로 귀를 틀어막고 입에서 피를 토했다.

놀랍게도 대머리 사내의 무력은 귀족의 수준을 훌쩍 뛰어넘었다. 이건 거의 왕의 재목에 도달한 것 같았다.

쾅!

갑자기 폭음이 터졌다. 코벨이 음차원의 마나를 최후의 한 방울까지 끌어 모아 영력늑대를 새로 소환하는 소리였다. 코벨은 상급 음혼석 2개를 양손에 움켜쥐고 온힘을 쥐어짰다.

[알블—롭이여. 막아랏. 모두 막앗. 천랑회진이 타 종족의 손에 넘어가면 안 된다.]

코벨의 판단이 옳았다. 이 자리에서 천랑회진을 빼앗긴다면 알블—롭 일족에게는 더 이상 희망이 없었다.

머록이 피투성이가 된 몸으로 달려와 코벨의 옆에 섰다. 카이림이 팔 하나가 잘린 채 날아와 코벨의 곁을 지켰다. 슈이림이 휘청휘청 합류했다. 아일라와 티폰은 비교적 멀쩡한 모습으로 적들을 틀어막았다.

200명이 넘는 알블―롭의 전사들이 스크럼을 짜고 코벨의 뒤를 받쳤다. 원래 이 거래장에 참여한 전사의 수는 이보다 더 많았다. 그러나 조금 전 흐나흐 족과의 전투 때문에 전사의 수가 많이 줄었다.

대머리 사내가 버럭 화를 내었다.

[이게 지금 뭐하는 짓이냐? 알블―롭은 감히 위대한 뿔브의 중재를 거부하고 패악을 저지르겠다는 뜻인가?]

Chapter 8

코벨이 악을 썼다.

[뿔브의 중재자시여, 우리는 정말 억울합니다. 우리는 뿔브 일족이 중재를 맡는다는 사실도 알지 못했습니다. 그 상태에서 우리는 교활한 흐나흐 족의 함정에 빠졌습니다. 공정을 추구하는 뿔브시여. 부디 이 점을 헤아려 주십시오.]

코벨의 주장은 피를 토하는 듯 선명했다.

하지만 대머리 사내는 그 주장을 듣지 않았다.

대머리 사내의 뒤쪽에서 시칸이 히죽거렸다. 시칸 옆에서는 상처투성이 거대 여우가 무서운 눈으로 알블―롭의 귀족들을 노려보았다.

대머리 사내가 쩌렁쩌렁 울리는 뇌파로 판정을 내렸다.

[거래의 규칙을 먼저 깬 것은 알블—롭이다. 흐나흐 일족의 크리스탈에 그 장면이 모두 기록되어 있느니라. 이에 판정하노라. 규칙을 어긴 알블—롭은 오늘 거래장에 가지고 나온 모든 물품들을 압수당할 것이며, 그 물품들을 흐나흐 일족에게 주어 마음의 위로로 삼도록 한다. 또한 알블—롭의 거래품 가운데 천랑회진은 뻘브 일족과 흐나흐 일족이 한 부씩 복사하여 나눠 갖도록 한다.]

[아니오. 우리는 그 판정을 따를 수 없습니다. 알블—롭이여. 다들 맞서 싸워라. 비토. 구르토. 너희들은 우리가 저들을 막을 동안 기시항 선배님을 모시고 얼른 플래닛 게이트로 도망쳐라. 우리 일족의 보물을 너희가 지켜내야 한다.]

[코벨 님. 크흐흑.]

비토와 구르토가 울분을 감추지 못했다. 두 귀족의 몸은 흐나흐 족과 싸우느라 온통 상처투성이였다.

[비토. 구르토. 시간이 없다. 어서 가.]

코벨이 절규했다.

비토와 구르토는 반쯤 망가진 무기를 한 손에 들고 기시항을 부축하여 후퇴하려 들었다.

그때 변고가 발생했다.

푸욱! 푹!

날카로운 소리와 함께 비토와 구르토의 심장에서 핏줄기가 뿜어졌다.

[커헉?]

[아니, 왜? 왜?]

비토와 구르토가 손을 허우적거렸다. 그런 두 귀족의 눈알 위에 기시항이 차가운 미소를 머금은 모습이 맺혔다.

코벨 등도 깜짝 놀랐다.

[아니, 기시항 선배, 이게 무슨 짓입니까?]

[기시항 님. 대체 왜?]

기시항의 손에는 날카로운 단검 두 자루가 들려 있었다. 손잡이에 늑대가 정교하게 조각된 단검이었다.

그 단검이 비토와 구르토의 피를 머금고는 섬뜩한 기운을 내뿜었다.

[기시항, 이 노옴. 설마 네가 배신자였냐?]

슈이림이 울부짖었다.

기시항이 입매를 사선으로 비틀었다.

[훗? 배신자? 그런 말이 어디 있느냐? 배신은 삼신녀가 했지.]

[뭣이?]

[흥. 그 계집들은 기억의 바다에서 천랑회진을 건져 올리

고도 우리 귀족들에게 아무런 언질도 주지 않았어. 이게 무슨 뜻이겠느냐? 최근 수백 년 동안 우리 귀족들은 가문의 형제, 자매, 자식들을 성벽에 갈아 넣어 그들의 피와 살로써 스피네 족을 물리치고 알블—롭의 이름을 지켜왔느니라. 그런데 삼신녀가 한 일이 뭐냐? 후방에서 편하게 놀면서 기억의 바다를 뒤져서 고대의 힘을 찾는 데만 골몰했지. 그 계집들은 우리 귀족들이 성벽 위에서 피를 흘리며 죽어갈 때 단 한 번 나와 보지 않았다. 흥! 내 아들. 내 아들이 성벽 밑에서 거미들에게 뜯어 먹혀 죽었을 때도 삼신녀는 고사하고 대모도 코빼기를 보이지 않더라. 흥! 내 딸도 그렇지 죽었다. 그런데 삼신녀가 뭐가 어쨌다고?]

[기시항 이놈. 궤변을 늘어놓지 마라. 우리 귀족들이 목숨으로 성벽을 지키는 동안 삼신녀님께서는 신왕님의 유산을 복구하기 위해서 수명을 단축하며 노력하셨느니라. 그분들께서 우리 귀족들의 희생을 기뻐하신 줄 아느냐? 그분들도 우리의 희생에 피눈물을 흘리셨다. 하지만 어쩔 수 없었지. 우리가 성벽을 지키는 동안 한시라도 빨리 신왕님의 유산을 복구하는 것만이 우리 알블—롭의 미래를 보장하는 길이기에, 삼신녀님들께서는 정말 간장이 끊어지는 아픔을 감내하셨단 말이다.]

코벨이 절규했다.

기시항은 눈도 꿈쩍하지 않았다. 오히려 기시항은 아공간의 문을 들고 유유히 흐나흐 진영으로 발걸음을 옮겼다.

시칸이 두 팔을 벌려 기시항을 반겼다.

[기시항 님. 정말 수고 많으셨습니다. 후후훗. 기시항 님은 과연 우리 흐나흐 일족이 되실 자격이 충분하십니다.]

기시항의 배반.

이것이 시칸의 두 번째 수였다. 알블―롭 일족을 처절하게 무너뜨리기 위한 두 번째 수.

이 수단이 날카로운 검날이 되어 알블―롭 귀족들의 심장을 찔렀다.

[크왁. 크와악.]

코벨이 분을 참지 못하고 피를 토했다.

슈이림의 뇌혈관 일부가 투두둑 터졌다.

기시항에게 심장이 찔린 탓에 비토와 구르토는 힘 한 번 제대로 써보지 못하고 땅바닥에 드러누워 숨을 헐떡였다. 이대로 시간이 조금만 흐르면 비토와 구르토는 목숨을 잃을 판국이었다.

대머리 사내가 한 번 더 알블―롭의 귀족들을 다그쳤다.

[알블―롭의 죄인들은 들이라. 너희가 거래의 규칙을 어긴 것만으로도 부족하여 위대한 뽈브의 중재마저 거부하겠다는 것이냐? 너희의 잘못을 너희 종족 전체에게 전가할

셈이냐? 당장 무릎을 꿇고 죄의 대가를 받으라. 그렇지 않으면 알블―롭 일족은 쁠브의 분노를 감당하게 될 것이니라.]

쁠브의 분노.

이 한 마디가 알블―롭 귀족들에게 천둥이 되었다.

[이걸 어쩌죠? 이 사태를 어쩌면 좋아요. 으흑.]

아일라가 울상을 지었다. 아일라는 지금 어떤 판단을 해야 할지 감이 잡히지 않았다.

티핀도 판단을 하지 못하고 코벨만 쳐다보았다. 슈이림과 카이림, 그리고 머룩도 오직 코벨에게만 매달렸다.

[코벨 단장님. 어찌합니까?]

알블―롭 귀족들의 눈에는 절망의 빛이 가득했다. 그 어디에도 희망은 보이지 않았다. 심지어 코벨의 눈망울도 잿빛으로 어둡게 흐려졌다.

그때 먼 동쪽에서 한 줄기 질풍이 불었다. 질풍 속에서 이탄이 휘익 날아왔다.

[어우 야. 고것 참 빠르네. 하마터면 놓칠 뻔했어.]

이탄의 손아귀에는 흐나흐 족의 여귀족 한 명이 목줄기를 붙잡힌 채 대롱대롱 매달려 있었다.

제8화
압도적

Chapter 1

이 여귀족은 처음 협상 테이블에 앉았을 때 이탄에게 윙크를 날렸던 자였다. 또한 흐나흐 족 내에서 몸이 가장 빠르기로 유명한 귀족이기도 했다.

하지만 여귀족은 이탄의 수라군림을 떨쳐낼 정도로 빠르지는 못했다. 여귀족은 무려 수십 킬로미터를 도망친 끝에 결국 이탄에게 붙잡혀 목뼈가 꺾이고 팔다리가 다 뜯겨나갔다. 그 결과 여귀족은 볼에 피눈물 자국이 말라붙은 채로 죽임을 당했다.

이탄이 코벨 앞에 흐나흐 여귀족의 시체를 툭 던져놓았다.

[일단 전공 점수 300점은 확보했소.]

[그게 무슨……?]

코벨이 멍하게 이탄을 바라보았다.

이탄이 적들을 휙 훑어보았다. 그러다 대머리 사내를 보고는 하얗게 웃었다.

[하하하. 첨부터 너를 눈 여겨 보고 있었거든. 너 뻘브 족이지?]

[뭣이라? 네놈이 지금 누구에게 그런 망발을 지껄이는 게냐?]

대머리 사내가 불쾌하다는 듯이 이탄을 노려보았다.

이탄이 히죽 이빨을 드러내었다.

[누구겠어? 머리카락 없는 놈. 너지. 너 뻘브 족의 문어 대가리 맞잖아. 내가 말이야, 뻘브 족의 눈물을 애타게 찾고 있거든. 그래서 처음 네 정체를 알아보자마자 속으로 얼마나 애원했는지 알아? 제발 양 종족 사이에 싸움이 붙어라. 그래야 내가 너를 족쳐서 뻘브의 눈물을 얻을 수 있잖아. 하하하.]

[이런 미친놈.]

대머리 사내가 무시무시한 기세를 발산했다. 대머리 사내의 머리 위에 홀로그램처럼 떠 있는 거대한 문어가 수십 개의 다리를 꿈틀거려 눈 깜짝할 사이에 이탄을 휘감았다.

그 전에 이탄이 포탄처럼 대머리 사내를 덮쳤다.

콰콰쾅!

백팔수라 제2식 수라군림 작열!

강줄기를 보는 듯 거대한 문어의 다리가 이탄을 휘감았다. 다리에 매달린 수천 개의 빨판으로부터 뾰족한 아가리가 튀어나와 이탄을 물어뜯었다.

그 아가리들은 이탄의 피부에 이빨을 박는 순간 그대로 이빨이 폭발했다.

문어 다리가 그 폭발을 견디면서 이탄을 악착같이 감았다. 이탄은 산더미보다 더 큰 문어 다리 수십 개를 몸에 매단 채 대머리 사내에게 달려들었다. 문어 다리에 휘감기고도 이탄의 속도는 전혀 줄어들지 않았다.

대머리 사내가 벼락처럼 그 자리에서 사라졌다. 그리곤 1킬로미터 밖에 모습을 드러냈다. 대머리 사내는 영력으로 문어를 형상화하는 것 외에도 다양한 마법에 능통했다.

이탄의 수라군림이 눈 깜짝할 사이에 대머리 사내를 따라잡았다.

대머리 사내가 한 번 더 그 자리에서 사라졌다.

이탄은 그것을 미리 예측이라도 한 듯 대머리 사내가 나타날 자리에 미리 기다리고 있었다.

콱!

이탄의 손이 대머리 사내의 머리통을 우악스럽게 붙잡았다.

대머리 사내의 머리통으로부터 빨판이 무수하게 돋아나서 이탄의 손을 물어뜯었다.

콰콰쾅!

그 즉시 빨판의 이빨들이 터지면서 대머리 사내의 머리통이 온통 피투성이로 변했다.

대머리 사내는 문어답게 꾸물꾸물 움직여서 이탄의 손아귀를 벗어나려 들었다.

하지만 이탄의 손은 2개가 아니라 36개였다. 그 많은 손들이 대머리 사내의 몸 전체를 사방에서 붙잡았다.

이탄의 손아귀 힘이 어찌나 강했던지 대머리 사내는 살짝 몸이 붙잡힌 것만으로도 살이 뭉그러지고 근육이 잡아뜯겼다.

[크악. 크악.]

대머리 사내가 연달아 비명을 질렀다.

[그놈 참 미끄럽네. 꼭 참기름을 바른 산낙지 같잖아?]

이탄은 미끈거리는 대머리 사내를 36개의 손으로 꽉 붙잡고는 힘을 주어 쥐어짜기 시작했다.

수인족들이 보는 앞에서 수인족 한 명을 통째로 쥐어짜서 즙을 짜낸다는 것이 얼마나 끔찍한 일인지 이탄은 이해

하지 못했다. 그저 이탄의 머릿속에는 '뻘브의 눈물이 뭔지 정확하게 모르겠지만 기름을 짜듯 쥐어짜다 보면 뭔가 액체가 나오겠지. 이 뻘브 녀석을 꾹 눌러서 착즙을 한번 해보자.'라는 생각밖에 없었다.

그 황당한 계획이 곧 현실이 되었다.

과거에 이탄은 하나의 차원을 통째로 쥐어짜서 농구공 크기로 욱여넣은 적이 있는 언데드였다. 그 무지막지한 괴력을 생각하면, 고작 뻘브 족 한 명을 짜보겠다는 생각은 결코 허황되지만은 않았다.

실제로 이탄의 36개의 손이 대머리 사내를 사방팔방에서 꽉 틀어막았다. 그 상태에서 36개의 손이 안쪽으로 밀려들기 시작했다.

[끄아아아악.]

끔찍한 비명이 뒤따랐다. 우두둑 소리와 함께 뻘브 족 대머리 사내의 뼈가 단숨에 잘게 으스러졌다. 뻘브 족 사내의 근육이 미친 듯한 압력에 터졌다. 근섬유들이 잘게 짓뭉개졌다. 뻘브 족 사내의 살과 피부는 가공할 힘에 타들어가면서 와락 쪼그라들었다.

꾸우우우욱.

대머리 사내의 두개골 속에서 뇌수가 흘러나와 액체로 변했다. 대머리 사내의 온몸 혈관이 터지면서 핏물이 줄줄 흘렀다. 대머리 사내의 눈알이 터져 체액이 쏟아졌다. 대머리 사내의 세포 속 모든 수분들이 착즙되기 시작했다.

이탄이 고개를 까딱였다.

만금제어(萬金制御)의 권능이 발현되었다. 흐나흐 족 전사가 머리에 쓰고 있던 금속 투구가 휙 날아가 이탄의 발밑에 안착했다.

주르륵, 주르륵, 주르르륵.

대머리 사내가 우그러들면서 쏟아지는 액체들이 금속 투구 속에 고였다.

[흐으흥~. 흐으응~. 모여라. 모여. 쁠브의 눈물이여~.]

이탄은 살아 있는 사람, 아니 살아 있는 수인족 한 명을 통째로 쥐어짜면서 콧노래를 불렀다.

불과 몇 초도 되지 않아 대머리 사내는 야구공 크기까지 줄어들었다. 이어서 탁구공 크기로 더 축소되었다.

이제는 생명체의 체액을 짜려고 해도 더는 나올 게 없어 보였다.

아니었다. 체액은 계속 나왔다. 이탄은 탁구공 크기로 변한 대머리 사내의 육체를 한 손으로 쥐고 꾹 힘을 주었다.

탁구공이던 고깃덩이가 이제 좁쌀 크기로 줄어들었다. 대신 금속 투구 안에는 기름기가 둥둥 뜬 비릿한 액체가 잔뜩 모였다.

이 끔찍한 광경에 흐나흐 족과 알블―롭 족 귀족과 전사들이 일제히 헛구역질을 했다.

Chapter 2

이탄이 흐나흐 족 전사 한 명에게 손짓을 했다.

[너, 이리 와봐라.]

[히끅? 네? 네에? 저 말입니까?]

흐나흐 족 전사가 손가락으로 자기 자신을 가리켰다. 이탄에게 지목을 당한 흐나흐 족 전사는 머리가 멍하고 현기증이 나서 지금 이제 무슨 상황인지 파악도 되지 않았다. 지금 자신에게 명령을 내리는 자가 누구인지도 알지 못했다.

하지만 한 가지는 확실했다. 눈앞에 있는 저 괴물, 팔다리가 36개씩이고 머리가 18개나 달린 듣도 보도 못한 괴물은 종족을 초월한 초강자였다. 포식자였다.

그리고 모든 수인족들은 본능적으로 포식자 앞에서는 사고력이 제로가 되었다.

흐나흐 족의 전사도 마찬가지였다. 이탄이 자신을 지목한 순간, 전사의 뇌 회로는 이미 비정상적으로 작동하기 시작했다.

이탄이 눈을 찌푸렸다.

[그래. 너. 빨리 뛰어오지 않고 뭐해?]

[네에? 넵. 넵.]

흐나흐 족 전사가 이탄의 명을 받들어 후다닥 뛰어갔다.

이탄이 전사에게 임무를 주었다.

[여기 이 투구 속의 눈물을 잘 지켜라. 만약 한 방울이라도 흘렸다간 너를 대신 짜줄 줄 알아.]

[히끄윽? 네넵. 절대. 절대 지키겠습니다.]

흐나흐 족 전사가 기겁을 하며 투구를 꽉 끌어안았다.

이탄이 거대 여우를 훑어보았다.

쾅!

이탄의 발밑에서 폭음이 터졌다 싶은 순간, 허공에는 수라군림의 구름이 뭉게뭉게 생겨났다. 이탄의 몸은 어느새 거대 여우 앞에 나타났다.

이탄이 손을 뻗었다.

끼야아아앙!

거대 여우가 미친 듯이 뒷발질을 했다.

이탄이 상대의 7개 꼬리 가운데 하나를 붙잡아 그대로 휘둘렀다.

꼬리가 붙잡힌 거대 여우는 이탄의 무지막지한 힘에 의

해 허공으로 부웅 떠올랐다가 그대로 땅바닥에 패대기쳐졌다.

쾅! 쾅! 쾅! 쾅!

이탄은 거대 여우의 꼬리를 붙잡은 뒤, 거대 여우를 마치 망치처럼 휘둘렀다. 그 망치질 한 방 한 방에 거대 여우의 뼈가 으스러졌다. 내장이 터지고 장출혈이 발생했다.

[끄아악.]

일곱 꼬리 거대 여우가 다시 수인족의 모습으로 돌아왔다. 늙수그레한 노인이 이탄에게 발목을 붙잡힌 채 바들바들 떨었다.

흐나흐 족 노인의 행색은 말이 아니었다. 노인의 팔다리는 각기 기괴한 방향으로 꺾였다. 어깨는 바스러져 피가 철철 흘렀다. 노인의 두 눈알은 터진 지 오래고, 두개골도 꽤 많이 함몰되었다.

노인은 거의 숨이 넘어갈 듯했다. 노인의 입에서 색색 소리가 흘러나왔다.

이탄이 두 손으로 노인의 머리를 붙잡아 음료수 뚜껑 따듯이 가볍게 돌렸다.

핑그르르—.

노인의 머리통이 무려 네 바퀴를 회전하면서 목에서 분리되었다. 머리와 목의 연결이 끊어지면서 핏물이 퐁퐁 솟구쳤다. 목 부위의 혈관과 힘줄 다발이 배배 꼬인 채 출렁거렸다.

[300점 또 확보.]

이탄은 거대 여우 노인의 머리통을 코벨에게 툭 던져주었다.

[…….]

코벨은 기가 질려 아무 소리도 하지 못했다.

이번에는 이탄이 시칸을 바라보았다.

[우히힉?]

시칸이 기겁을 했다.

이탄이 시칸을 향해 한 발을 내디뎠다.

시칸은 바람처럼 후퇴했다. 그 다음 등을 휙 돌리고는 흐나흐 족 행성으로 향하는 플래닛 게이트를 향해 전력질주했다. 그 속도가 이탄에게 처음 죽은 흐나흐 여귀족만큼이나 빠른 것 같았다.

이탄이 코웃음을 쳤다.

[흥. 어딜 도망치려고? 다른 놈들은 몰라도 너는 안 돼. 네가 아공간 박스를 가지고 있는 거, 다 봤어.]

시칸은 여귀족에 버금갈 정도로 빨리 뛰었지만, 그래도 여귀족과 다른 점이 있었다. 여귀족은 몸에 금속 물질을 전혀 지니고 있지 않았다. 그래서 이탄도 꽤 오랜 추격 끝에 여귀족을 붙잡을 수 있었다.

시칸은 아니었다. 시칸은 은근히 겁이 많은 터라 백금을 얇게 펴서 만든 갑옷을 입었고, 그 위에 토트 족 상급 등껍질로 만든 갑옷을 한 겹 더 걸쳤다.

이 백금 갑옷이 파탄을 일으켰다.

[이리 와.]

이탄이 시칸을 향해 손짓을 했다.

시칸이 입고 있는 백금 갑옷이 이탄의 말을 듣고 즉시 휘릭 날아와 이탄의 손아귀 속으로 빨려 들어갔다.

다른 수인족들이 보기에 이 장면은, 이탄이 손가락을 까딱하자 수 킬로미터 밖까지 도망쳤던 시칸이 기괴한 힘에 사로잡혀 획 딸려오는 것처럼 보였다.

[마법인가? 아니면 영력?]

[대체 저게 무슨 수법이지? 혹시 투명한 촉수 같은 것이 있는 거 아닐까?]

알블―롭 일족들은 이 괴현상을 두고 여러 가지 추측을 품었다.

이탄이 시칸의 목을 붙잡았다.

[케엑. 켁. 제발 살려…… . 저는 흐나흐 일족의 중요한 위치에. 케엑!]

이탄은 한 손으로 시칸의 목을 잡고 다른 손으로 그의 품에서 아공간 박스를 강탈했다. 그리곤 세 번째 손으로 시칸의 머리통을 붙잡아 위로 당겼다.

뿌왁!

시칸의 머리통이 단숨에 잡아 뽑혔다. 머리를 잃은 시칸의 목 부위에서 피가 분수처럼 뿜어졌다. 이탄은 그 피의 비를 피하지도 않고 온몸으로 뒤집어썼다.

이탄이 또 움직였다.

흐나흐 족 귀족 2명이 미처 피하지도 못하고 이탄의 손아귀에 들어갔다.

이탄은 36개의 손으로 두 귀족의 팔다리 8개를 떼어냈다. 이어서 그들의 머리통 2개도 몸에서 분리시켰다.

이탄은 상대를 죽일 때 때려죽이기도 하고, 머리통을 뭉그러뜨려 손가락 사이로 눈알을 빼내기도 하고, 반탄력으로 피보라를 만들기도 하고, 다리를 좌우로 벌려 찢어죽이기도 하지만, 사실은 사지를 떼어내고 마지막으로 머리통을 뽑는 방식을 가장 선호했다.

[그런데 오늘 해보니까 기름을 짜듯이 쥐어짜는 것도 꽤 괜찮네. 나름 손맛이 있었어.]

이탄은 새로운 처형 방식을 발견하여 흡족했다.

Chapter 3

이탄이 적들을 향해 손가락을 까딱였다.

[다들 이리 와.]

금속 갑옷을 입고 있던 흐나흐 귀족들은 단 한 명의 예외도 없이 이탄에게 끌려왔다. 그들이 아무리 발버둥 쳐도 이탄의 컨트롤에서 벗어날 수가 없었다. 몸에 꽉 달라붙은 갑옷이 흐나흐 귀족들을 놓아주지 않았다.

이탄은 흐나흐 족 귀족들을 일렬로 세워놓았다. 그 다음 36개의 손으로 한 명 한 명 팔다리를 뜯고 머리통을 잡아 뽑았다.

이탄의 발밑에는 이내 대여섯 개의 머리통이 나뒹굴었다. 머리통들은 한결같이 부릅뜬 눈에서 피를 철철 흘리고 혀를 길게 빼어 문 모습들이었다. 그 끔찍한 표정들을 보는 것만으로도 두통이 일고 진저리가 절로 쳐졌다.

[너희들도 이리 와.]

이탄이 또다시 손가락을 까딱였다.

주르륵, 주르륵, 주르륵, 주르르륵.

흐나흐 족의 전사 수백 명이 이탄의 손짓에 따라 죽죽 움직였다. 차렷 자세로 스르륵 움직이는 모습들이 마치 간씨세가의 장기말들이 장기판 위에서 이동하는 모습 같았다.

[아으으으으.]

[살려주세요. 제발 살려주세요. 으흐흑.]

흐나흐 족 전사들은 죽을 자리를 찾아서 일렬로 다가오
면서 서럽게 흐느꼈다. 그중 몇 명은 공포에 머리가 이상해
져서 히히히 웃었다.

이탄은 흐나흐 족 전사들을 한 명 한 명 쳐 죽였다.

이건 광역마법으로 떼몰살을 시키는 것도 아니고, 뛰어
난 검술로 한 번에 300여 명의 목을 날리는 것도 아니었다.
이탄은 금속 갑옷에 이끌려 자신의 앞으로 다가온 흐나흐
족 전사들을 한 명씩 붙잡아 목을 비틀어 떼어주었다.

이탄은 수인족의 목을 떼어낼 때 지루함을 느끼지 않았
다. 거의 200 후반대에 가까운 자들을 쳐 죽이면서 이탄은
그 어떤 감정의 동요도 없었다.

무표정하게 기계적으로 살육을 하는 이탄의 모습이 참으
로 끔찍했다. 코벨도, 슈이림도 입만 벙긋거릴 뿐 이탄을
막지 못했다. 이탄의 무시무시함을 잘 알고 있던 아일라와
머록은 말할 것도 없었다.

오늘 이탄의 무력을 처음 본 귀족들은 더더욱 큰 충격을
받았다.

[으으읏.]

카이림이 진저리를 쳤다.

[이건 아니야. 아무리 적이라고 해도 이건 아니지.]

티핀의 눈이 숨길 수 없는 공포에 물들었다.

이탄이 본격적으로 활약하기 전, 흐나흐 족 귀족들 가운데 죽은 자는 없었다. 크고 작은 부상을 당한 자만 몇 명 있었을 뿐이었다. 그러니까 거대 여우와 시칸을 포함하여 흐나흐 족의 귀족 10명이 모두 이탄의 손에 사망한 것이었다.

흐나흐 족의 전사들 가운데는 28명이 알블—롭 전사들과 싸우다가 사망했다. 이 28명을 제외한 나머지 전사가 262명이었다.

이탄은 262명 가운데 뻘브의 눈물을 지키고 있는 전사 한 명은 살려주었다. 나머지 261명은 이탄의 손에 의해 머리가 뽑혔다.

마지막 261번째 전사의 머리통을 떼어낸 뒤, 이탄이 코벨에게 물었다.

[어이. 코벨 님. 저기 저 늙은이는 뭐요?]

이탄이 턱 끝으로 가리킨 상대는 기시항이었다. 알블— 롭의 배신자 기시항 말이다.

이탄의 지목에 기시항이 부르르 몸서리를 쳤다.

코벨이 부리나케 대답했다.

[이탄 님. 저 늙은이도 적입니다.]

[적? 그럼 저 늙은이도 전공 점수가 있겠네?]

이탄이 반색을 했다.

후웅—.

이탄은 한 줄기 바람이 되어 기시항의 앞에 도착했다.

기시항도 몸에 금속 갑옷을 걸친 상태였다. 때문에 그는 이탄이 가까이 다가오는데도 도망치지 못했다.

이탄이 36개의 손으로 기시항의 온몸을 붙잡았다. 기시항이 느끼기에 이탄의 손은 딱딱한 금속과 같았다.

[으으윽. 흐윽.]

기시항이 자신도 모르게 괴상한 소리를 내었다.

이탄이 기사항의 목을 막 잡아 뽑으려 할 때였다. 코벨이 이탄을 말렸다.

[이탄 님, 그 늙은 배신자를 죽이지 말아주십시오. 놈에게서 알아내야 할 게 많습니다.]

이탄이 코벨을 돌아보았다.

[생포하라고? 그럼 전공 점수가 400점인데?]

[400점 드리겠습니다. 드리고말고요.]

코벨이 냉큼 대답했다.

이탄은 좀 더 자세히 따졌다. 이탄의 36개 손 가운데 하나는 어느새 기시항의 아공간 문을 빼앗아 들고 있었다.

[그럼 이 아공간 문 속에 든 전리품들은 어떻게 배분할

거요? 내 기여도가 높으니까 50퍼센트로 쳐줄 거요?]

[칩니다. 50퍼센트. 이탄 님께서 원하시는 바대로 전부 산정해 드리겠습니다.]

코벨은 황급히 이탄의 말에 동의했다.

이탄이 하얗게 웃었다.

부왁! 북!

그와 동시에 기시항의 양팔이 몸에서 뚝 떨어져 나왔다. 기시항의 어깻죽지 부위가 강제로 뽑혀나가면서 선혈이 폭포수처럼 뿜어졌다.

[끄아아악.]

산채로 팔이 뜯기는 고통에 기시항이 두 눈을 까뒤집었다.

[양팔이 없어도 포로는 포로지. 오히려 양팔이 없는 편이 호송하기에 더 편해. 그렇지 않나? 배신자 늙은이.]

이탄은 창백하게 질린 기시항의 뺨을 손바닥으로 툭툭 쳤다.

기시항은 겁에 질려서 찍소리도 못했다.

〈다음 권에 계속〉

『제왕록』, 『무림에 가다』 시리즈의 작가 박정수
그가 거침없는 현대 판타지로 돌아왔다!

『신화의 전장』

주먹을 믿지 마라.
우리가 살아가는 이 땅에 인간을 벗어난 자들이 존재한다.

★
dream
books
드림북스

마법군주』 발렌 작가의 신작!

『정령의 펜던트』

"정령사는 말이지, 되고 싶다고 해서 되는 게 아니야.
그냥 그렇게 태어나는 거지.
날 때부터 정해진 운명 같은 거라고."

dream
books
드림북스

환생왕

ORIENTAL FANTASY STORY & ADVENTURE

요도 / 김남재 신무협 장편소설

정체를 알 수 없는 세력들에 의해
비참한 최후를 맞이한
천룡성(天龍城)의 후계자 천무진.
그런 그에게 찾아온 또 한 번의 삶.
그리고 그를 돕기 위해 나타난 여인 백아린.

"이번엔…… 당하지 않는다."

**이젠 되돌려 줄 차례다.
새로운 용이 강호를 뒤흔든다!**

dream books
드림북스